Luigi Cristiano

OCEANO INQUIETO
romanzo

Presentazione
Il riferimento all'"Oceano inquieto" è sinonimo del moto dei popoli che attraversa ora fasi di calma ora di sconvolgimenti, simile all'imprevedibilità dei mari.
Racconta le vicissitudini di due famiglie, che poi si incrociano, nel tempo storico che va dal periodo fascista agli anni Sessanta, con il ruolo d'invisibile protagonista la Provvidenza di Dio ... "Chi è ugualea te, Signore, Dio degli eserciti? Sei potente, Signore, e la tua fedeltà ti fa corona. Tu domini l'orgogliodell'oceano, tu plachi il tumulto dei suoi flutti.".
Così è l'insieme degli uomini, non si può rimanere immuni dalla storia e ognuno individualmente ne subisce le continue variazioni. Nessuna nave, per grande che sia, può evitare i capricci del mare, ora ondoso e tranquillo, ora furente e minaccioso, ora la calma della bonaccia, ora l'impetuosità della tempesta, allostesso l'uomo subisce la forza degli eventi della politica, dell'economia, della filosofia, della religione,del profitto, delle opinioni di massa e delle proprie passioni.
Il romanzo esalta i sentimenti, gli ideali di libertà, ma saranno le correnti di pensiero, l'economia, i pregiudizi e le opinioni, il desiderio del potere a pressare.
Il romanzo è composto da personaggi inventati, parte nella prima metà del secolo XX in Campania e si allarga al mondo intero, portando in un avventuroso itinerario narrativo. Sono compiaciuto di aver redatto codesto romanzo, il primo, forse l'unico, più per divertimento, cosicché rileggendolo ne ho gusto.
Luigi Cristiano

La vita è una sola, racchiusa in tanti capitoli, mentre uno si apre un altro si chiude, persone chevengono, persone che vanno, altri, che con dolore, ti lasceranno definitivamente, quel dolore che ti accompagnerà ovunque, nello scorrere del tempo, e ti aiuterà a camminare oltre il vecchio per un nuovo capitolo.
Elvira Scarica

Capitolo 1 - Tommaso e Cristina

Casavatore era una piccola e ridente cittadina agricola, su un territorio pianeggiante, dove fa da sfondo il Vesuvio, apparentemente silenzioso e calmo ha dato nel passato segni devastanti della sua presenza. Lì, Tommaso Liguori, diciannove anni, statura medio alta, chioma nerissima pettinata alla "Umberto", in contrasto con gli occhi azzurri, è apprendista del maestro sartoriale Giuseppe Del Core, professionalmente nella vicina Napoli, presso i migliori stilisti. Il giovane, attento e meticoloso, per imparare non toglieva maigli occhi di dosso al suo maestro, per dire così "rubargli il mestiere", ma li aveva anche su Cristina, la giovanissima figlia del suo datore di lavoro, bruna con una pelle bianchissima e sorriso smagliante; quando entrava nella bottega il volto di Tommaso, in modo discreto, si illuminava ed il cuore gli batteva forte, indifferente a tutto ciò che lo circondava tranne la ragazza, occhi bassi per la timidezza, nonostante un profondo sentimento di affetto, soffrendo in sé stesso. La riservatezza che per tanto tempo lo aveva protetto, ora gli impediva di prendere l'iniziativa, Tommaso non riusciva a trovare come fare per avvicinarla. Nei confronti del padre della ragazza nutriva un rispettoso timore, immaginava che un giorno gli avrebbe dovuto parlare delle sue intenzioni, glielo faceva apparire un gigante, come il Mangiafuoco del Collodi. Fu proprio questa diversità di Tommaso dagli altri due apprendisti, prodighi di complimenti verso la "figlia del padrone", ad attirare e incuriosire Cristina, che man mano finì per innamorarsene, nonostante solo qualche sfuggente saluto, magari un buongiorno o buonasera, con guance arrossate da una strana emozione.
In un caldo giorno d'inizio d'estate, mastro Giuseppe, dopo la pausa pranzo, incarica Tommaso di andare per una consegna dal barone Vinciguerra, un poco fuori dal centro urbano, per il sole, allo zenit, l'avambraccio gli sudava sotto la carta da imballaggio contenente il vestito, nel percorso incrocia, all'ombra di un olmo gigantesco, un gruppetto di suoi amici, camicie nere, pantaloncini neri, fez con lo stemma fascista, da cui il fiocco pendente a lato, il più anziano del gruppetto, Vincenzo, si vantava di aver partecipato alla marcia su Roma e aver stretto la mano al Duce: - è un pezzo che non ti si vede, - mi dispiace ma c'è molto lavoro alla bottega, - un po' di tempo per gli amici … si trova sempre … quando si vuole! - certo, certo, acconsente Tommaso, scusatemi ma ci sono giorni! - Ma sì dai, pare che quest'anno l'estate si è anticipata, che ne diresti di un tuffo a mare? - perché no! - prendiamo il tram fino a Porta Capuana e poi a piedi a Mergellina, - eh, no no, replica Carlo, prendiamo il numero uno fino a Bagnoli … perché non domenica prossima? Sai che divertimento, e le ragazze … con le gambe da fuori! Replica Vincenzo, - domenica ci dobbiamo riunire nella casa comunale di Casoria, vi sarà anche il prefetto, oltre al podestà. Tommaso: - hai fatto bene a dirlo, (Tommaso si affascinava alla propaganda fascista e all'Italia diventata un impero, al pari delle altre potenze europee). Sguardo a terra passa la signora Maria Venezia, moglie del maestro elementare Pietro Marino, insegnante elementare, lo era stato anche di Tommaso; madre di quattro figli, ebrei, falsamente si vociferava che "se la facesse" col direttore didattico; una volta per problemi di salute del marito, stette parecchio tempo nella presidenza della scuola, castelli a bella posta e l'infamate accusa prese piede sul canovaccio dell'antisemitismo. Il marito fu costretto, come molti altri, a prendere la tessera del fascio, ciò nonostante quasi nessuno gli mostrava cordialità, la zia

di Tommaso, Giovanna, anch'essa maestra elementare, era una dei pochi che, con la dovuta prudenza, lo salutasse non disdegnando brevi e amichevoli dialoghi professionali. A volte anche banali mormorii risultano pericolosi, nonostante, il direttore didattico, con discrezione, parteggiava per il Marino, si ripeteva spesso che, al di là di ogni oziosa considerazione, è un bravissimo insegnante, si accattiva la simpatia degli alunni! Tommaso la saluta e lei apparentemente tira dritto; Alfredo come per redarguirlo: - Tommasi' ... chi vai salutando!? Tommaso finisce per notare, che questi porta a tracolla un piccolo zaino con dentro una bottiglietta di olio di ricino, e, come non bastasse, un imbuto, al fine di costringere ad ingurgitare la purga, costui per giustificarsi: - la vogliamo far bere a quel grandissimo fetente del marito, di sta mala femmina ch'è passata, deve imparare ... ad avere rispetto per il fascio! Infine Vincenzo: – allora, in piazza alle dieci ...? domenica! Mi raccomando l'uniforme e il distintivo, pantaloncini corti, ci sarà da correre, Tommaso - certo, certo! Infine, salutati gli amici, riprende la sua meta, fermandosi presso la fontanina per un sorso d'acqua fresca, di lì a poco eccolo davanti al grosso portone alquanto trascurato, bussa e attende che qualcuno viene. All'interno un esteso cortile pavimentato di basalto, ruote con cerchi di ferro di pesanti carri, avevano lasciato il solco, al centro quattro platani giganteschi ombreggiano un'artistica vasca di marmo travertino senza più zampilli, poggi di pietra laterali dove per molti lustri, la famiglia Vinciguerra, nei tardi pomeriggi estivi, soleva intrattenersi con le maestranze, nei giorni prosperosi, abitando tra muggiti, nitriti e coccodè, sul retro del palazzo baronale, da padre in figlio, avevano servito i blasonati padroni.
Il barone Armando Vittorio Vinciguerra, marito della contessa Clara, dal cui matrimonio, prima Pier Luigi e alla nascita di Angelica, muore di parto. Il baroncino scelse l'accademia militare, già da sottotenente si distinse per coraggio e determinazione, infine colonnello, al comando del duca Emanuele Filiberto Duca d'Aosta, morì combattendo in Abissinia. L'anziano padre, dopo questo ulteriore dolore si chiuse in sé stesso, trascurando i suoi beni, che pian piano depauperarono, anche i suoi libri, che amava leggere spesso, erano diventati pieni di polvere sugli scaffali della biblioteca di famiglia, unico conforto la giovane Angelica, che si adoperava con fatica di gestire l'amministrazione della casa, da lunghissimi anni le stanze non risuonavano più di sorriso, il barone soleva ricordare la moglie che in allegrezza cantava canzonette, nemmeno il pendolo dell'orologio oscillava più, come si fosse anch'esso cristallizzato nel dolore. Pochissimi frequentano la casa, quando poteva don Filippo, il parroco della cittadina, si tratteneva per una partita a scacchi. Il padrone di casa si concedeva solo solitarie passeggiate nel suo trascurato giardino, agli alberi rinverdiva i suoi ricordi, quando in primavera li osservava germogliare. Angelica diveniva sempre più sfuggente ai corteggiatori, come aver fatto propria la triste sorte della famiglia, le piaceva la compagnia di Cristina, di un anno più giovane unica delle pochissime amiche che non disdegnava frequentare, i giovani del suo rango man mano scomparirono, trascorreva con Cristina interi pomeriggi, ricamando e facendo progetti, spesso si parlava di Tommaso, o noncurante dei venti xenofobi, del maestro Marino.
Quel pomeriggio, Angelica e Cristina, stanno sedute coi loro intenti nel salottino, il barone alla consueta pennichella nella sua stanza, improvviso il tonfo battito al portone: - chi sarà? – Vado io, dice Cristina che, presa da un sesto senso, anticipa e sorprende. Di corsa fa tutto il cortile giungendo ansimante davanti alla porta pedonale, si ferma come se sapesse, un

attimo d'esitazione e apre con decisione, Tommaso è sorpreso da un profondo smarrimento, che dalle pupille gli arriva fin dentro l'anima, silenziosamente gioiosi uno di fronte all'altra, come a mezz'aria, i cuori battono forte, sguardi che, arrossando le guance, tinge di tumulto l'anima dando voce agli occhi; nel tempo di un istante, vincendo la timidezza, Cristina con l'indice ed il medio gli accarezza il viso fino a sfiorargli le labbra, irresistibilmente si alza sulla punta dei piedi e gli tocca la bocca con un bacio, lui resta immobile, come attraversato da una scossa elettrica, lei, per niente pentita, facendosi pudicamente largo scappa via correndo svelta, mentre Tommaso è come una statua a domandarsi cosa non sa, un carosello d'immagini gli fa girare la testa, tanto da doversi appoggiare, tornato in sé si sente traboccante di gioia. Consegnato l'abito al barone dopo i convenevoli, consapevolmente prende la via del ritorno camminando come una piuma, da tempo era innamorato di lei e l'amava perché l'amava, desiderandola come l'aria per respirare.

Sedici anni di pace domestica, vissuti con genitori premurosi e attenti, non stemperano in Cristina l'inquieto desiderio di Tommaso, Angelica l'aveva notato, ora preoccupandosi ora compiacendosi di vederla altalenare tra la tristezza e la gioiosità.

Tommaso, troppo presto orfano per la tremenda epidemia di influenza spagnola, anche conosciuta come la Grande Influenza, che, fra il 1917 e tutto il 1922, uccide decine di milioni di persone nel mondo, viene allevato amorevolmente dalla zia Giovanna, sorella nubile del padre. Maestra elementare educa Tommaso, nonostante una innata riservatezza, ad essere alunno brillante; conseguita la licenza elementare decide di non continuare gli studi, vuole diventare sarto e, più che assunto, viene accolto nella bottega di Giuseppe, il padre di Cristina. Questi nutriva per la sua unica figlia un amore sviscerato, erede delle sue modeste fortune, messe su col suo lavoro, alla fine della prima guerra mondiale con la dura e straziante esperienza nelle trincee. Inizialmente patriota e poi solo soldato sui freddi monti alpini, dove il gelo invernale era da meno a gelare le ossa dell'arroganza degli ufficiali ed il sibilo dei proiettili, a pochi centimetri dalla testa. Catturato dal nemico austriaco nella rotta di Caporetto, si rese conto della durezza della prigionia, rilasciato, alla fine della guerra, da un paese straniero, ritornò a casa con mezzi di fortuna. Tra Giuseppe e Patrizia fu subito amore, messi da parte i soldi necessari si sposarono all'inizio dell'era fascista, sapeva appena leggere e scrivere, ma da buona moglie amministrava bene l'economia domestica, il marito non disdegnava di elogiarla anche come mamma, quando Cristina venne ad aumentare la gioia della famiglia.

Tommaso nel tornare bottega fa un largo giro, per passare a casa del "Marino": - Presto, vai a chiamare tuo padre, quasi intimando al figlio Andrea, di circa dodici anni, che l'aveva visto: - papà, papà, ti vuole Tommaso: - Tommaso che c'è? Domanda il professore giunto sull'uscio: - professò, stasera non state a casa, né voi né la vostra famiglia, un gruppetto di facinorosi verranno … con l'olio di ricino! - di questo passo dove andremo a finire … ah delinquenti …! Tommaso, ti sono grato! – non vi preoccupate di ringraziarmi, questi prima o poi … beh state allerta, forse fareste bene ad andare ad abitare altrove, - dici bene, ma dove? … mettersi in viaggio con un'intera famiglia … sei si notano, se potessi … in Francia, se non proprio al sicuro in America, abbassato lo sguardo, e … con quali mezzi? …. devo affidarmi alla buona sorte e sperare nella misericordia di Dio. - mi dispiace tanto, nel mio piccolo … se mi permettete: - ti ringrazio, sei un bravo ragazzo, ma potresti trovarti compromesso … sono mascalzoni e sanno far male! - cominciate a pensarci seriamente a scappare ... ma da subito ...! più tardi venite tutti, ma alla spicciolata a casa mia, avviserò mia zia di lasciare la porta sul retro non chiusa a chiave. - ti ringrazio di quello che fai: - professò ... quello che posso, vi ho sempre voluto bene - adesso vai ... non voglio causarti guai per causa mia.

La sera, quando i giovani squadristi arrivarono, le luci in casa erano spente, aspettarono a lungo nell'ombra e, prima di andare via, sfondando la porta d'ingresso, misero tutta la casa a soqquadro. La famiglia Marino andò in San Giorgio a Cremano da parenti, successivamente il maestro ottenne lì il trasferimento, cercando il più possibile di non farsi notare.

Le persone ebree in Italia avevano ricevuto la piena emancipazione giuridica, durante la seconda metà dell'Ottocento, in stretta connessione col processo risorgimentale e di unità nazionale. Lo Statuto Albertino del 4 marzo 1848, nonostante non lo sancisse pienamente, mise le basi affinché ve ne fossero i presupposti. Le leggi razziali fasciste furono un insieme di provvedimenti legislativi e amministrativi, emanati e applicati in Italia a partire dal 1938.

La famiglia Marino fu deportata, nessuno seppe dove, e non se ne seppe nulla, tanto più che nessuno osava domandare.

Il direttore didattico della scuola elementare di Casavatore, falsamente accusato di attività sovversiva contro il regime, trascorse gli anni, fino alla fine della dittatura, in povertà. Ma, con la pace, gli fu riconosciuta la medaglia d'argento al valor civile e, risarcito, venne reintegrato nel suo ruolo.

Nonostante fosse stato un periodo oscuro della storia d'Italia, nel ventennio fascista vennero fatte notevoli opere pubbliche, a volte di pura propaganda, in generale si volle dare l'immagine di un miglioramento dello stato sociale ed economico, venne varata la legge sulla bonifica, sanando dalla malaria parte delle zone paludose della penisola, cosicché nuovi terreni e maggior grano, pur continuando a non essere sufficiente. Fu col Duce che vennero istituiti i grandi parchi nazionali, ancora oggi esistenti e prese il via il progetto per la costruzione della metropolitana a Roma, infine, con i patti Lateranensi del 1929, fu definitivamente risolta la controversa questione tra Stato e Chiesa.

Nella successiva domenica ebbe luogo nel municipio di Casoria l'incontro col popolo dei gerarchi di alto grado, per Tommaso un breve atto di presenza, giusto per farsi notare e salutare gli amici, alla chetichella via in bici, avuta in prestito, cinque chilometri fino a Casavatore, alle undici e mezza Cristina andava a messa con i suoi genitori nella chiesa di San Giovanni Battista; accaldato e madido, confuso tra i fedeli che facevano caso più a lui che alla celebrazione in latino, da dietro una colonna laterale guardava discretamente solo lei, mentre la ragazza non stette solo a guardare l'altare, fino a messa conclusa. Giuseppe e Patrizia, da qualche giorno, notano nella figlia un non so che di gioiosamente strano: - Mammà, ci vediamo a casa, io mi fermo un poco con Angelica ... direttamente a casa, senz'altro aggiungere avendo visto Tommaso, fa per avvicinare Angelica, ma ritrova, apparentemente per coincidenza, a brevissima distanza da Tommaso, che l'aspettava tra il verde lussureggiante dell'alta piantagione di canapa ed il viottolo di campagna, lei gli sorride e si incamminano, visto un poggio, Tommaso pone il fazzoletto sul tronco, a lato di un sentiero poco visibile, silenziosi avvertono ogni tanto una leggera brezza, ed il cinguettio delle rondini che volteggiano sopra le loro teste. Tommaso stenta a decidersi, ma infine: - Bella giornata vero? lei il naso in aria, mentre il cuore le batteva forte: - sssi! Si. Lui, consapevole di dover essere più esplicito: - siete ... molto bella! Infine poi, a causa della sua timidezza, parlando

velocemente: - mi sono innamorato di voi e desidero che … sposarvi. Cristina, pur sorpresa da questa risolutezza, è contenta, ma si fa rossa in volto, lui quasi come volesse scusarsi: - sì, ma prima bisogna che io mi dichiari con vo .. vostro padre e con la moglie… di vostro padre, insomma … vostra madre … ma, ma se voi … insomma, se siete d'accordo naturalmente!
La ragazza badando più al contenuto che alla maniera buffa: - è giusto che … prima si compia ogni convenienza …, infine fissandolo in lacrime: vi amo tanto! Tommaso a sua volta la fissa dritto negli occhi, le prende la mano baciando delicatamente il palmo interno, poi silenzio, sopraggiunge una bicicletta, Tommaso e Cristina all'unisono si alzano di scatto in piedi, questi passando suona due volte il campanello: - chist t' mbroglia! Superatoli e andato oltre: - che spavento, l'avrà fatto apposta? Tommaso: - allora …mi date il permesso di parlarne ai vostri genitori? - ma voi siete proprio sicuro … di quello che mi avete detto? – si … vi amo …. nella libertà … mi sento … è proprio così, vi amo, adesso mi sento … insomma siete bellissima. Sguardo intenso, entrambi impacciati nel cercare da che parte mettere il naso, si baciano stringendosi, e ancora baci, finché, mano nella mano, fin presso le prime case. Al forte battito del cuore, Cristina si allontana mandandogli un furtivo bacio con la mano.
Tommaso parla con zia Giovanna, lei lo abbraccia compiaciuta, la famiglia Del Core è una famiglia per bene, lei conosce da tempo Cristina, talvolta ha sperato che ciò potesse accadere: - giovanotto! Auguri, son contenta, hai fatto proprio una buona scelta, ma tu sei … sicuro che le vuoi bene davvero? - certo zia, da impazzire! Sono sicuro che anche lei mi vuole bene: - allora, se vuoi fare le cose per bene, quando è domani, che vai al lavoro, anticipati un poco, così da poter parlare col suo papà da solo a solo: - certo, certo … ho chiesto già a Cristina se lo potevo fare, - e lei? - lei … non ha risposto, ma penso che abbia detto … sì! Ha parlato infatti della necessità di adempiere ogni convenienza, penso che questo è un sì, e poi dopo mi ha anche dato un bacio. – uno … uno soltanto? - beh, insomma! - Più risposta di così!! ora però s'è fatto tardi, mi dico il rosario e poi vado a nanna, e tu? - … zia, non mi sembra di avere sonno, sto ancora, vado un poco qua fuori, non so, stasera le stelle mi sembrano di una particolare luminosità, ho l'impressione di poterle toccare. E Giovanna quasi sussurrando un tenerissimo sorriso: - anche i tuoi occhi, tesoro mio, hanno una particolare luminosità, Tommaso, vibrando quella gioia condivisa: - allora a domani? buonanotte zia! Rimane a lungo sveglio disteso sul letto, al buio, il viso sorridente di Cristina è davanti ai suoi occhi, finché Morfeo lo sorprende.

Capitolo 2 - Il fidanzamento

La mattina del giorno dopo Tommaso aspetta fuori al cancello che dal della sartoria, mentre scende le scale, notando la sua presenza, Giuseppe gli va ad aprire: - così presto? Da quanto tempo sei lì …, ma, stanotte, hai dormito? – si, si! vi devo dire una cosa importante, - non è che sei malato? – no, no! Sto … sto bene, - dici? Mah! - vi devo dire una cosa … molto importante! – ti ho sentito, su entra e andiamo, mostrando una bottiglietta, - caffè? è ancora caldo, Patrizia l'ha fatto proprio adesso, - grazie, io vi devo parlare, - questo l'ho capito sai! Da come ti mostri … è veramente importante, beh, su …. siamo entrati, su non ti resta che parlare, aspetta un momento, prendiamo due sedie che seduti si parla meglio - mi siedo anch'io …? – certo, ho detto due … su siediti … di cosa si tratta? Rimanendo appoggiato col sedere sul ciglio della sedia, Tommaso, con la preoccupazione di scegliere bene le parole, non fa altro che confondersi di più: – voi … insomma le … vi voglio bene, Giuseppe con un sorriso compiaciuto: - è questo quello che volevi dirmi? – si … cioè ma pure a Cristina le voglio bene! assai bene, ma pure a voi sa! cioè …ma è a voi che … voglio domandare. Giuseppe gli sorride con ilarità, giusto giusto, mi vuoi parlare: - ma … per sapere o per ottenere? Tommaso completamente disorientato: - voglio sapere se … il permesso, - il permesso? Quale permesso? – Cristina! – Cioè vuoi un permesso da mia figlia? – veramente si, lei mi ha dato il permesso di chiedere a voi il permesso … con tutto il perme … cioè il rispetto, a vostra figlia Cristina … la voglio bene … però prima devo chiedere a voi il permesso, - vuoi il permesso che mia figlia … di voler bene a mia figlia? … - ecco qua … insomma … io desidero fidanzarmi … lo volete? - Ah! Giuseppe ha un moto di gelosia, i suoi occhi fissano lo sguardo su colui che gli stava portando via la sua bambina, fissandolo attentamente: - tu … ti vuoi fidanzare con mia figlia? - Si, si …certo, ieri do ... dopo che è tornata a casa, no, scusate … prima che to ... tornava a casa, la casa che abita, qui, - ecco perché da un po' di tempo è così strana, ragazzo mio ti conosco da tanto tempo, da più di quanto stai con me, - allora cosa mi rispondete? – beh, oggi è lunedì, - sì, sì è lunedì certo, - dammi un paio di giorni, stasera ne parlo e ti dirò quello che abbiamo deciso! Tommaso, com'era suo carattere, non mostra esteriormente particolare entusiasmo: - grazie, aspetterò con ansietà … domani? – ho detto domani? Ho detto un paio …! - no è che domani, pensavo che domani …. non fa niente, va bene! … sì va bene, due giorni passano presto, aspetto … aspetto laaa risposta! Pur celando la sua emozione Giuseppe resta asettico: - tra due giorni …! ora mettiamoci a lavoro! Tommaso va silenzioso con insolita solerzia, l'ansia è crescente, nel corso della giornata guarda spesso l'orologio alla parete, gli pareva di non sentire nessun tic, tac … tic, tac, e le lancette si fossero fermate.
Giuseppe cercava tra sé tutti i motivi per rendersi meno gravoso quel particolare momento: - Tommaso è un bravo ragazzo, si è sempre comportato bene, rispettoso e disponibile, grilli per la testa non ne ha; Peppino, basta mo', è naturale che un giovane si vuole fidanzare con una ragazza che gli piace, pure è naturale che sta ragazza è mia figlia, di cosa dovresti dispiacerti? Può darsi che sarai nonno, prima o poi doveva succedere, è la vita che è così! Si sforza di convincersi che non c'è nulla di brutto, ma non può fare a meno di dispiacersi, anche se sapeva bene che, prima o poi, sarebbe dovuto venire il momento di farsi da parte,

che non sarebbe stato più il centro delle attenzioni di sua figlia: - potrò sempre dire "la mia bambina"?! All'ora del pranzo fa finta di nulla, pur notando che Cristina lo guarda con molta attenzione, ma prima della cena, nonostante il profumo gli fa aumentare la fame, si siede nella stanza da pranzo attigua, usata in genere solo per il pasto domenicale, chiama subito la figlia e la moglie, Cristina pur sapendo già per quale motivo: - papà che c'è, ti senti bene? - stamane Tommaso mi ha chiesto che vuole fidanzarsi con te, cosa gli devo dire, Patrizia: - ma ha solo sedici anni, Giuse' non è piccola? - mammà …. che dici, io … io sono una donna, Giuseppe guarda negli occhi la moglie, Patrizia fa altrettanto: - già … ti sei fatta grande, di rincalzo la moglie al marito: - ma è ancora ..., Giuseppe invitandola a notare l'espressione di Cristina: - pare che abbia già deciso, - si papà io ho deciso, a Tommaso gli voglio molto bene e lui vuole bene a me. Patrizia: - ah! ma sei proprio sicura?! - mamma, io gli voglio bene … è da quando ero piccola, so solo io quanto … e quanti pianti mi sono fatta perché … perché … insomma, avevo paura che non mi volesse, - figlia mia … ah, è così? – hai visto? Ora, per favore, cara moglie mia, che ci debbo dire a sto pretendente? – a Tommaso? - però, cari genitori, io sono stata sempre al posto mio, - va beh! Patri' allora?? - allora? E vissero felici e contenti, - ho capito, ceniamo, domani stesso glielo dirò, - che ci vuoi dire? - questo … che siamo d'accordo … mi pare! – non è meglio dopo domani, – meglio…? mammà, meglio che? Ma che ti pensi per la testa, io non cambio e nemmeno Tommaso … lo sento! Giuseppe come rassegnato: - la cosa è così, cara moglie è venuto il momento … – Giuse', che momento? – di farci da parte. – nostra figlia è sempre nostra figlia, ricordalo bene Cristina! tu sei sempre nostra figlia, – lo so … va bene, va bene mamma …. va bene papà! Cristina si avvicina e dà un bacio al padre e subito dopo corre ad abbracciare la madre: - mamma, non sono la tipa che si innamora del primo che passa, di corteggiatori ne ho, bado bene ai miei sentimenti, a Tommaso gli voglio veramente assai, ma assai bene! Giuseppe: - beh! In fondo dobbiamo essere contenti … o no? ti pare Giuse'?? – nessuno nega che Tommaso è un giovane a posto … - ssi, certo! non c'è niente, proprio niente … - niente da obiettare! Replica Patrizia.

Il giorno dopo, Tommaso, arriva nella bottega al solito orario, gli altri già tutti presenti, Giuseppe, che non ha ancora digerito la novità, non appena lo vede entrare: - senti un po' … vieni più qua, - buongiorno maestro, ditemi! – buongiorno …! ieri sera … insomma … ti aspettiamo questa prossima domenica, alle cinque! Il giovane nonostante non stia più nei panni dalla gioia, si limita a dire: - grazie, grazie assai! – che … ci hai ripensato? – no, no! che vuoi ripensarci, io vi ringrazio dal profondo del cuore! – allora … mettiamoci all'opera. Quel lunedì e durante la settimana le occasioni di vedere Cristina si poterono contare sulle dita, la ragazza volendo accogliere Tommaso con tutti gli onori, si dà a pulire e sistemare con insolita scrupolosità e gioia, rimanendo a lungo tra le pareti domestiche. Tornato a casa a fine lavoro, Tommaso: - zia ci sei? – sono qua, nel ripostiglio, - sì, sì … eccomi qua, zia il padre di Cristina mi ha detto che posso andare da loro … domenica prossima, - benissimo, che gioia ragazzo mio! – si si hai ragione, non mi sono mai sentito prima così, insomma così – gioioso … ma tieni una faccia! – beh, non me lo aspettavo così presto, - embè? una così meravigliosa notizia! Eh? tu sei così …! le cose te le tieni strette strette nel cuore, su, via, pare brutto …! - ma io non ci sto più dalla gioia! mi metterei a gridare, tanto mi sento felice! Insomma è che … - lo so, lo so! ti conosco! Non ti preoccupare, tu sei un bravissimo giovane, lo sanno tutti! quelli che conta è solo questo! – zia che cosa? – questo … che ti

senti felice! – zia tu mi accompagni, sì? – e no! ci devi andare da solo!
Per Tommaso, durante il resto della settimana non ci furono avvenimenti particolari, se non vedere rare volte il volto raggiante di Cristina. La domenica successiva, emozionatissimo e puntualissimo bussa al cancello della casa della famiglia Del Core, recando un presente per Patrizia ed un buche' di fiori di campo per la futura fidanzata. Cristina lo stava aspettando e scende in fretta per accoglierlo: - che bei fiori, sono per me? - sì certo, come stai? Poi mostrando una busta regalo: - qui c'è un foulard per tua madre. - belli questi fiori, grazie, su vieni, ti stiamo aspettando, nel fargli strada ogni tanto si gira a guardarlo: -, amore mio sei bellissimo, mi piace questa cravatta … oh, ci possiamo dare il tu? - te lo stavo per chiedere …. - anche tu sei bellissima!
Entrambi al settimo cielo ma anche tesi, dopo una calorosa accoglienza da entrambi i genitori, è Patrizia che prende l'iniziativa: - vieni, ti voglio presentare mia cognata, la quale sbirciava sull'uscio, al che Cristina, precedendo la madre: - zia Agata, la sorella di papà … saggio membro della famiglia, nelle occasioni importanti o cruciali, è sempre presente! Tommaso si avvicina all'anziana signora e la saluta con riverenza. Il gruppetto sosta sul pianerottolo che guarda giù, finché Giuseppe, mentre il tram, transitando in curva, stride sulle rotaie: - vogliamo andare dentro? forse si sta più freschi, e zia Agata: - e sì, oggi fa caldo! Zia Agata, che non si è sposata nonostante molti corteggiatori, ancora il suo volto mostra bene che da giovane era bellissima: - Complimenti cara nipotina mia, proprio un bel giovanotto, si chiama? (domanda retorica) – Tommaso … zia, - ah! Tommaso! Uno che mi faceva la corte, quando ero una ragazzina come te, proprio Tommaso si chiamava! beh … lasciamo stare! Quanto siete belli … così, uno vicino all'altra, vi farei una fotografia tanto siete radiosi, un giovanotto così …. non me lo sarei fatto scappare, al che Giuseppe: - se nostro padre fosse stato meno geloso di te! - già, pazienza, - zia, adesso sei ancora una bella donna, chi sa come dovevi esserlo da giovane, e Tommaso: - è vero, dici proprio bene! Agata: - l'amore è per i giovani, io … proprio non ci penso più … … ad una certa età, se proprio dovesse accadere … ma è difficile! Al che Cristina: - ma non impossibile, l'amore non ha età! – è vero, replica Tommaso, l'amore non ha età! - sì … ma quando si è giovani come te e mia nipote, rispetto? stima? è il sentimento che … che … insomma, e Giuseppe: - secondo me ogni età ha la sua bellezza, se invece che al matrimonio si pensa al patrimonio! Interviene Patrizia: - io ero una ragazzina proprio come Cristina e ancora posso dire che sono felicemente sposata, ma … se ne sentono di tutti i colori! - mamma, prendo adesso la granita? Se no si scongela, senti Tommaso ti piace la granita di limone? - certo, è quello che ci vuole, Patrizia: - vedi, nella credenza ci sono le coppe di cristallo e i cucchiaini d'argento stanno nel cassettone, - sì mamma, nel cassetto giù. La ragazza porge per prima a Tommaso e, cominciando da zia Agata, a tutti gli altri, Tommaso: – buonissima, non sarà stato facile trovare il ghiaccio, è una delizia, la granita è assai gradita! Al che la zia: – è bravo, buona la rima, sei un poeta? Giuseppe, riportando il discorso alle circostanze: - Tommaso, dimmi una cosa, hai quasi venti anni … mi pare, tra poco sarai chiamato al servizio di leva! – Sì! infatti … ho già ricevuto la cartolina dal distretto di Napoli per fare i tre giorni, avevo già intenzione di parlarne, mi dovrò presentare proprio domani! tocca anche a me … servire la patria. - con quello che si sente dire in giro, altro che patria, qui la patria se la stanno mettendo …, Patrizia lo interrompe: - Giuseppe! adesso non è il caso e poi … potresti essere frainteso, - hai ragione moglie mia, meglio se lasciamo stare. E Patrizia: - si! lasciamo stare

… con certi discorsi! - secondo me la cosa migliore è imboscarsi, replica Giuseppe. Tommaso, - che significa? –che il militare lo fai al sicuro in qualche ufficio amministrativo … insomma da impiegato, senza essere sbattuto tra guardie, marce forzate, addestramenti estenuanti e infine stare a disposizione del nuovo tenentino fresco d' accademia, che non ha ancora imparato a camminare da solo! A questo punto, Patrizia: - Giuseppe ha fatto la guerra … in prima linea, e Giuseppe: - bruttissima la guerra … nelle retrovie è molto meno rischiosa! Man mano la conversazione inizia a focalizzarsi sull'argomento del fidanzamento, infine viene deciso il giovedì e la domenica di venire a casa, poi dopo si parla più in generale senza nessun riferimento alla politica. Adesso ufficialmente fidanzati, Tommaso e Cristina si allontanano dalla conversazione: - Sai, Cristina, una cosa importante, mi sento felice … come potrò più fare a meno di te? Lei lo guarda e teneramente gli carezza il viso, e poi un bacio di nascosto, con la stessa emozione del primo davanti al portone del barone. Al momento di andare, Tommaso informa più dettagliatamente il suocero dell' assenza nei giorni successivi, infine zia Agata: - farai la felicità di Cristina … al che sua nipote: - e io la sua! L'anziana signora un sorrisetto, un occhiolino di compiacimento e porgendo la mano per salutarlo: - in gamba! Tommaso si accomiata badando di salutare per ultimo il suocero, così come gli aveva insegnato Giovanna, la sorella del suo defunto padre. Nel salutare Patrizia: - vi ringrazio e buona serata mamma, ma a chiamarla mamma, gli si stringe il cuore e si sente confortato allo stesso tempo, pensando che la sua non l'aveva conosciuta. Con Giuseppe stingendogli la mano: - buona sera mastro e grazie. Al che: – sono sicuro che sarete felici, gli risponde commosso, per me tu rappresenti il figlio che … insomma io e Patrizia, l'abbiamo desiderato! Al che Cristina: - pure a me sarebbe piaciuto avere un fratello … e anche una sorella! Nel congedarsi definitivamente: - vi ringrazio per la fiducia e come mi avete accolto, non solo adesso! La zia Agata: - sono certa che non ci deluderai. Cristina, fatte le scale fianco a fianco e mano nella mano, indugia a salutarlo, i suoi opportunamente stanno dentro, ogni paio di scalini ci può scappare un bacio. Lui si allontana e ogni tanto si gira a guardarla, lei dietro al cancello, rischiarata dalla luna, gli manda un bacio con la mano, seguendolo, con gli occhi lucidi, finché lo vede. Risalendo, scalino dopo scalino, ripensa al tempo appena trascorso, entrata in casa aiuta la madre, mentre Giuseppe scende ad accompagnare la sorella, che abita distante. Più di una volta l'aveva invitata a venir a vivere con lui, ma la saggia donna aveva sempre risposto che era meglio così! Cristina infine si siede sul letto accanto alla madre anch'essa stanca, tenendola stretta a sé: - mamma! Mi pare un sogno! - è un bravo ragazzo Tommaso! Adesso vai a letto e mettiti a dormire, mi raccomando, sotto le lenzuola, di notte scende sempre l'umidità. Cristina alzatasi: – si mamma … vuoi aspettare da sola a papà? – è a momenti … voglio stare un po' sola con lui, in questi giorni l'ho un po' trascurato!

Capitolo 3 - L'arruolamento volontario di Tommaso

Il servizio militare di leva, istituito nello stato unitario italiano alla nascita del Regno d'Italia, èstato operativo dal 1861 al 2005, per 144 anni, oggi è sospeso ma non soppresso.
Quel lunedì Tommaso arriva al Distretto Militare di Napoli piuttosto presto, esibiti i documenti, il soldato che piantona l'ingresso svogliatamente: -- la, sulla sinistra, prendi le scale e sali al primo piano! Giunto in un largo corridoio, ben illuminato da ampi finestroni che guardano la strada, mostra la cartolina al caporale che sta seduto dietro un tavolino a metà percorso: - mettiti in fila, là, dietro agli altri e aspetta di essere chiamato. In breve tempo ne giungono altri, formando una lunga fila, finché un sergente, venuto fuori da una stanza, dove i convocati attendevano in piedi: - silenzio! Chiama il primo nome: - vieni, entra con me! per il turno di Tommaso si faranno circa le nove e mezza, entrato vede due ufficiali medici in camice bianco, ognuno seduto dietro la propria scrivania, alla sua destra la bilancia pesapersone con l'asta graduata per l'altezza, lo stesso che lo ha introdotto: - spogliati di tutto, che prima ti misuriamo e poi farai la visita medica dai dottori …. uno e ottanta per ottanta chili. Infine dopo l'accurata visita: - ottima condizione, ti puoi rivestire, eccoti un buono pasto, vai al refettorio, dopo se decidi di rimanere fatti dare un letto, se no vieni domani, alla stessa ora. Il giorno seguente il saggio ginnico, al terzo l'esame psicoattitudinale e infine: - molto bene, gli dice infine il maggiore medico seduto dietro la scrivania nel suo studio, mentre, in piedi davanti a lui, Tommaso pende dalle sue labbra: - probabilmente sarai assegnato in fanteria … senti un po', - dite! – dite signore! – scusatemi, dite signore! – che cosa sai fare? – signore, sono sarto! - saprai senz'altro della guerra in Spagna …? – si signore! – senti un po', accendendo una sigaretta, ti arruoleresti …? Avresti una buona paga e quando torni un lavoro statale assicurato. Tommaso ci pensa: - signore, mi sta dicendo di arruolarmi volontario per andare a combattere? –si certo, ma non credo sarà ancora per molto, forse nemmeno arriverai che la guerra sarà già finita … - ma poi di questi tempi … un posto statale …! Non è da sottovalutare! – signor sì, e la paga quant'è? – più o meno venti … trenta lire al giorno!? Oh oh! Dice tra sé, beh, - accetta? Non glielo domanderò un'altra volta! – beh, insomma, così su due piedi! Il maggiore lo guarda fisso con disappunto, come fosse stato un fatto personale se Tommaso avesse risposto di no, Tommaso, che si lascia impressionare, rimane disorientato e così, senza riflettere: - sì, accetto! - bene, firma qui, adesso vai a casa, tra breve ti arriverà un telegramma … sarai chiamato per l'addestramento; l'ufficiale, alla maniera fascista, alzatosi in piedi lo saluta braccio destro teso in su: – viva l'Italia …! Auguri! Tommaso, prima di accomiatarsi fa altrettanto.
Il generalissimo Franco, con l'aiuto della Germania e l'Italia, aveva conquistato già più di tre quarti del territorio spagnolo, effettivamente pareva molto vicina la vittoria finale, forse un mese, forse di meno.
Tommaso tornando a casa come chi ha appena concluso un buon affare, è convinto che per lui finirà prima di cominciare a combattere, così con il guadagnato in Spagna ed il lavoro statale, poteva gettare basi economiche più solide, ma non si sofferma su cosa volesse dire una guerra. Prima si reca dalla fidanzata, non dice niente della sua decisione, ma quando Cristina lo vede: - non so che impressione mi dai … tutto a posto? - si, tutto a posto,tutto a posto, - embè, come è andata? – sono passato giusto per salutarti, vorrei rientrare per

riposare, sai questi tre giorni sono stati un via vai! Rincasato informa la zia che dovrà partire per la Spagna, mettendola in agitazione: - una guerra è sempre un affare sporco … caro Tommaso! senza contare il rischio di essere ucciso, - zia durerà poco … anzi può darsi che nemmeno arrivo in Spagna e sarà già finita … poi quando ritorno avrò un lavoro statale, - fammi capire, ma ci sei voluto andare tu? – te l'ho detto! La guerra finirà presto! - è così che ti hanno persuaso a firmare … allora … ci andrai da volontario? Al che Tommaso, occhi bassi: – si ho messo la firma come volontario. La mattina presto del giorno dopo in sartoria, il suocero è solo già all'opera: - Buongiorno mastro Giuseppe, - ah eccoti qua! pensavo proprio a te, com'è andata? - bene, aspetto la chiamata per partire, - ma come … parti già? Sapevo che sarebbe passato molto tempo, dove ti manderanno? - in Spagna! – in Spagna? … ma … non c'è la guerra? – già! ma presto finirà! – e chi te lo dice? – al distretto, un ufficiale … forse è lui che la comandava, mi ha detto che presto finirà … al ritorno avrò un lavoro ben pagato alle dipendenze dello stato, - come come …! ti mandano o ci sei voluto andare? - mi sono arruolato volontario … perché la guerra presto finirà. Giuseppe, come fulminato quasi gli fosse caduto un macigno addosso, si gira e lo guarda dritto negli occhi, ma si dissuade dal dire qualcosa, anche perché entrano gli altri due lavoranti: - UE, Tommaso, allora? Ti hanno riformato sì? Giuseppe: - buongiorno ragazzi, c'è da mettere i bottoni e stirare, quando avremo terminato ci organizziamo per le consegne … ah Tommaso … quando salgo per pranzare mi fai il favore di venire con me …? giusto un attimo, in tutta la mattinata Giuseppe parla il meno possibile, talvolta a monosillabi, capo chino Tommaso comincia a rendersi conto di essere stato troppo avventato. Si sa come si sottovalutano le brutalità ed i disastri di una guerra, i sacrifici e le privazioni che si sopportano, finché non ci si trova immischiati, col rischio di sentirti bruciare da una pallottola senza udirne lo sparo, talvolta ucciso ancor prima di accorgerti. Verso le undici Cristina, scesa in bottega, nota un clima freddo, occhi bassi e Giuseppe che la saluta a monosillabi: Tommasi' … è successo qualcosa? - ne parliamo sopra, - qui pare di stare ad un funerale! - poi ti spiego! Quegli occhi dei quali si era da tempo innamorata ora appaiono senza luce: - Tomma' … che sta succedendo, ma tu mi …, e lui, sempre a voce sommessa, - si amore mio, ti amo, non temere, non è nulla … ne parliamo dopo, - sei strano! - beh, ho avuto una discussione …. su un vestito … mi ero distratto e stavo attaccando storto un bottone… lo sai quanto è pignolo, - un bottone? - Eh, sai com'è … forse … non so … c'è stata una discussione … sai … qualche parola di troppo … - tu una parola di troppo? - beh, sì! forse per questi tre giorni al distretto, - ho capito, ne parliamo stasera? Non convinta, va da Giuseppe: - papà da quando sono entrata, non so come ti vedo! - hai ragione … scusami, ne parliamo dopo, - e dalli ne parliamo dopo, ma cosa, Cristina si ferma a pensare, - papà … ti senti bene? – sto bene, sto bene, poi volgendo lo sguardo alla ragazza, niente di grave, - allora non ti sei sentito bene? - non ti preoccupare, sto bene, sto bene. Cristina sente dentro di sé la sensazione di una cosa grave, ma rimanendo all'oscuro della causa, comincia ad impaurirsi, la sua immaginazione rumigina tra la curiosità di una brutta notizia.
Concluso il lavoro della mezza giornata, Tommaso con Giuseppe salgono in casa, direttamente nel piccolo salottino della stanza da pranzo, Giuseppe chiama la figlia e la moglie: - Giuse' chec'è, ue' Tommaso … resti a pranzo? … hai un'aria così strana. Giuseppe al genero: - parla tu! Tommaso non si fa attendere: - al distretto…. mi hanno proposto se volevo partire volontario per la guerra in Spagna … (le due pendono dalle sue labbra) - io

... ho detto di sì, mi sono arruolato ... quella la guerra, è sicuro, durerà ancora per poco e al ritorno avrò ... e mi daranno un posto di impiegato statale, Cristi' così, massimo tra sei mesi stiamo tranquilli che ci possiamo sposare senza problemi economici. - e bravo il caro Tommaso, replica Patrizia, ti sei fatto tutto il programma, ti apprezzo per la tua premura ma ... e se poi ... chi ti garantisce? E Cristina: - ecco perché, quando sono scesa nella bottega, eri così strano ... hai già tutto deciso? Papà adesso ho capito perché tu sei stato così, - è così Cristina mia ... ha pure firmato già! Tommaso capisce di essersi comportato da avventato e non può fare altro che rispondere di sì. E Patrizia: - potevi almeno prenderti un poco di tempo per parlarne, non so ... consigliarti, riflettere insieme. Cristina: - e adesso non si può fare più niente per non andarci più? Giuseppe:
penso proprio di no!
La ragazza, muta va vicino a Tommaso che dà l'impressione di essere seduto sui carboni ardenti, comprende il suo imbarazzo e tra sé: - è fatto così! Poi tra una lacrima ed un sorriso gli carezza i capelli: - Tommaso ... come hai potuto? Lui alzatosi l'abbraccia, dopo uno sguardo intorno: - tornerò! lo prometto, Tommaso Liguori ha la pelle dura! - se muori tu, muoio pure io. Giuseppe: - io l'ho fatta ... la guerra, è una schifosa carogna, non c'è niente di buono né perchi vince né per chi perde, chi ci guadagna? ... i fabbricatori e venditori di armi, che standosene al sicuro giocano con la vita degli altri ... quelli!! La guerra ce l'hanno in testa ... tu stai sempre all'erta e non ti fidare mai di nessuno, troppo spesso il nemico è a fianco a te ... solo del tuo fucile ti devi fidare e tienilo sempre pronto. E Patrizia: - beh potrebbe succedere proprio come dice Tommaso, auguriamoci che sia così e speriamo bene.
Si permise ai fidanzati di vedersi con più frequenza, nella frescura della sera uscivano per una passeggiata, fanno progetti davanti ad una bevanda fresca al baracchino della limonata, talvolta seduti su una panchina in piazza. Un pomeriggio Tommaso si mette di fronte a Cristina; la guarda senza dire nulla, e lei: - a cosa stai pensando? - sto pensando, si ... sto pensando! - dai su dimmi, cosa pensi? ... guarda che poi i pensieri tristi fanno danni! – no, non sto triste, è solo che ... voglio dirti ... è una cosa importante e non so da dove cominciare: - ma si tratta di noi due o c'è qualcos'altro? Ma tu ... mi ami sempre? – sì ... per questo mi sento così! hai ragione amore mio dolcissimo a domandare se ti amo ... si, ti amo ed è proprio perché ti amo ... posso chiederti una cosa? – certo, dimmi, con questo caldo sembri una statua di ghiaccio, - una carezza ... ti posso fare una carezza ... anche qui che ci vedono? Cristina gli sorride, per Tommaso è come riuscire finalmente a dire cosa gli rimugina, le sorride, poi le prende delicatamente la mano baciandola nel palmo: - questo almeno lo possiamo fare tranquillamente, ti pare? – certo amore mio, - adesso però ... (stringendo anche l'altra sua mano) - su dimmi, Tommaso trae un sospiro: - ecco, io, - io? - no, è che ... si, si, subito, un momento solo, - mamma mia ... timidone, che sarà mai! Tommaso pare stare in apnea: - Cristina, -sì? – desidero chiederti se ... insomma, prima di andare in Spagna ... (a bassa voce con lo sguardo a terra) se ci vogliamo sposare ... ti vorrei sposare adesso! - anch'io lo desidero ... che abbiamo minimo cinque figli, però, con gli occhi azzurri come i tuoi: - beh, chi lo sa ... - ci possiamo provare, può darsi che veramente ... - sposiamoci adesso! Gli prende la mano per alzarsi invitandolo con determinazione a camminare, Tommaso presume si dirigesse in chiesa, ma lei prende un'altra strada, che diventando un sentiero, porta in aperta campagna. Camminano silenziosi finché, quando è sicura di non essere vista, si stringe al suo fianco, Cristina aveva deciso. Mano nella mano,

camminando per circa un quarto d'ora, con prudenza per lo sconnesso sterrato, gira su uno stretto sentiero solitario e Tommaso con lei, senza nasconderne la perplessità. Poco lontano si intravede un pagliaio erto a cono, con alla base una piccola entrata, all'interno l'accoglie il silenzio di un tranquillo rifugio. Lui non capisce, ma è presente con la fiducia di chi ama, mentre i suoi occhi parlano con gioia, lei dà una sbirciata fuori per essere sicura di stare soli, come fanno di gusto i bambini prima di una marachella. Tommaso: - ma …. dove … Cristina gli pone le dita sulla bocca: - sciiii, zitto e fidati, tu … tu mi ami … è vero che mi ami …? Così come io ti amo? Da Tommaso giunge a Cristina un sì che le appare subito incondizionato, totale! Erano da poco suonati i lontani rintocchi della campana, il sole, prima di addormentarsi, incuriosito sull'altura del Vesuvio aveva ammantato la campagna circostante ed il pagliaio di rosso purpureo, quasi a voler immaginare il tutto, prima che l'estesa pianura diventasse di un verde scuro. Cristina dolcemente: - è qui che desidero sposarti, adesso! Entrambe le mani gli avvolgono il volto, lo baciava e lo bacia mentre le immagini del giorno cominciano a diventare lunghissime ombre tra rari cirri rossastri, dove gli uccellini, volando, cercano un riparo notturno. Lo scintillare di Venere nell'infinito firmamento, man mano costellato da altri più tenui, prende il posto del sole. Tommaso da pari protagonista, stringendole dolcemente la mano, le fa posto sul secco pagliericcio, due anime distese al centro della creazione, nessun rumore se non sospiri vogliosi di un reciproco e naturale donarsi, carezzarsi, baciarsi, toccarsi e tutto ciò che il desiderio suggeriva, muti tra intense moine con la curiosità di scoprirsi senza la cognizione del tempo, si ammirano e si amano, con eccitazione e passione, incondizionatamente, l'uno all'altra, l'altra all'uno, in un amplesso con la gioia dell'amore, mentre il rosso della verginità si perdeva tra i fili di paglia. Le ore passarono in un attimo e un raggio argenteo li sorprende, ancora lì con la voglia di restare, dall'orgasmo alla naturale distensione del paradiso. Con la chioma tra la spalla ed il petto di Tommaso, Cristina gioca attorcigliandogli i peletti dei pettorali, mentre lui ancora le sfiora i capezzoli: - sai la luna sembra volerci fare compagnia, stasera non ho nessuna voglia di tornare a casa, vorrei restare qui per sempre, ti amo! non scordarlo mai! specie quando sarai lontano. - il mio cuore si è aperto a te e tu ci sei entrata tutta dentro, non permetterò a niente e a nessuno di portarti via dame, e quando dovremo sopportare la lontananza, sarai sempre e comunque vicino vicino a me, nella mia mente e nel mio animo … parte di me stesso, in tutto me stesso, ti amo immensamente
… ti ho amata dal giorno che ti ho vista … ne ebbi la certezza quando mi accorsi che ti parlavo nei miei pensieri, ora so di appartenerti. Pigiando la sua mano sul petto, - è qui dentro che stai
… è qui che desidero che rimani per sempre, - e tu nel mio cuore che come il sole … mi dai calore e mi dipani da ogni grigiore, sei la luce che mi fa svanire la caligine della notte … per sapere com'è la felicità mi basta guardare i tuoi occhi … quando … mi basterà immaginarti per essere felice, ti amo con la gioia di desiderarti sempre … sempre di più!
La prima umidità li avverte alla realtà, è l'ora di andare tra le ombre infittite della sera, mano nella mano ritornano accompagnati dalla luna. Nel rincasare, i genitori di Cristina, estremamente preoccupati, leggono negli occhi della figlia che qualcosa di importante era accaduto, provando ad immaginarlo si fissano reciprocamente ma non osano chiedere, Giuseppe un po' impacciato le fa un blando rimprovero: - non sta bene fare tardi! Oggi come oggi ci sono molti pericoli e … stare fuori dopo il tramonto … ti rendi conto che clima

stiamo vivendo …? in giro vanno molti malintenzionati che credono di fare ciò che vogliono solo perché …. perché … lo sai poi come si approfittano di … di … non lo fare più! E Patrizia, giusto per smorzare: - è stata con Tommaso, no? Che ci vuole la zingara? Ragazzina mia, tu sei di animo buono … non conosci la cattiveria ma almeno impara la prudenza …, Cristina: - scusatemi … avete ragione tutti e due, adesso se permettete … mi sento stanca e vorrei andare a dormire. Tommaso torna a casa tutto intontito, per fortuna non inciampa, con gli abiti addosso si sdraia sul letto per così addormentarsi.

La mattina dopo, nella bottega, Giuseppe è insolitamente silenzioso, ogni tanto una bieca occhiata di gelosia, finché si sente bussare al cancello: - raccomandata!! Liguori Tommaso!!! Tommasi', vieni, presto che oggi devo consegnare parecchie lettere, a casa tua non ti ho trovato ed eccomi qua, qui è che potevo trovarti … firma qui sul registro. La postina va via a compiere il suo giro, al destinatario, nel vedere che la lettera porta sulla facciata il timbro del distretto militare, gli si gela il sangue ... tre giorni di tempo per presentarsi alla caserma Garibaldi in via Foria; comincia veramente a prendere coscienza della sua decisione, un momento di smarrimento e una fitta dolorosa gli attraversa il petto, infine con risolutezza e coraggio pensa che i vantaggi prospettati non fossero stati vani quando la guerra sarebbe finita, ed era opinione generale che sarebbe accaduto molto presto.. Giuseppe concede al giovane di lasciare il lavoro; a casa gli si rifanno in mente i dubbi sulla sua decisione, mentre lo dice a zia Giovanna: - adesso non c'è nulla da fare … quando parti? - zia, domani mattina, mi devo recare alla Caserma Garibaldi, prenderò il tram delle sette e mezzo, ti prego, in mia assenza, stai molto vicino a Cristina. Una zuppa di lenticchie e patate lesse gli è particolarmente squisita, c'era tutto l'odore ed il sapore delle sue cose, Giovanna, seduta di fronte, lo osservava senza rompere il silenzio, anch'essa è turbata, tra un boccone e l'altro: - zia, chi sa in caserma come sarà, chi sa quando potrò riassaggiare queste gustose pietanze … a parte che tu mi mancherai … molto!

La notizia si diffonde e molti tra i suoi compagni lo ammirano. Nel pomeriggio esce a salutare amici e conoscenti, qualcuno gli dice "bravo!" e questo lo rincuora. Solo il parroco, più nero involto che nell'abito, come aveva già consigliato Giuseppe: - sempre "signor si", rispetta il grado e la disciplina, mi raccomando … non fare l'eroe, una medaglia d'oro alla memoria non vale il prezzo della vita, i veri eroi non sempre son quelli di cui se ne sa. Infine, tra la sorpresa di Tommaso, preso un libricino dalla tasca della tonaca: - è il nuovo testamento, scritto in italiano

… per grazia di Dio, nelle sue pagine troverai conforto, non disdegnarti di leggerlo ogni giorno

… spesso pensiamo a Dio come fosse chi sa dove … questo ti aiuterà a conoscerlo e a capire che ti sta sempre accanto, non t'importare se qualcuno … insomma … penserà a te come un bigotto, medita su ogni parola che leggerai. Dato un breve sguardo melanconico alla copertina, alzando gli occhi: - lo leggerò, ve lo prometto, - ragazzo che hai? La guerra? … la guerra finirà prima che arrivi in Spagna, - c'è un'altra cosa che vi voglio dire … mi voglio confessare, - si, subito, prendo la stola e sono da te, avviati là … nel confessionale, - no, meglio in sacrestia, desidero che vi vedo, - beh, insomma … va bene! andiamo in sacrestia … staremo tranquilli lo stesso. Seduti uno di fronte all'altro: – don Filì, …. don Filì … io …. cioè io e Cristina … desidero prima sposarmi, – sei fidanzato? … non ne sapevo nulla … con la figlia di Giuseppe? Complimenti … brava ragazza … anche tu sei un bravissimo

giovane ... sono contento ... da quando? – don Fili'.... forse non ci avrete notati a messa la domenica, sono già due domenicheche vengo con lei e i suoi genitori, - va bene, non ti avrò notato, ma da quanto tempo sei fidanzato? – beh ... insomma ... prima di andare in Spagna .... voglio che Cristina è mia moglie! Il parroco comincia ad insospettirsi circa il reale motivo ma senza indagare: - ma siete entrambi minorenni .... devo informare il vescovo e chiedere se può concedere la dispensa se no ... - se no? - eeeh ...., se no ... ragazzo mio, purtroppo niente matrimonio, - no, no, io mi devo .... voglio sposarmi prima ..., prima di ... e se poi non dovessi tornare più? - sicuro che è solo questo il motivo? - don Filì, veramente io .... io e la mia fidanzata, - ho capito, ti vuoi sposare e ti devi sposare! - si don Filì, forse aspettiamo un bambino .... – e che è ...? mi sembriche devi andare ad un funerale, i figli sono un dono di Dio, si è vero forse dovevate essere più
.... più ... va beh, non ci pensiamo, ma sei proprio così sicuro? – io veramente, non ... proprio proprio ... però ... là mica vado a fare una passeggiata ... se non finisce subito ...la guerra è guerra! – allora ...? - prima di andare ... se proprio c'è la probabilità che ci sta già un bambino
..., - voglio che nessuno potrebbe pensare ... insomma che abbiamo fatto una scappatella, - apprezzo le tue intenzioni, parlerò stesso domani col vescovo, cercherò di essere convincente al massimo, d'altronde, se no, che cristiani saremmo? - domani mattina devo partire, però voi
... quando il vescovo dice sì ... glielo dite voi a zia Giovanna? ... io poi, in un modo o in un altro verrò senz'altro per il matrimonio! – e mi pare! Sei lo sposo ...! passerà minimo minimo un mese, se non di più, sono tempi canonici anche per la legittimità ... se no il matrimonio non è valido, neanche quello civile, che col concordato è tutto più semplice, – un mese? E se poi mi fanno partire prima, se sto già in Spagna? – oh! prima devi completare tutto l'addestramento! Ci vorranno minimo due mesi ... lo farai sicuramente qui, – qua? - voglio dire in Italia! - si si ... meno male! - ora scusami ma ... – Grazie, grazie don Filì, vi voglio bene, se mio padre e mia madre ci fossero stati ... mi sarebbe piaciuto molto! – su coraggio, vai, che se no faccio tardi, - grazie don Filì, adesso lo vado a dire a Cristina, - perché ... non losa che sei venuto da me? – forse ho sbagliato a ... dovevo dirlo prima a lei? – beh, si ... una cosa così importante!
Tommaso andando verso la casa della sua fidanzata, comincia a sentirsi a disagio per non averla avvisata in precedenza, ma si giustifica pensando alla necessità imposta dalla brevità del tempo:
potevi prima avvisarmi, lo redarguisce Cristina, poi col sorriso sulle labbra, – va bene ... melo hai detto adesso, non fa niente, sono d'accordo, ma mi raccomando, in futuro cerca di essere meno precipitoso, lo so ... lo fai a fin di bene, ma devi stare attento! La fretta non è mai positiva
...! - a meno che il giorno dopo non si deve partire per andare a fare la guerra con la preoccupazione di diventare papà! - Hai ragione amore mio ... ma sta lo stesso più attento! Rimasero a lungo a discorrere finché il cielo diventato buio fa ammirare le stelle: - Cristina, guarda, quella è l'orsa maggiore, c'è anche il piccolo carro, quell'altra lì, vedi? È l'orsa minore,
dove? Non riesco a ... - lì, sulla nostra destra, proprio in basso c'è l'Orsa minore ... e le vedi quelle stelle più in giù che formano una emme capovolta? – beh, non so ... mi fido di te! –

guarda, quella, alla fine dell'Orsa minore … lì a destra … è la stella polare … la più luminosa della costellazione … indica il nord, e quella … quella emme, giù a destra è Cassiopea, - come fai a sapere tutto ciò? – beh, mi piace osservare il cielo stellato, nel sussidiario c'erano delle immagini del cielo notturno con i nomi delle costellazioni, - mamma mia … come sei bravo?
beh, è una cosa che ho studiato, chi sa quanto devo ancora imparare …! per esempio a fare più attenzione … ti pare? – ecco qua … sei bravo e basta … il mio innamorato è bravissimo …hai capito? Tommaso con un sorrisetto di compiacimento: - guarda, sembra che la stella polare volesse avvicinare l'Orsa minore alla maggiore; e lei: - Tommaso e Cristina … la stella polare il nostro amore … che ci unisce … così, quando sarai lontano, è lì che ti vedrò finché non ritornerai! – certo che ritorno! (guardando in cielo) e chi di noi due sarà l'orsa maggiore?
certo tu tesoro mio! Un sorrisetto di compiacimento e un'occhiata all'orologio: - uh … s'è fatto tardi! Tommaso alzatosi in piedi aiuta Cristina a fare altrettanto, un tenero abbraccio, un bacio appassionato, un saluto ai suoceri e, girandosi ogni tanto indietro, prende pensieroso la via verso casa.
Tommaso, senza indugio, prende un pacchetto di indumenti che teneva ripiegato nell'armadio: - zia, domani parto …, - sì … che vuoi dirmi? - volevo darti questo … ci sono i soldi che sono riuscito a risparmiare, dentro ci sono centocinquanta lire, altre cinquanta le ho prese per il viaggio … lo puoi tenere tu per quando mi sposo? - certo … farò un libretto di risparmio alla posta … prima dillo a Cristina … intestalo a me e a lei, – già pensi al matrimonio? – no, zia è che quando tornerò … io ci tengo a sposarmi, Cristina è meravigliosa. Giovanna non coglie il vero motivo: - sì va bene … come vuoi tu …! - allora buonanotte zia e grazie … - grazie … e di che …? dai su, va a riposare, che domani …!

Capitolo 4 - L'addestramento militare

All'alba, con un senso di torpore e voglia di dormire, Tommaso si alza dal letto, a torsonudo versa nel bacile acqua dalla giara, si sciacqua abbondantemente viso, capelli, petto e braccia per poi radersi, ancora inumidito si riveste, maglietta e pantaloni lavati e stirati apposta dalla zia, e scarpe nuove, per colazione una tazza di latte con zucchero e caffè caldo, infine la zia, alzatasi prima di lui per preparare: - è ora? - già! - Come ti senti? – come fare un salto nel buio ... prendo la valigetta ..., - ti scordi nulla? – penso di no, ieri sera, prima di addormentarmi ho controllato ancora, - bene! Ti accompagno alla fermata del tram. Fuori silenziosa e umida di rugiada, Cristina aspetta: – Cristina ...! Ah figlia mia! perché non hai bussato, ma ... sei tutta infreddolita ... vado dentro a prenderti uno scialle. Posata la valigetta Tommaso le va incontro e sorridendo la stringe a sé, lei alzatasi sulla punta dei piedi, sorrisetto amaro e occhi lucidi, lei lo bacia prima che Giovanna torna: - su ... copriti, - grazie zia, ci voleva ... nella fretta me ne sono scordata, - beh ...! Allora ci vediamo dopo ... su andate ... io nel frattempo ti preparo un bel caffè!
Mano nella mano e la valigia nell'altra si avviano, Tommaso più che la strada guarda Cristina che, lasciatogli la mano, cammina stringendolo al suo fianco, altri aspettano già alla piazzola, un sorriso infreddolito e ancora un sorriso, senza dire nulla, non bastò a stemperare la tristezza di questo distacco, lo stridere della frenata del tram, che non aveva più posti a sedere, una carezza seguita da un furtivo bacio: - allora ... ciao! – sì ... ciao ... ci vediamo ... un momento
... un momento ancora (Cristina prende dalla tasca della veste la sua foto tessera) ecco, ti piace ...? fai come se sto io veramente accanto a te. - come sei bella amore mio! Dopo un bacio all'immagine la ripone nel portafoglio, - ti amo amore mio. Infine il fattorino: – si parte! Cristina resta ancora qualche secondo lì alla fermata, mentre il tram va a scomparire nella foschia. Sferragliando corre attraverso la campagna circostante, i braccianti stanno scippando la verde canapa per lasciarla al suolo a seccare. Tommaso, in piedi nel corridoio si regge, guarda distrattamente dal finestrino e pensa: - mi sono coinvolto in un destino che ora non potrò gestire in autonomia. In Napoli, presentatosi alla caserma Garibaldi, gli è indicato di mettersi in coda davanti ad un lungo tavolo, mentre la fila dei coscritti man mano si allunga viene distribuito latte caldo e biscotti. Un dieci minuti prima delle dieci, saliti tutti su quattro camion telonati partono per Persano, in provincia di Salerno. Il viaggio pareva interminabile, specie l'ultimo tratto di strada sterrata, costretti a tenere gli occhi chiusi, respiravano protetti da un fazzoletto davanti a bocca e naso, per i gas di scarico risucchiato nell'abitacolo, a cui si aggiunge la polvere. Finalmente a destinazione, scesi a terra nel piazzale verso le cinque del pomeriggio, col sole ancora caldo, sgranchite gambe e braccia vanno tutti al bagno, anche per dissetarsi e rinfrescarsi. All'imbrunire, già distribuite lenzuola federa e coperta, presso il magazzino vettovagliamento, sono condotti nell'edificio delle camerate, dove al comando del silenzio nessuno può fiatare. Il giorno dopo, quando le ombre della notte non erano del tutto scomparse, vengono svegliati dal suono della tromba, una ripulita e ancora con abiti borghesi, in fila a squadroni con i soldati in uniforme, tutti nell'ampia piazza, dove un tenente affiancato da due sottufficiali è pronto ad issare il tricolore, l'alzabandiera, in alcune caserme più prestigiose con la fanfara del reggimento, è

il rito solenne di iniziazione giornaliero in tutti i reparti militari del mondo. Completata la colazione presso la mensa truppa, i nuovi arrivati sostano sullo stesso piazzale, infine, giunto un sottufficiale accompagnato da due soldati, con l'elenco delle matricole sottomano e a voce alta con accento toscano: - ben arrivati, sono il sergente maggiore Francesco Giglioli del Comando Comprensorio di Persano, resterete per sessanta giorni, fino a fare di voi dei buoni soldati, molti di voi sono volontari per la Spagna, comunque avrete tutti lo stesso addestramento, ora penseremo al vestiario e alla biancheria, seguitemi. Duecentocinquanta ventenni gli vanno appresso sistemati in fila per due, verso il magazzino generale. Quando tutto il vestiario è espletato, li porta alla sala cinematografica, tutti seduti vedono comparire su un palco il comandante di compagnia: - Cari ragazzi, ben arrivati, sono il capitano Proietti, da oggi siete militari ... col dovere di servire la nostra nazione con onore e spirito di sacrificio, insieme tutti noi formiamo una sola famiglia, di cui ognuno è responsabile verso sé stesso e verso gli altri, onde sostenerci vicendevolmente per la grandezza della nostra patria imperiale, Viva l'Italia! Segue un breve applauso. Il resto della giornata fu piuttosto movimentato, dato il pesante ritmo di addestramento, nei giorni successivi non mancarono atti di insubordinazione e di insofferenza, qualcuno finì per essere ricoverato alla neuro, ma il più delle volte risultava per simulazione. Un ragazzo marchigiano, costretto a vestire l'uniforme dal padre, gerarca fascista alquanto fanatico, fu trovato che si era impiccato, durante la notte, al ramo di un albero del viale secondario della caserma.

Se non si è proprio portati, l'impatto con la vita militare assume spesso toni inquietanti, la disciplina insieme all'addestramento sono duri, in più atti di nonnismo, per chi faceva solo il servizio temporaneo di leva diventava un conto alla rovescia. Una leggerezza o una distrazione impediva spesso la libera uscita, estenuanti marce forzate, turni di guardia notturni, corvée, il dovere di badare scrupolosamente all'aspetto della propria persona, l'apprensione alle proprie cose per il rischio di furti, la limitata libertà personale, l'incubo di essere punito anche per una innocente sciocchezza, senza potersi difendere o fornire giustificazioni, improvvisi allarmi notturni a scopo di esercitazione, faceva dire dai congedati a quelli che rimanevano ancora: "ti lascio la stecca".

Trascorrono i giorni, dopo una settimana di addestramento, Tommaso comincia ad abituarsi alle nuove regole, soprattutto sul comportamento formale, quelle del rispetto reciproco e l'ubbidienza, iniziando dal caporale; tenendo bene a mente i consigli del suocero e del parroco, mostra di poter diventare un buon soldato. In un giorno, nella pausa pomeridiana, frugando nella sua valigetta, non ancora completamente svuotata, trova il libricino regalatogli da don Filippo, l'aveva del tutto dimenticato, tenuto tra le mani e aperta una pagina a caso, legge: "venite a me, voi tutti che siete affannati e stanchi, ed io darò riposo alle anime vostre", facendo mente locale, comincia a chiedersi chi fosse l'autore della frase "venite a me" ... - dove? Da chi ...? qualcuno che può dare riposo all'anima mia? di quale riposo si tratterebbe? Il suo pensiero va al barone Vinciguerra, possiede molti beni ma che vita! - Certo non quello che viene dal possedere molti beni! Ma certo! È Gesù Cristo questo qualcuno! Pur non comprendendo cosa intendesse per riposo: - bah ...! Io credo in Gesù ... ma cosa intende per riposo ...? dentro l'anima? ...boh ...! bene o male comunque ... si parla di riposo! Tommaso, con l'intenzione di cogliere qualcosa di buono si addentra nella lettura.

Capitò un pomeriggio, mentre legge, gli si avvicina Andrea: - cosa leggi? Preso di sorpresa,

con imbarazzo, chiude il libretto, questi si accorge di un disagio: - giusto per fare due chiacchiere, ma se non te la senti …! - mi è stato regalato e … giusto per passare il tempo! - di che si tratta? - un libro … mi pare di religione, - insomma … giusto per cogliere l'occasione di fare due chiacchiere … casomai fare amicizia … anch'io leggo spesso libri, anche di codesto genere, ti ho notato e mi sono chiesto … beh, forse potremmo diventare buoni amici, personalmente quando lo leggo, vi trovo serenità … anche gioia … gioia di vivere! - Il parroco del mio paese, quando sono partito, mi ha detto le stesse cose, ma lui aveva studiato al seminario. – sono cose che senti dentro, fin nell'anima … lo studio è dopo, - ma tu chi sei? – sono un cristiano, - e … pure io, mi chiamo Tommaso, - io Andrea, allora … possiamo diventare buoni amici, - beh sì, buoni amici … mi sta! - ritornando al libretto che hai tra le mani, insomma … questo è il nuovo testamento, vi trovo sempre qualcosa di nuovo, - sei qui di leva oppure anche tu … - servizio di leva, purtroppo, - perché purtroppo? - perché sono sottoposto alle leggi dello stato … dare a Cesare quello che è di Cesare, – beh …? - realistico, essenziale, uno che dà alle cose ed ai fatti il nome proprio, – scusami non ti capisco, - non importa, dai, non ti applicare … dicevo così perché mi sarebbe piaciuto non fare il militare, la guerra è violenza … uno è forte quando riesce, con mansuetudine, a resistere alla violenza, - sei di leva? - sì, perché sono anche un italiano, soggetto alle leggi dello stato, - io partirò per la Spagna … volontario, non perché mi piace la guerra, è solo che … insomma per avere, al ritorno, una condizione economica migliore … sono fidanzato e desidero sposarmi … un po' complicato vero? - essere semplici più che altro è una grande virtù, non c'è bisogno di capire più di quello che è necessario, se ragioni così rischi solo di complicarti la vita, – dici? - beh, a volte diciamo, pensiamo, ragioniamo come se fossimo totalmente gestori di noi stessi … la vita è bella proprio per gli imprevisti, - quali imprevisti? – che ne puoi sapere … vai in un paese straniero in mezzo ad una guerra civile, che ne puoi sapere, hai programmato, hai pianificato
… forse chi sa, avverrà come dici, ma che ne puoi sapere? - certo, un margine d'imprevisto l'ho calcolato! – pensato, programmato, calcolato … invano s'adoperano i costruttori se Dio non ha stabilito la costruzione, - non ho mai sentito nessuno parlare come parli tu, mi sembri una persona di esperienza, eppure sei giovane, - forse più che di esperienza parlerei di conoscenza, - conoscenza? Cioè quello che si studia a scuola? – non confondere la conoscenza con l'istruzione, - qual è la differenza? - senti a me, lascia stare questi discorsi, vai in Spagna per migliorare la tua condizione economica … d'accordo? – d'accordo, comunque … non so, mi sembri troppo sicuro di ciò che dici! - vedi … giusto perché voglio dirtelo … tempo fa ho affidato la mia vita nelle mani di Dio … - beh … che c'entra? - mi piace dialogare con te, intendo che hai una curiosità … spontanea, va beh, chiuso il discorso, ci vediamo? se anche a te fa piacere! - si, si, non ti preoccupare, anzi, scusami se mi sono messo sulla difensiva, – in conclusione, se dipendesse soltanto dalla mia volontà, non sarei qui e Dio solo sa, come vorrei non esserci, ma Egli pare che mi vuole invece proprio qui, proprio in questo posto in questo momento, saresti capace di perdonare chi ti fa del male? – difficile rispondere. Senz'altro aggiungere, Andrea: ciao, ci sentiamo! Tommaso resta a lungo muto e perplesso, poi tra sé: – mah, che tipo originale!
Il tempo trascorre e l'addestramento continua, la sera, con un camion, nella libera uscita, andava con gli altri, nella piccola cittadina a circa dieci chilometri. Nonostante non fosse un gran che, proprio per la presenza dei militari, oltre il cinema, ristorante e qualche pizzeria,

vi si poteva trovare, con discreta facilità, il bordello. Capitò un giorno che fu invitato ad entrarci, si rifiutò, non se la sentiva proprio, preferiva starsene o a passeggiare o il cinema e la pizza. Dopo circa un mese e mezzo, due reclute si erano infettate, vennero immediatamente trasferiti all'ospedale militare, sifilide, per loro finisce così l'esperienza del militare; quelli che avevano frequentato il bordello vennero sottoposti ad analisi, altri due risultarono positivi, da allora nessuno volle più andarci e quel bordello chiuse i battenti. Terminato l'addestramento formale, andavano all'esercitazione di tiro al bersaglio, un colpo ben centrato faceva la differenza tra vivere o morire, infine l'uso degli esplosivi e ogni altro tipo di arma leggera e pesante.

Capitolo 5 – Tommaso torna per il matrimonio

Dopo poco più di un mese Tommaso riceve la notizia che aspettava, la data del matrimonio è per la seconda domenica di settembre, a rapporto presso l'ufficio del capitano di compagnia, viene ammesso il giorno seguente.
Tenuto in gran conto dai suoi superiori, il capitano Proietti, romano, ama la vita militare con premurosità verso i suoi soldati, specialmente le reclute, mantenendo un atteggiamento consono al suo grado, quando non è opportuno non bada troppo alla forma, non era raro, talvolta anche a notte fonda, vederlo girare nei viali e tra le camerate.
Annunciato dal sergente di fureria, in uniforme da libera uscita con la raccomandata in evidenza, oltrepassa l'uscio della stanza, avanza fin davanti alla scrivania, dopo il saluto militare, senza pronunciare parola, sta sull'attenti, mentre il furiere, avuto il permesso di allontanarsi, uscendo, gli richiude la porta alle spalle. Camicia di ordinanza mezza sbottonata, seduto dietro la scrivania, tra le mani il foglio matricolare di Tommaso, con modi cordiali: - riposo, Liguori Tommaso? – comandi signor capitano, - non stare come uno stoccafisso, allora?
signor capitano, col suo permesso, mi dovrei sposare. - Ah!! Questa sì che è una bella notizia, ma spiegati meglio! - Signor capitano, da casa mi è arrivata questa lettera, reca la notizia che è tutto pronto, - tutto pronto per sposarti … quando? - col suo permesso sarebbe domenica, tra sette giorni, - congratulazioni figliolo, noto molta apprensione … non è che la tua fidanzata è incinta? … ma giusto per esserti di aiuto! – signor capitano … una certa probabilità c'è … ma non è solo per questo, ci vogliamo sposare perché ci vogliamo bene, qui nella lettera c'è scritto che è tutto pronto … prego. Il capitano lette one il contenuto: - Cristina! … bel nome, la mia nonna paterna si chiamava così, che grand-mère! come dicono i francesi ... va beh … la "papocchia" c'è stata … però, non è ancora sicuro se aspetta un bambino, è così? - signor capitano, mi scusi, non è che vorrei sembrarvi scortese, ma mi sento molto imbarazzato a parlarne, - d'accordo, torniamo a noi … ti devi sposare! - signor sì, signor capitano … ci vogliamo un gran bene, - sei contento di sposare la tua Cristina … molto bene! dov'è che si celebrerà? - a Casavatore, nella chiesa di San Giovanni battista … abitiamo nello stesso paese
… - Casavatore … provincia di Napoli, bella Napoli, bella … ho conosciuto il barone Vinciguerra, purtroppo a causa della morte del figlio, il colonnello Pierluigi Vinciguerra, uomo tutto d'un pezzo e ottimo soldato …. - signor capitano, la mia fidanzata è molto amica della sorella Angelica … la baronessa Angelica, - sono stato lì in occasione del funerale … il padre
…! Già vedovo … nel dolore che nobiliare compostezza … mah, la vita non è facile per nessuno
… allora ti vuoi sposare? - sì, signor sì, signor capitano! - ti spetterebbe una licenza più il viaggio … ma c'è un problema … in questo caso, durante il CAR, il regolamento non è chiaro, meglio e opportuno sarebbe … - come dite voi signor capitano, voglio sposarmi al più presto, vedete … se poi in Spagna ci poso la pelle, mio figlio non sarebbe legittimo ….
- sì, sì … ho capito e ti ammiro, sei un bravo ragazzo … va beh … meglio risolvere in altro modo, - come dite voi, signor capitano, - fammi arrivare da casa un telegramma che un tuo

parente stretto stagrave e non ti preoccupare …, – ho capito signor capitano, l'unica è mia zia … è lei che mi ha cresciuto …. dopo poco che nacqui ho perso entrambi i genitori. – lo so, l'ho visto nel foglio matricolare, fai mandare un telegramma urgente che tua zia … insomma … è gravemente malata … poi me la vedo io, – grazie signor capitano, - voglio vedere …! magari tra dieci anni, se mi dirai ancora grazie! - sicuramente sì, signor capitano! Grazie al medico compiacente, nel giro di due giorni arriva l'atteso GMF (gravi motivi familiari), il capitano fa avvisare il soldato Liguori Tommaso di venire subito nel suo ufficio:
ora abbiamo la pezza di appoggio, questa è la licenza … tre giorni più due per il viaggio, va all'ufficio ragioneria e fatti dare l'autorizzazione per fare il biglietto alla stazione … - signor sì, signor capitano, grazie, - parti subito, casomai … se vieni fermato dai carabinieri o dalla polizia, mostra il foglio di licenza col tuo tesserino … non dire nulla se non espressamente interrogato. - grazie tanto signor capitano. Approfittando di un camion che doveva andare ad Eboli, da lì con un accelerato raggiunge Salerno, per poi proseguire per Napoli. Il treno è affollato ma riesce comunque a trovare un posto accanto al finestrino, immerso a guardare il panorama viene avvicinato da due carabinieri, - documenti prego! Tommaso, in piedi e saluto militare, mostra quanto richiesto, - Napoli? Siete diretto a Napoli? - sì, purtroppo …! mia zia non sta bene, non so ancora nulla di preciso … ma penso sia grave, - speriamo bene, gli risponde l'altro, infine: - beh, speriamo che tutto si risolva bene, - … grazie! Tommaso, tirato un sospiro di sollievo, torna a sedersi. La sfera di fuoco pian piano si ecclissava nel mare rossastro, il treno, sibilando sui binari, proseguiva la sua corsa. Durante una fermata intermedia, vede gli stessi carabinieri prendere in consegna un uomo in manette e gli si gela il sangue nelle vene: -chi sa cosa avrà fatto! All'imbrunire è nella stazione ferroviaria di piazza Garibaldi, tra l'acre odore del fumo delle locomotive, col cuore che già gli batte forte, evitando di perdere l'ultimo tram per Casavatore cammina veloce verso Porta Capuana. Mentre così si avvia, si sente da dietro bussare sulla spalla, tra sé, coll'apprensione che siano di nuovo i carabinieri: - mamma mia mo' questi che altro vorranno, spero solo di non perdere il tram. Si blocca voltandosi con lentezza, davanti a sé un ragazzone sorridente: - oh! Ciao Andrea … che sorpresa! Mi hai fatto quasi paura, credevo fossero …. mah, lasciamo stare, …. che ci fai qua? - che ci fai tu? - se sapessi! – come sarebbe … dimmi, dimmi! … - vado a sposarmi, - congratulazioni e felicitazioni, - e tu? - non hai saputo? – che ti è successo? - mi hanno riformato, dall'infermeria della caserma mi hanno ricoverato all'ospedale militare, aritmia cardiaca cronica e piedi piatti, stop, finita la naia … Dio sia lodato! – beh, Dio sia lodato … che c'entra? - è così! l'uomo propone e Dio dispone, oppure, non si muove foglia che Dio non voglia, - chi sa! Con questa tua convinzione … ti invidio, - diciamo fede! - però vi sono delle cose, così assurde, dove è difficile pensare che è stato proprio Dio, - beh, ma chi spera nel Dio dell'impossibile non resta mai deluso, se no certe cose … come te le spieghi …? andiamo, ti offro un caffè, però alla svelta, il tram per Casavatore è in procinto di partenza, - Casavatore … abiti la? … quand'è che parte? – tra dieci minuti, – allora meglio che ti accompagno soltanto, casomai il caffè un'altra volta, come si chiama la futura sposa? - Cristina, la mia fidanzata si chiama Cristina, questa domenica sarà mia moglie e tu … - quando mi sposerò? E chi lo sa! – no, volevo solo chiedere dove abiti, – allora … che ci farei qui, abito proprio dietro piazza Principe Umberto

... se tu non avessi sta fretta! – già, già! ... con piacere ... sai mi sposo con la più bella ragazza del mondo ... vieni al matrimonio! Andrea ci pensa un momento: - domenica? questa
domenica? - alle sedici? Nella chiesa di san Giovanni Battista, è facile ...... - perché no? mi fai onore! - anche per me ... così ti presento la mia Cristina ... e poi, la festa, non la fanno gli invitati? ah eccoci arrivati, ti devo salutare, mi raccomando ... domenica prossima ... quattro del pomeriggio, chiesa di san Giovanni Battista ... ci conto, - certo, a Dio piacendo .... E Tommaso, allora chiedilo, così di sicuro, Dio ti farà venire! Una stretta di mano, sale e dal finestrino continua a salutarlo finché il tram si perde in lontananza. Andrea continua a guardare pensieroso, poi torna a casa col pensiero di come organizzarsi per andare al matrimonio.

Zia Giovanna già da un paio di giorni si aspettava di vederlo da un momento all'altro, la sera rimaneva a lungo seduta dietro la finestra che dà sulla strada, con la luce della lanterna accesa quando faceva buio. Finalmente, quando lo vede arrivare, in fretta gli va incontro abbracciandolo forte, - finalmente, figlio mio caro, fatti vedere, bello! sei bello, vestito da militare, ... la stessa figura di tuo padre, il viaggio? - Bene!, risponde Tommaso commosso, - vuoi mangiare qualcosa? – avrei anche fame ma mi sento molto stanco, un poco di latte caldo si, volentieri e dopo a letto ... Cristina? come sta? - bene, tutto bene, tutti sentivamo la tua mancanza, quando andavo da lei ... aveva gli occhi lucidi, adesso però ... piangerà ... ma di gioia! - sì zia, hai ragione, adesso che finalmente sto qui ... anche se per pochi giorni ... - come sarebbe ... pochi giorni? ... niente licenza matrimoniale? - se non fosse stato per la bontà del mio capitano ... nemmeno sarei potuto venire, ... - beh, bevi il latte e vai a riposare stai stanco, domani mi spieghi ... faremo una grande festa.

Capitolo 6 – Tommaso e Cristina si sposano

All'alba del giorno dopo è già pronto per uscire, Giovanna: - mamma mia che sveltezza, beh, in caserma è così … sai, l'ultimo che arrivava all'alza bandiera veniva consegnato, - cioè? – che quel giorno non poteva andare in libera uscita, - allora qualcuno sempre ci capitava! beh … sì … una volta anch'io - mah … facciamo colazione va! ti ho preparato pure lo zabaglione … due uova fresche che Carmelina di Marcianise mi ha regalato ieri, - zia! avevo dimenticato i buoni sapori di casa! il caffè specialmente …. di questi tempi poi! - si trova si trova, certo bisogna conoscere il modo … vedo che il militare ti ha tolto qualche chilo, ma non l'appetito … allora … solo cinque giorni? – sì purtroppo … tre più due per il viaggio, e meno male che il capitano ha trovato il modo, - beh … e meno male che il dottore non ha fatto obiezioni! Si è messo tutto a favore! – sì … però sai, solo cinque giorni … chi sa Cristina come ci rimane male! - un po' di pazienza, considera che guadagni già una buona paga, - dopo … dopo che … insomma in Spagna, - ma a guerra finita, avrai un impiego statale … certo non è che lo Stato paghi molto bene … però il mese va e viene, - poco o molto … come dici tu … il mese va e viene e … non è detto che non potrei fare qualche lavoretto extra, - insomma! - ieri a Napoli ho incontrato un amico che stava pure lui a Persano … di leva, adesso l'hanno riformato … mi ha fatto piacere … - piacere che l'hanno riformato? – beh sì … ma non tanto … ci stavo bene in sua compagnia … un bravo ragazzo, napoletano, - di Napoli Napoli? – di Napoli Napoli! - come si chiama? - si chiama Andrea, Andrea Filangieri … abita non lontano da piazza Principe Umberto … un tipo simpatico, solo un po' fissato sulla religione … però non annoia! a fare il militare non ci stava troppo bene … diceva che lo faceva solo perché era nella volontà di Dio … che modo di ragionare, bah …! siamo stati giusto quel poco tempo prima di prendere il tram … era l'ultima corsa, se no mi sarei trattenuto di più … in fondo è un tipo interessante … ah! l'ho invitato al matrimonio, credo che verrà! – scusa se ti interrompo, voglio dirti che tra i parenti molti faranno la busta, meglio i soldi, ti pare … così, quando metterete su casa, potrete comprare quello che vi serve. Tommaso prende dieci lire dal portafoglio: - zia, tienle tu, conservali insieme agli altri e a quelli che ci faranno come regalo, va bene, va bene così! – grazie zia, … ora … beh, esco, ci vediamo più tardi.
L'aria fresca di primo mattino, il cinguettio degli uccellini tra gli alberi, l'andirivieni delle rondini in procinto di emigrare, che a larghi giri nel cielo preannunciano l'autunno, l'accoglienza calorosa di qualche passante, il rumore sordo di un carro sul selciato umidiccio di rugiada, trainato dai buoi, danno a Tommaso la gioia di stare di nuovo a casa. Con quattro salti va dalla sua sposa e dal basso. - oooh! Cristina! - Finalmente, sali Tommaso, ti stavamo aspettando. Le scale quattro a quattro ed è subito davanti alla suocera: - ma … come sei dimagrito! Però stai meglio così, - beh, insomma … voi tutto bene? Cristina viene sul pianerottolo e lo abbraccia: - amore mio come sei bello! - anche tu tesoro mio … un po' ci hanno fatto sgobbare, ma tutto sommato…! Patrizia – Ue! Che fai? Non uscire! Prima del matrimonio lo sposo non la deve vedere la sposa, - mamma è tanto che non lo vedevo, su … che fa! E Patrizia: - no no … entra subito in casa! – beh … io scendo giù in bottega! – aspetta … le fedi. Patrizia entra in casa ed esce quasi subito con un piccolo scatolo: - il barone Vinciguerra ha insistito

per fare lui e Angelica i compari d'anello … che pensiero gentile! – ilbarone … a parte che è nobile di nascita, è sempre un gran signore, stasera gli voglio dire graziecon tutto il cuore, ora … se permettete, vado a salutare vostro marito, - va bene … ci vediamoin chiesa!

Per la festa nuziale già tutto pronto, dopo la chiesa giù, nel cortiletto e nella bottega, per l'occasione ben addobbati, c'era pure un grammofono. Giuseppe non appena lo vede, tiratolo accanto con una stretta di mano: - oh! Caro giovanotto, come va la naia? - tutto sommato bene,"il bello deve ancora venire", - e si, quanti giorni hai avuto? - cinque, tre più due, un po' pochini! allora? – beh, non mi sembra vero! - senti Tommaso, dopo la festa, noi dormiremo da basso qui nella bottega, tengo già tutto giù da parte, e voi sopra.

All'improvviso si alza un vento gagliardo che alza polvere, foglie e rametti, insieme a qualchepanno dimenticato all'aperto, girano in tondo in senso ascensionale per ricadere chi sa dove, inmeno di dieci minuti il cielo si copre di nuvole nere nascondendo il Vesuvio, danno l'impressione che si fa sera e riempiono l'aria di umidità frizzantina; cominciano a susseguirsicon frequenza flash di lampi, seguiti da tuoni fragorosi. Cani e gatti randagi, in preda al panico,così come le galline e le oche dei cortili, vanno lesti a cercare un rifugio negli anfratti tra i muridelle case e delle stalle, magari sotto un carro incustodito. In allerta le donne tirano per mano in casa i pargoli e levano i panni stesi, viandanti in strada e contadini nei campi in fretta cercanoun qualsiasi spazio coperto, Giuseppe e Tommaso, attoniti dal fragoroso spettacolo, escono nello spiazzo antistante per levare il grammofono e quanto poteva essere danneggiato o distrutto. Nell'incalzante imbrunire una iniziale pioggerellina leggera si trasforma immantinente in goccioloni e grandine, le strade diventate torrenti trascinano via ogni materiale galleggiante. Un cavallo si imbizzarrisce, con forti nitriti, alzatosi ripetutamente sulle zampe anteriori, con le briglie trascina con sé il paletto che lo teneva legato e galoppando pericolosamente per il paese corre senza una meta. Così come per incanto, il fortunale, man mano perde la sua intensità, ritorna la luce facendo brillare le gocce d'acqua rimaste sulle fogliee sul selciato, il cielo ridiventa azzurro, l'aria ridiventa tersa e fresca, grosse pozzanghere via via si riassorbono tra le fughe del basalto stradale, i tombini scoperchiati dalla veemenza dell'acqua vengono rimessi a posto, le donne ridistendono i panni, mentre i bimbi ritornano a giocare nei cortili tra lo stridore del carro che, trainato da una giumenta, riprende il cammino insieme ai viandanti. I contadini, impossibilitati a governare la terra inzuppata e fangosa, ritornano alle loro case, approfittando magari per aggiustare qualche arnese; tornata la quiete, Tommaso: – beh, sposi bagnati sposi fortunati …. – già! sopraggiunge Giuseppe.

A passi larghi, per evitare di bagnare i lembi del pantalone, in fretta raggiunge la chiesa esternamente ornata da drappi grondanti; sul corridoio centrale, fino innanzi all'altare con duepoltroncine, addobbate di bianco e nastrini dorati, corre un lungo tappeto di velluto verde, tra due fila di mazzetti di roselline bianche e nastrini candidi pendenti fin sul pavimento. Tommaso, gioiosamente, di lato raggiunge la sacrestia, sulla punta dei piedi, per le scarpe bagnate: - don Filì … avete visto che acquazzone…? – pareva che si erano aperte le caterratte del cielo, poi … così come è cominciato è finito, - guarda guarda, finalmente, vieni qua, fatti abbracciare … tutto bene? - bella la chiesa! – …

un matrimonio! Quando sei arrivato? -ieri … ieri sera, con l'ultimo tram … peccato solo tre giorni più due per il viaggio … vi ho portatole fedi, – … si, mettile sul banco, dove ci sono i paramenti per la messa, adesso scusami … mi raccomando fatti bello! - don Filì … chi sa la sposa! - speriamo puntuale!
Tornando l'aria frizzantina del trascorso temporale gli mette allegrezza, comincia a vestirsi, cercando di non dimenticare nulla, si fa l'una e mezza, giusto uno spuntino prima di andare con lo giungere di qualche ritardatario per il regalo. Col vestito di raso blu, sopra la camicia bianca e cravatta azzurro chiaro, sta per dire alla zia di essere pronto, quando vede giungere Andrea Filangieri, - ciao … che bella sorpresa, avevo giusto bisogno di un altro accompagnatore, vieni su che andiamo! Questi sorridendo mostra compiaciuto una borsa e prima ancora di salutarlo: - ho portato la macchina fotografica! – perbacco sei grande, c'eravamo proprio scordati…. vieni su! – sono pronto, dove andiamo! – a sposarmi, Andrea! – ci hai pensato bene? – non c'era bisogno, io mi sposo con la più bella e giudiziosa ragazza del mondo … ho, scusa zia, questo è Andrea, ci siamo conosciuti a Persano, lei porgendogli un saluto di benvenuto: - Giovanna … meno male che sei qui Andrea, poi stringendogli la mano, … son contenta di conoscerti … e grazie … è il cielo che ti manda con questa macchina fotografica, - molto piacere, signora …, mettendola in evidenza: - è tedesca … una Laica … terzo modello, fa delle foto!!! … susu facciamone qualcuna … subito qua, all'aperto, senza flash, in chiesa poi ne avrò bisogno, lo tengo nella borsa, e Tommaso: – grazie … ma guarda un po'! possibile? alle foto nessuno vi aveva pensato?
Lo sposo, con la zia e Andrea Filangieri, giunge sul piazzale della chiesa ben in anticipo, dopo una lunga ed emozionante attesa, tra un andirivieni e sbirciate in lontananza, col seguito del corteo nuziale ecco arriva la sposa, recante nella destra un buche di fiorellini azzurri risaltanti sull'abito bianco, che avanza con passo sotto braccio del papà! Qualche foto mentre si avvicina, fermatisi sul piazzale davanti a Tommaso, lo guarda e sorridendogli timidamente si stringe al braccio del padre, passata la pria emozione emozionatissima si alza il velo trasparente che le copriva il viso, lasciando intravedere sopra la fronte, sui capelli castani, un diadema d'oro con zaffiri che emanano sprazzi di luccichii secondo il movimento del capo, , Patrizia è al lato opposto, appresso gli invitati tra cui il barone con Angelica, sul fondo una scia di petali lanciati lungo la strada, molti altri sugli abiti. Giuseppe, stringendo la mano allo sposo, a stento trattiene la commozione, Tommaso, colmo di gioia, solleva il velo alla sposa: - mamma mia come sei bella! - anche tu adorato principe azzurro. Tutti entrano in chiesa mentre Andrea di qua e di là studiava le pose migliori, zia Giovanna e Patrizia, mal celando, col fazzoletto che andava dagli occhi al naso, Giuseppe, fermo e occhi fissi all'altare, per evitare di prenderlo si strofinava col dorso della mano le guance e gli occhi. A fine cerimonia don Filippo, seguito poi da un caloroso applauso: - Con l'autorità conferitami dalla Chiesa, davanti a Dio, vi dichiaro marito e moglie, …. viva gli sposi!! Viva gli sposi!! Di prassi per gli sposi la lettura degli articoli di legge e sul registro le firme loro e dei testimoni, mentre Andrea li abbagliava col flash. Durante il ricevimento Giuseppe rimane inquieto, finché, avvicinatosi agli sposi: - se volete vedere buoni frutti dal vostro amore armatevi di pazienza e di buona volontà come io e la mamma, poi va a rintanarsi accanto alla moglie. Tommaso: - Prego mia gentile e graziosa regina mi concede questo

ballo? - Certo mio re! La festa, tra musiche, canti e rinfresco si protrae a lungo fino alla torta, una fetta ciascuno ed il brindisi. Gli sposi, distribuendo i confetti, salutano porgendo una graziosa bomboniera. Andrea è il primo onde non perdere l'ultimo tram, Giuseppe ripresosi: -Beh, penso che sarete stanchi, - eh, … sì! Quando tutto fu silenzio, nella semioscurità, mentre i suoceri rimasero per la notte nella bottega, gli sposi, mano nella mano, salirono. Giuseppe e Patrizia finalmente coricati: - moglie mia, come dici tu ora sono anche loro una famiglia a sé, ma dovremo continuare sempre a starci vicino, - certo, per noi è tutto in discesa, a loro comincia la salita, ti ricordi appena sposati? - e insieme le abbiamo sapute superare tutte … se dovessi ritornare a quando ti ho conosciuta rifarei tutto tale e quale, - eh sì, bei ricordi … ti voglio tanto bene … tutto tale e quale … anche le volte che non riuscivamo a capirci. – come ti senti? - beh, certo … ecco … sono felice. L'uno accanto all'altra, si addormentano.

Capitolo 7 – Il viaggio di nozze

Alle nove gli sposi ancora dormono, con una luce che tenue filtra attraverso le connessure, Tommaso senza far rumore, si gira a guardarla, poi anche lei si sveglia, occhi ancora chiusi, un leggero movimento, uno sbadiglio come per stiracchiarsi, lo accarezza e si volta per trovarlo proprio lì, accanto a lei: - stamattina ho voglia di fare una bella passeggiata,
ti piacerebbe se andassimo alla riviera di Chiaia? stiamo a passeggiare, vicino al mare … un poco nella villa … al ristorante … restiamo per la notte?; Cristina è silenziosa, assorbita da un pensiero: - tesoro, ti devo parlare di una … una bella notizia, però … mamma mia … ma perché mi devo sentire … - cosa vuoi dirmi amore mio!? - ho voluto … insomma volevo … aspettavo il momento giusto, - amore, ti ascolto!, - Beh! strisciando sul materasso e stringendosi al marito, fissatolo negli occhi: - aspettiamo un bambino … un figlio nostro! - avremo … un bambino?
… Cristina che gioia, che gioia … Cristina! Sceso dal letto, scalzo fa un giro adagiandosi dall'altro lato accanto alla moglie, lei sente in sé crescere una grande allegrezza, lo abbraccia forte, Tommaso, con un sorriso, sussurrandole all'orecchio: - un bambino o una bambina? – se maschio lo vogliamo chiamare? - e se femmina? - mi piacerebbe Paola, - e un bimbo? – beh, Paolo! In quel momento non volevano pensare alle difficoltà di avere subito un figlio: - secondo te i miei genitori saranno contenti? - Eh .. me lo domandi!? … contentissimi! - non lo diremo subito … no! voglio che se ne accorgano, come se anche noi non lo sapessimo già … Angelica mi accompagnava dal medico, lo sa … lei non parlerà! – finché sarà resterà il nostro dolcissimo segreto!
Mentre Cristina rassetta e mette in ordine, Tommaso apre le porte per far prendere aria e luce, vestiti e fatta colazione scendono a basso recando una valigetta col necessario per pernottare fuori, Patrizia e Giuseppe sono in piedi da tempo, - UE, buongiorno … dormito bene? - come un sasso, risponde Tommaso, e grazie di tutto, splendida colazione specie di questi tempi! – vedo che … insomma la valigetta … state uscendo, che programmi? - mamma, vogliamo trascorrere tutta la giornata a Napoli … ritorniamo direttamente domani, - pernottate fuori? - si, signora, - puoi chiamarmi mamma … va beh! Tommaso con imbarazzo, - va bene …, guardandola negli occhi, ma … mamma! – se ti devi sforzare chiamami pure come ti viene, - va bene … va bene … mamma! - Ecco zia Giovanna, Giuseppe va ad aprirle il cancello: - come state? Tutto a posto? Venite, appena in tempo … stanno per partire! – già … il viaggio di nozze! E Patrizia: - diciamo! - buongiorno sposini, Giovanna prende dalla borsa un pacchetto avvolto in un foglio di giornale e accostatasi a Cristina: - questi sono i soldi delle buste, i regali stanno a casa … quando sarà possibile ve li prendete! Patrizia va in fretta nella bottega per uscirne quasi subito, - Tommaso mettici insieme pure questi, e lui: - tienili tu Cristina!
Camminando svelti giungono alla fermata del tram salutando i conoscenti che incontrano, giunti a Napoli, a chiacchierare seduti in una carrozzella, da Porta Capuana fino a via Caracciolo: - sai Tommaso, mi piacerebbe …. - si tesoro, – mi piacerebbe che già avessimo una casa tutta nostra … un bel giardino dove …. – si certo amore mio, - così quando torni dal lavoro … fiori freschi in un bel vaso al centro della tavola, poi …

tanti bambini, tutti con i tuoi occhi … briccone quanto mi ha fatto penare l'azzurro come il mare dei tuoi occhi! Adesso te lo posso dire … - che cosa amore mio? – beh, venivo apposta nella bottega … (sussurrando) percheè desideravo tanto vederti, vederti e tu … occhi bassi, … – ma se morivo dalla voglia di … di parlarti! – ci credo … ma se … insomma, se non ero io a decidermi … timidoo … ne! Il pensiero di Tommaso ritorna su quel giorno, davanti alla casa del barone, si sfiora le labbra come rivivere quel ricordo: - quel bacio … quel bacio poi … come mi guardavi, così … che poi … all'improvviso son rimasto solo io davanti a quel portone … c'è voluto per capire che non stavo sognando … sei la più bella … Lei senza lasciare che finisse: - se non l'avessi fatto allora, chi sa … se ne avrei avuto più il coraggio, questi tuoi occhi! - ma poi … scappasti così in fretta? – sapessi quanta vergogna, nemmeno il coraggio di voltarmi a guardare quei tuoi occhi … - ma … – ma poi, … meno male che … – che cosa? – quel bacio e … subito … sono scappata … ma per niente pentita! mi sentivo morire … sarei morta davvero se … non facevo così … ma perché … quando due si vogliono bene … non so come dirlo, … ma perché diventa difficile dire ti amo … ti amo, ti amo … vedi? Che ci vuole! - l'emozione, la timidezza … non so, forse la paura di essere sconveniente, … ogni volta saltavo! – saltavi, quando? - la porta della bottega si apriva e io saltavo … pensavo sempre che eri tu … il cuore nei calzini, una volta, invece del tessuto … mi stavo cucendo un dito, - io mi sarei voluta tutta cucire a te! … alla luce del sole … come adesso, così … mamma mia il mare …. come è bello il mare… ecco … Tommaso, proprio come i tuoi occhi! ci morivo dal desiderio di guardarti - ma i tuoi sono più meravigliosi assai, – e i tuoi … allora … non saresti geloso con un figlio con i tuoi stessi occhi? – e tu … una figlia che li avesse come i tuoi … allora? - te ne stavi lì in silenzio … nella bottega, ci stavo male … chi sa, forse vuole bene ad un'altra … perciò non mi guarda?

Passeggiando mano nella mano sul lungomare della Riviera di Chiaia, giungono al porticciolo di Mergellina. Gomiti appoggiati al parapetto che dà sull'arenile dei pescatori, a lungo si soffermano ad ammirare il meraviglioso panorama che si para davanti, che dà l'impressione di essere dipinto da Dio.

La volta celeste, sgombra di ogni foschia, copre di frescura i contorni della punta della Campanella e dell'isola delle Sirene fino a Nisida, dove le acque fanno un po' di posto ai verdeggianti rilievi di Procida e all'Ischitano monte Epomeo. Le creste dell'onde, sulle quali corrono bianche vele al vento tra riflessi luccicanti, schiumeggiando e biancheggiando vanno ad infrangersi sugli scogli del Castel Dell'Ovo e di via Caracciolo. Con larghe chiazze d'azzurro e di blu il mare man mano si allarga, per scomparire sotto il cielo all'orizzonte. Dall'imponente Vesuvio un'alta colonna di fumo biancastro, saluta i dirimpettai Posillipo e Marechiaro, prima di allargarsi e dissolversi nella stratosfera. Il temuto gigante, sulla cui spoglia sommità e nel sottostante bosco mediterraneo allietato da canti di volatili, non s'ode nessun vocio umano, domina tutto il golfo, domina gli stretti vicoli senza sole, le ampie vie alberate, le piazze gotiche e barocche, le fortezze monumentali. In tempi remoti ameni colli lussureggianti ricoperti di fratte si estendevano fino alla costa pianeggiante, dove col nome di Neapolis si stabilirono per primi i greci, poi i romani e man mano orde giunte da ogni parte d'Europa, dell'Asia e dell'Africa. Infine una città di scugnizzi e gente altolocata, ricca di cultura dal sagace lignaggio che, soppiantati gli dei atavici e provato da innumerevoli avversi avvenimenti storici, spera in san Gennaro e non meno nella superstiziosa ciorta (fortuna) di sant'Arrangiati. Il temuto monte si fa notare da ogni angolo della città, da Capodimonte, dal Porto, dal Molo Beverello, dal Maschio Angioino, da Piedigrotta al Vomero e, dall'alto della Certosa di San Martino, fino all'estremità del campanile dell'Eremo dei Camaldoli, ancora da Pozzuoli fino al castello di Baia e dall'altura tufacea di Capo Miseno.

Soffermatasi a lungo e incantata dal panorama, Cristina: - non m'era mai capitato prima d'ora, è meraviglioso! – Bello … ogni volta ne rimango incantato … come perdere la cognizione del tempo, - e sì … ma che ora sarà? – beh, insomma mi pare … ti va di mangiare qualcosa? - Certo! Ho una fame! abbiamo camminato tanto, penso sia proprio il caso di sederci ad un ristorante. Dando uno sguardo in giro, - guarda … ne vedo uno coi tavoli all'aperto, andiamo?

Si! Si! Andiamo, andiamo! - all'esterno o vogliamo … – si meglio all'aperto. Un cameriere va loro incontro: - prego, dove preferite sedervi? – qui all'aperto … con questa bella giornata!

d'accordo … con la vista del Vesuvio! Tommaso: - che dici, o nell'angolo … quel tavolo lì?

–sì, meglio con un po' d'ombra, il cameriere mostrando il menù: - bene, qui potete scegliere. Tommaso e Cristina stettero seduti circa un minuto, finché si presenta una signora in camice bianco. - buongiorno, cosa possiamo portarvi? – sì, per me spaghetti a vongole, - anche per me, per secondo? – beh, tu che dici Tommaso, la spigola all'acqua pazza oppure una fetta di carne? abbiamo pure frittura di paranza, fresco fresco … da poco ce l'ha portata il pescatore - che dici prendiamo questa? – ve la consiglio! Tommaso dopo un cenno di consenso della moglie –va bene …. - per contorno … un'insalata verde, di pomodoro oppure patatine fritte, - beh, per me insalata verde e tu? – preferisco le patatine fritte, - poi le voglio assaggiare, - ed io assaggerò un poco della tua insalata verde … avete anche gelati, - sì, certo, ora vi porto l'elenco dei vari gusti, … e da bere? Dopo un'occhiata ai vini, che dici un mezzo litro di Ca ta la nesca …? questo qui! - Catalanesca? Mai sentito … sono curiosa di assaggiarlo, non lo avevo mai sentito, nemmeno io. La cameriera: - questo vino è tipico delle falde del Vesuvio, è di gusto aromatico particolarmente gradevole, può andare bene anche come vino da dessert - va bene, allora vada per questo vino, risponde Cristina.

Ottimo il pranzo e infine, nel pagare il conto, Tommaso domanda di un albergo nelle vicinanze. Non camminano molto per giungervi, all'entrata salgono cinque scalini prima di presentarsi davanti alla hall. Il portiere dell'hotel, seduto dietro al banco della reception, immerso nella lettura di un libro lo richiude, si alza in piedi e con gentilezza: - signori buongiorno e benvenuti,

buongiorno, rispondono all'unisono, poi Tommaso: - Vorremmo restare per la notte … una camera matrimoniale! – preferite vista mare? Guardatisi, Cristina fa cenno di sì: - vista mare! Riprende Tommaso: - quanto verremo a pagare? - bene, certo … i lor signori hanno solo questo bagaglio? - si! - cortesemente i vostri documenti così provvedo subito, - questa è la mia carta di identità! - e questa è la mia! – suppongo che siete sposi novelli? Auguri e tante felicitazioni, dopo aver controllato: - sulle tessere non è riportato

… coniugati! – Oh sì, sì, ecco, questo è il certificato di matrimonio! – bene, i miei più vivi rallegramenti, vi auguro ogni felicità come i vostri cuori desiderano, - grazie …! ma … quanto verremo a pagare, ripete Tommaso, – allora
… cortesemente firmate qui … sul registro, così vi faccio accompagnare nella stanza, nel frattempo provvedo alla registrazione … quando riscendete vi riconsegnerò i vostri documenti, i signori quanto tempo intendono restare nostri ospiti? - beh, … fino a domani mattina! - sì solo fino a domani! conferma Cristina, - volete che prepariamo per la cena? – non so, vorremmo fare un giro … casomai ci fermeremo in qualche ristorante qua attorno, - come volete, la prima colazione è dalle sette e mezza alle nove, omaggio ai novelli sposi … cortesemente, se domani mattina … entro le dieci bisogna che lasciate libera la stanza, … in tutto trentasei lire. Tommaso: - beh … insomma! – state tranquillo, questi sono i costi, Tommaso fa per prendere di nuovo il portafoglio: - regolerete domani mattina prima di salutarci. Porgendo loro la chiave della stanza fa cenno al commesso: - Giacomo accompagna i signori alla camera diciotto, avete altri bagagli? – no! Stanno per avviarsi ed ecco, dall'entrata un uomo di corporatura bassa e obesa avanza greve, con lentezza e respirando affannosamente sale i cinque gradini aiutandosi col passamano, Tommaso e Cristina, quasi vorrebbero aiutarlo, costui con un sorrisetto riconoscente, fa cenno di no con la mano: - grazie! avvicinandosi ansimando al banco, il portiere, nel porgli la chiave: - eccovi signor Vispo … tutto bene? Come presi di sprovvista gli sposini alzano istintivamente lo sguardo sull'ospite appena arrivato, a stento trattenendo una fragorosa risata, tanto che anche l'addetto alla recezione è costretto a controllarsi contraendo le labbra, ma questi, presa la chiave, soggiunge: - beh … sono Vispo … così va la vita, quando la gioventù ormai è alle spalle… ti chiami o non ti chiami Vispo, col passare degli anni da scarpa diventi uno scarpone, l'importante è riderci sopra, vi pare? Contenti della saggezza del pesante omino rispondono annuendo e, dopo un cortese cenno di saluto, si incamminano attraverso il corridoio e su per le scale al secondo piano, talvolta ancora ridendo, nella stanza posata la valigetta e congedato il commesso con una discreta mancia si avvicinano alla tenda del balcone, il sole che comincia a rosseggiare, ammanta di rosa lo splendido panorama, annunciando così dai vetri il suo declino. – Bello …, vero Tommaso!? – sì amore mio … da qui ancora più bello! – è vero … e poi questo colore così … quando stavamo … insomma prima, da quel parapetto della strada … non era come adesso, e lui stringendola a sé e carezzandole la spalla: - secondo me il paradiso non sarà molto diverso! - Mamma mia come è bello! - sì … incantevole! e Cristina: - peccato che domani … domani dobbiamo andare via, – non pensarci, risponde Tommaso, andando con un po' di rammarico a sedersi sul letto, mentre lei resta ancora in ammirazione. Quando si risvegliarono dalla pennichella, il sole è sotto la linea dell'orizzonte ed il golfo è del rosso cupo del tramonto, – che dici, vogliamo fare un giro qua attorno? …, casomai prendiamo una pizza, - sì, certo. Cristina alzandosi dal letto gira verso il lato di Tommaso e abbracciatolo stretto, - sai, amore mio, mi sembra un sogno che stiamo qui insieme io e te, noi due sereni, soli soli senza nessun timore, - amore mio! dandole un bacio e carezzandole i morbidi capelli castani, non avrei nessuna intenzione di … vorrei fermare le lancette dell'orologio … non voglio pensare che domani …, mettendole delicatamente la mano sulla bocca, - sss … questi momenti hanno

il sapore dell'eternità, che restino così, come adesso. Cristina con gli occhi lucidi gli carezza il viso, poi dandogli un tenerissimo bacio gli inumidisce le guance, Tommaso, carezzandole il volto, raccoglie coll'estremità del dito una lacrima e ammirandola la stringe con forza nel pugno della sua mano. Lei, come per darsi una scrollata e liberarsi da qualcosa: - beh, vogliamo fare i pigroni? Su alziamoci e godiamoci questa serata. Si incamminarono sul lungomare tenendosi per mano, ogni tanto si fermavano, uno sguardo alle vetrine dei negozi ormai chiusi, discorrere del più e del meno, rimembrare di recenti ricordi, la partenza per militare, l'addestramento, di qualche conoscenza e in particolar modo Andrea. Giungono nei pressi della galleria che porta a Fuorigrotta, dove ci sta ancora aperta una pizzeria e un caffè dal quale proviene una musica di mandolini, entrati più che altro attirati dal suono, lei un bicchiere d'acqua e lui una spremuta d'arancia seduti ad un tavolino: - Eppure vedi ... Cristina, Cristina insomma ... - Amore ... cosa cerchi di dirmi, domanda lei con un po' d'apprensione, - Ecco vedi? "amore", "tesoro" sai ... non lo so ma mi piace chiamarti soltanto Cristina ... Cristina e basta! – tesoro ... che tenerezza, ti meriti proprio un bacio, qui adesso ... vuoi chiamarmi Cristina? Embè ... perché non mi chiamo così? E si misero a ridere, - senti Cris ... tesoro ti va una bella pizza? – veramente non me la sento di mangiare qualcosa, forse se ritorniamo ...! Le luci dei lampioni illuminano il percorso, ogni tanto il rumore sordo di zoccoli che tirano una carrozzella, girato un angolo si vedono parare davanti tre militari di ronda che avanzano lenti uno a fianco all'altro, in automatico Tommaso fa quasi per salutarli, ma ricordandosi delle parole del capitano Proietti si ferma, il soldato in mezzo, un sergente, pare accorgersi, lo guarda, gli fa il saluto militare e con i due di lato prosegue, - Tesoro che hai? Tommaso, tirato un sospiro di sollievo: - no niente ... mo' se stavo in uniforme, avevo l'obbligo di salutare per primo ... in caserma è un via vai di graduati e ufficiali che non lo sai mai come la pensano ... insomma per una banalità è capace che sei punito. – ho capito, eh certo
... il militare è così!
Quando ritornano su nella stanza, presa da forte nausea Cristina corre in bagno, Tommaso che non sa darsi spiegazione la osserva sorpreso, - non è niente, uscendo, adesso sto già meglio, ...
ma hai vomitato! – sì ...! guardandolo con un dolce sorriso: - tesoro sento il bisogno di dormire. – non mangi nulla? – meglio di no ... il peggio è passato, - di quale peggio parli? – amore mio ... aspettiamo un bambino, succede così quando ... - scusa ... non lo sapevo, - beh, è naturale ... anche per me è stata una sorpresa. Avvicinatasi a Tommaso lo stringe a sé baciandolo e a sua volta Tommaso la prende e poggiata sul letto le si sdraia accanto, è in silenzio sul petto di lui che resta immobile, finché Cristina cerca una nuova posizione per addormentarsi. Tommaso dopo un sonno inquieto, si alza verso le sei, per non svegliare Cristina va nel bagno tastando nel buio, accende la luce e vede sé stesso allo specchio così da fissarsi come uno che si sta confessando: - cosa ho fatto ... devo partire per la Spagna e devo abbandonare mia moglie e mio figlio? Se potessi tornare indietro ... se mi capitasse un incidente tale da non partire più? beh ... il dado è tratto ... cerca di non pensarci! Hai capito? Cerca di non pensarci se non altro per tua moglie, che chi sa come sta già in pena per te. Apre l'acqua per sciacquarsi il viso, ma resta fermo sul rubinetto aperto del lavabo a fissare il getto

d'acqua, poi di nuovo va allo specchio come se volesse penetrare al di là degli occhi - in Spagna c'è la guerra, la guerra capisci, non è un gioco … lì si può morire da un momento all'altro, e nemmeno te ne accorgi che sei morto … la pallottola ti trapassa prima di sentire il rumore dello sparo, che stupido, come avrò fatto … così alla leggera, entrambe le braccia poggiate e abbassato lo sguardo: - Dio mio, Dio mio, se esisti davvero … ma non per me, per me ormai il destino è segnato, è per mia moglie … per il mio bambino che … che forse non mi vedrà mai, che forse non conoscerò, non lo potrò cullare tra le mie braccia, forse non sentirà mai la mia voce né io i suoi vagiti, mi doveva capitare proprio come è successo a me? Di lei … di Cristina che mi ama tanto … che ne sarà? come ho potuto … chi le sarà vicino? in silenzio Tommaso, col volto tra le mani, piange amaramente, Cristina apre la porta … lui le sorride e come per lavarsi la faccia ed il capo: - ben svegliata amore mio, quanto sei bella stamattina …, senza darle modo di rispondere, - che dici, ci vestiamo e andiamo subito a fare una ricca colazione e dopo …, e lei per fare una battuta: - no no … hai ragione, ci vestiamo prima … in pigiama no! lui ancora a bagnarsi testa e volto e lei un momento ferma a guardarlo, poi, noncurante degli schizzi, l'abbraccia da dietro stringendogli i pettorali, lui le accarezza le mani e abbassatosi riesce a baciarle, un mezzo giro su sé stesso e le carezza i capelli, occhi lucidi che sembrano bagnati: – si amore mio dolcissimo, meglio se ci vestiamo … e belli belli … mani natua nella mia … - come batte forte il tuo cuore, gli sussurra Cristina dopo avergli poggiato il capo sul petto: - tu non sei capace di dire bugie … lo so come ti senti … stai in ansia …. forse anche più di me, stai tranquillo, il Signore ha già pensato come tirarci fuori, quando sarai lontano e nostro figlio comincerà a capire, gli parlerò di te, del padre meraviglioso che sei, finché ti potrà vedere, gli dirò di quanto lo ami … sarò sempre ad aspettarti …. mio uomo forte e coraggioso … ti amo dal profondo del cuore, - tornerò, te lo prometto, Tommaso Liguori ha la pelle dura e non è il tipo da eroe. Restarono a lungo in piedi lì, abbracciati sulla soglia del bagno senza parlare, un silenzio interrotto soltanto dai rumori della città che si sveglia, voci di pescatori, di passanti, di cavalli al trotto, cerchi di ferro delle ruote di una carretta sul basalto, la sirena di un piroscafo per le isole, un fruttivendolo ambulante col carrettino che reclama i suoi freschi ortaggi, così, col consueto rumoreggiare la vita continua, continuerà ogni giorno, diversa e sempre uguale finché durerà il sole.

Dopo un mondo di baci e di coccole, Cristina lascia scendere le sue braccia dal collo di Tommaso: - sento delle voci in lontananza … si sarà fatto giorno da parecchio … su apriamo i battenti, tenendolo per mano lo accompagna al balcone, escono entrambi sul pianerottolo dal quale si può ammirare il golfo. La luce intensa fa che devono farsi ombra agli occhi e mano nella mano: - mamma mia che luce, eppure il sole non si vede ancora: - che fanno quei pescatori? – rassettano le reti, - già sono stati a pescare? – e sì … la pesca in genere viene fatta di notte, con le lampare, i pesci attirati dalla luce finiscono nella rete, - poverini! – beh … poverini e allora … non possiamo mangiare solo frutta e verdura … poi … se non siamo noi a mangiarli si mangiano tra di loro … immagina … una balena che frigge le alici e uno squalo seduto sul fondo che prepara una spigola all'acqua pazza, - riesci sempre a farmi sorridere … guarda Tommaso i gabbiani … come volano tranquilli! - adesso sai che facciamo …? vestiamoci presto

presto, prima un'abbondante colazione e poi andremo sulla spiaggia … a piedi nudi, - sì sì … ci sto … sai … prima di adesso non ho mai visto il mare, è meraviglioso … questo azzurro fino a toccare il cielo, però è diverso dall'azzurro del cielo come se ognuno volesse dire, io sono io e tu sei tu, e chi sa, se nel toccarsi all'orizzonte, proprio lì, non si danno un bacio! – un bacio solo? se no come farebbero a creare questa meraviglia! - beh, allora facciamo presto, - io sono quasi pronto … le scarpe? Dove le ho messe, ah eccole … ora me le metto e resto qui … seduto sul letto, mentre tu ti vesti … quanto sei bella, - beh … insomma, anche tu non sei male! – e … quando mi hai guardato? – ti ho guardato ti ho guardato … sei bello amore mio …! Sono pronta … ti piace come mi sono vestita? Mentre si avviano per la sala pranzo: – bello questo vestitino … quand'è che l'hai comprato? – grazie, certo tu te ne intendi … lo ha confezionato papà … - e bravo … non immaginavo che cucisse anche capi femminili … e bravo il nonno! – già … il nonno, chi sa come sarà quando glielo diremo, - già … a volte, quando stavo a bottega così lo immaginavo … - chi … stai pensando … al papà tuo vero? – sì … è proprio così, - i miei genitori hanno sempre … insomma ti hanno sempre elogiato, - a me non pareva, sai … mi teneva sempre gli occhi addosso, - e secondo te … con me non è lo stesso …? Non gli è stato facile accettare che … insomma, che noi due … - beh, un po' di gelosia c'è sempre, è naturale quando si vuol bene, ah eccoci arrivati! Al banco del buffet prendono un po' di tutto e, portando sul vassoio, si siedono in un angolo. A fine colazione, mentre Cristina sale per prendere la valigetta, Tommaso, portafoglio tra le mani, chiede di saldare il conto: - prego sono trentasei lire, - ecco a voi, prima di lasciare l'albergo vorremmo andare a vedere la spiaggetta, nel frattempo possiamo lasciare qui la valigetta? – certo … date a me, la metto qui dietro, … - ah eccoti Cristina, stavo giusto chiedendo alla signora se potevamo … - la valigetta? La stanza è liberata, - date a me … e fatevi una bella passeggiata … tornate per il pranzo? – che dici … la colazione è ottima … pranziamo qui? - bisogna prenotare adesso? chiede Cristina, - beh sì, la portiera - non so … va beh … che pensi Tommaso, torneremo solo per la valigia? - come desiderate … fino a sabato scorso pioveva, adesso pare che il tempo si è aggiustato, di sicuro una bella passeggiata … a più tardi!

Andando verso la piazzetta di Mergellina e scendendo una larga scalinata di basalto, consunta da innumerevoli transiti, giungono su una spiaggia di rena marroncino chiaro, dove, tirate a secco, le barche per la pesca e, sulle acque del porticciolo antistante, diverse imbarcazioni a vela ormeggiate. Le scarpe vicino a quelle di Cristina sotto una barca capovolta, indumenti raggomitolati quanto più su, Cristina per prima si addentra poco oltre il bagnasciuga, lasciandosi lambire fino ai polpacci: - mamma mia come è fredda, - vieni Tommaso, allungandogli la mano, - l'acqua è trasparente … i pesciolini … pure i pesciolini! Oh … tutti attorno a me? lui non se lo fa ripetere raggiungendola. Tommaso lanciava l'acqua verso il largo, facendo finta di volgerla verso la moglie, lei, sorridendo, istintivamente cercava di ripararsi con le braccia in avanti, passeggiando nell'acqua raggiungono alcuni scogli e si siedono a guardare dall'andirivieni delle piccole onde fin oltre dove il molo lascia spazio al mare aperto. A Casavatore vi arrivano nel tardo pomeriggio, zia Giovanna: - Oilà gli sposini son tornati … avrete fame? sembrate più raggiante, - grazie zia, Cristina salutandola con un bacio sulle guance, Tommaso: - i suoceri già ci hanno detto di rimanere da loro, dai vieni … ci aspettano per la cena, fatevi almeno una rinfrescatina, - si zia, il tempo che ci rinfreschiamo il viso, - vedi,ci devono essere delle bibite …, - si zia, grazie, ma tu … vieni con noi! - Il tempo di una sistematina e sono pronta. A casa Del Core trovano una gioiosa accoglienza - Che bello! Mamma già hai apparecchiato? E Patrizia: sapevo che saresti arrivata verso quest'ora, beh … se dovete cambiarvi … io intanto finisco di preparare. Il pranzo non attirò tanto Cristina, già stanca, a sera inoltrata quando zia Giovanna è già andata, dopo una breve conversazione con Giuseppe, Tommaso: - domani mattina devo già partire, scusate … raggiungo Cristina e guardatala silenzioso le tocca la mano, Cristina alzatasi sui piedi lo bacia e senza parlare restano a lungo seduti l'uno accanto all'altra.

La mattina seguente Cristina rimane ferma sul ciglio d'entrata del cortile mentre vestito da militare Tommaso col piccolo bagaglio si allontana, ogni tanto si gira e salutando con la mano le manda un bacio, subito ricambiato, infine lei: - aspetta, voglio accompagnarti. Alla fermata del tram quando lui da dentro si affaccia al finestrino lei ancora altri baci con la mano, un fischio del fattorino e poi la partenza verso il suo destino, mentre lei resta muta a guardare in lontananza, finché non vede che i binari perdersi in lontananza.

Capitolo 8 – La diserzione e la fuga

Tommaso giunge con le prime ombre della sera presso la piccola stazione da dove, giusto in tempo, ritorna in caserma col camion che riporta i soldati della libera uscita. Il giorno dopo va subito a rapporto dal capitano Proietti che lo riceve immantinente: - allora ... tutto bene? Come sta il barone Vinciguerra, hai avuto modo di salutarlo da parte mia? - veramente signor capitano, scusatemi, non c'è stato proprio tempo, comunque vi ringrazio ... tutto bene!
e tua moglie come sta? – tutto bene, ..., superando il suo imbarazzo, - signor capitano ... una bella notizia ... - su dimmi, - aspettiamo un bambino, l'ufficiale gli dà una pacca sulla spalla:
congratulazioni giovanotto, così anche tu sei papà! - signor si signor capitano - sai ... sto pensando se ... ma no, tu sei un volontario ... se eri di leva adesso potresti fare domanda di congedo, - cioè voi pensate ... che avrei potuto tornarmene tranquillamente a casa? – lo prevede la legge, Tommaso rimane impietrito: – signor capitano ... e se la guerra finisse presto? – eh
... domanda da mille lire ... ma dimmi ... tua moglie? – sta con i suoi genitori, signor capitano, a casa loro, dopo che ci siamo sposati ... insomma, per il momento tutto è come prima ..., – naturalmente ... a parte la gravidanza! – e sì, signor capitano! – comunque ... voglio approfondire ... tra un paio di giorni potrò essere più preciso, l'ufficiale però lo dice più che altro per dargli il tempo di digerire la pillola amara. – Grazie signor capitano; quando ho messo la firma ... pensavo solo ai vantaggi che ne avrei avuto ... però se devo partire ... se non c'è alternativa ... partirò!! Col vostro permesso ..., - va bene ... ora puoi andare. Nell'uscire, dopo il saluto militare sull'attenti, apre lentamente la porta e gira indietro la testa, come aspettarsi che il capitano gli dicesse un qualcosa, ma solo silenzio, dal modo in cui lo guarda capisce che è inevitabile.
La fine della guerra, che si stava mettendo a favore di una vittoria dei nazionalisti, sembrava imminente. Giorno dopo giorno conquistavano sempre nuovi territori, sembrava che si potesse concludere presto, Tommaso seguiva con attenzione i vari radiogiornali, da cui si poteva effettivamente sperare che finisse da un momento all'altro, forse anche prima che Cristina partorisse. L'avanzata franchista, facilitata da una male organizzazione dei repubblicani, con massicci attacchi da ovest e da nord est, da tempo aveva preso Malaga, qui i repubblicani fuggitivi divennero oggetto di tiro al bersaglio mentre quelli che ancora combattevano per le strade uccisi o, peggio, fatti prigionieri. Mussolini enfatizzando il contributo delle truppe italiane alla conquista della città andalusa, incrementava con altre truppe il coinvolgimento italiano in Spagna. Conseguentemente a tale vittoria, anziché su Valencia, i nazionalisti si concentrarono sul più ambizioso piano di conquistare direttamente Madrid, dove la sede del governo repubblicano legittimamente eletto dal popolo.
Infine giunge l'ordine di partire; dal porto di Salerno, passando per le Bocche di Bonifacio, nel tardo pomeriggio del secondo giorno di navigazione, giungono alla Costa del Sol. I bianchi ghiacciai perenni della Sierra Nevada, oltre tremila metri di quota, appaiono come appollaiati su una larga striscia bianca di nuvole, sotto la quale

le colline, man mano che ci si avvicinava al porto si vedeva la città ferita. Completato lo sbarco, accompagnato da una delegazione del comando spagnolo, il contingente italiano giunge presso una caserma nella zona periferica di Malaga, dove altri connazionali, ben lieti di accoglierli, familiarizzando chiedono notizie dellapatria, il reggimento italiano così integrato, e ricompattato in un clima di solidarietà, dopo poco tempo inizia la sua operatività di supporto all'esercito di Franco.

Trascorsi alcuni giorni, con un sergente ed un caporale che hanno dimestichezza con lo spagnolo, col fucile e le munizioni nelle giberne Tommaso è di ronda. Facendo un largo giro verso la periferia di Malaga, questi mostrano interesse verso una casa più fuori mano, come se stessero eseguendo un preciso ordine, infatti erano giunte segnalazioni che in quell'abitazione potevano esserci agenti dello spionaggio nemico. Giuntivi, il sergente ed il caporale, assicurato di non essere visti, stanno entrambi sull'uscio, dopo aver bussato alla porta, si ode dall'interno quién es? (chi è?), al che il sergente, tra lo stupore di Tommaso: - Pablo López? Soy el cartero, tengo que entregar una carta certificada. (Pablo Lopez? sono il postino, devo consegnare una lettera raccomandata), - Sólo un momento y abriré la puerta. - Está bien! Non appena Pablo fa per aprire, alla sprovvista viene spintonato con forza all'interno della piccola casa, cucina, pranzo e letto in un unico vano mentre il bagno, all'esterno, è sul retro; tramortito con il calcio del fucile, resta svenuto sul pavimento, la moglie Elvira, senza nemmeno il tempo di gridare aiuto, viene subito raggiunta e, scaraventata all'indietro cade sul letto, mentre il caporale le impedisce di muoversi e di gridare il sergente le strappa la veste saltandole addosso e, tenendola ferma col peso del suo corpo con l'intenzione di violentarla, inizia a sbottonarsi i pantaloni. Tommaso ne resta inorridito, tra l'uomo che è ancora sul pavimento privo di sensi e la povera donna che inutilmente si dimena, tenta energicamente di dissuaderli, ma il sergente gli molla un manrovescio mettendo involontariamente in evidenza la sua pistola penzolante dal cinturone, Tommaso, senza rendersi conto, l'impugna e spara due colpi a bruciapelo colpendo a morte entrambi, stramazzano in una pozza di sangue che cola fino al pavimento muoiono. Al rumore degli spari Pablo rinviene, Tommaso impietrito lasca cadere a terra la pistola, Elvira in uno stato confusionale riesce a buttare giù il cadavere del sergente imbrattato di sangue, che tonfa sul pavimento. Copertasi alla meglio, stando seduta tremante con occhi sgranati fa per vomitare, Pablo le si siede accanto e carezzandola a sé cerca di farle capire che è tutto finito, lei istintivamente cerca di scansarsi finché infine, ancora tremante, si stringe forte al marito. Lui ugualmente finché volge lo sguardo verso il soldato italiano, Tommaso immobile sembra una statua di ghiaccio, il malacitano col respiro grosso gli sussurra: - muchas gracias amigo, nos salvaste la vida pero... Cómo te llamas? - no entiendo! Gli risponde cosicché in italiano incerto: - moltisimo gracias amigo, come il ti chiami!? – Tommaso, il mio nome è Tommaso

... - Tomàs? ... muy bien ci salvaste la vita ma ora, tanto tu como nosostros estamos in pericolo, tenemos que escapar ... dobbiamo scappare ... y es absolutamente necesario ... tu devi venire con nostros, se restamo equì siamo spacciati tutti e tre", - e dove ... dove mi portate? voi sapete come, dove ... ma io ... - non temere, esta noche al amparo de la oscuridad pasaremos ir a donde los tres estemos a salvo le per riparar

onde al seguro, ho muchos amigos e Pablo no olvida qué has hecho ..., fissandolo negli occhi ancora ripete: - Pablo non dimentica Tomàs! Tu no puedes quedarte a Malaga ... y debes quitarte esta ropa ... tenemos que salir rapido de aqui donde luchan por la republica, - contro i miei compagni ...? Tommaso con un cenno di consenso : - no intiendo lo espagnol però ho capito ... per me la guerra finisce adesso! Elvira si rimette in ordine buttando via con ribrezzo l'abito lacerato e sporco di sangue, Pablo gli fa mettere abiti civili suoi tra cui una giacca pesante con un pugnale nel taschino interno, fattosi buio seppelliscono i cadaveri dietro la casa: - Tomàs ... prima mangiamo, dobbiamo camminare parecchio, dice Elvira, porgendo ciascuno un piatto di ceci già cucinati la mattina, poi Pablo - la notte è fredda ... e non c'è la luna ... meglio così! Camminando a passo sostenuto, verso le tre giungono ad un torrente, la corrente non permette di attraversarlo a piedi, poco lontano una luce dove si intravede un ponticello presidiato: - ci siamo, al di là del rio saremo al sicuro, ma dobbiamo per forza passare da lì, Pablo indica i due gendarmi di guardia e la casupola dove altri soldati stanno dormendo ... - abbandoniamo pistole e fucili, non possiamo fare rumore ... Tomaso ... tu cammina facendo finta di essere ubriaco e farfuglia frasi senza senso ... e tu Elvira stagli vicino come la moglie che porta a casa il marito dalla cantina, io strisciando tra l'erba e tenendomi aggrappato con le mani al parapetto passo oltre, voi due senza alzare troppo la voce fate finta di litigare, come se Tommaso si rifiutasse di proseguire, in modo da attirare l'attenzione, così li prendiamo da due lati: - Alt! intima la guardia alzando la lanterna, Tommaso recita bene quando è vicino, e lei: - muévete, Dios mío, no podría haber tenido peor marido (muoviti santo Dio, non mi poteva capitare un marito peggiore), Pablo sopraggiunge da dietro mentre Elvira spinge Tommaso addosso alle due guardie che istintivamente lo prendono per non farlo rotolare a terra, lei prontamente estrae il pugnale e taglia a uno la gola, contemporaneamente da dietro suo marito con un fendente forte e preciso, infilza l'altro al cuore. Immediatamente via di corsa entrano nella zona sicura, intercettati da una pattuglia amica in perlustrazione Pablo racconta l'accaduto per proseguire verso un riparo di fortuna dove si fermano a rifocillarsi e riposare. Messosi in cammino non appena spuntata la luce, Pablo consiglia di proseguire fino al porto di Valencia, dove più probabile sarebbe stato far andare Tommaso fuori dalla Spagna.
A piedi o con mezzi di fortuna verso sera giungono senza sorprese in una piccola casupola abbandonata della campagna nei pressi di Alhama de Granada, rifocillati dormono come sassi, la mattina seguente, consumato un pezzo di pane e formaggio a testa e una buona bevuta d'acqua riprendono verso Murcia, lì dei parenti li ospitano con un pasto caldo ed un comodo letto. Durante la notte, per un'incursione aerea, scappano in una profonda grotta. Tornata la quiete si contano i morti e si soccorrono i feriti, non c'era stato danno alla casa, trascorsa il resto della notte senza altri pericoli, Elvira rimane mentre Pablo e Tommaso, con le provviste necessarie ripartono per Alacant. Qui la città è semi distrutta e si arrangiano per la notte sul marciapiedi sotto una pensilina, alle quattro una pattuglia in perlustrazione si avvicina e Pablo dice dove sono diretti, uno di questi gli fa sapere che dalla piazza grande dovrà partire un camion blindato per Valencia e di sbrigarsi, vi giungono che è ancora buio. Da nord un vento secco da nitidezza agli scintillanti luccichii delle stelle, Tommaso col naso per aria,

ricorda quando discorreva con Cristina sotto un identico cielo, Pablo nota la sua espressione di tristezzama non gli dice nulla, è assorto dal lancinante ricordo quando in quello stesso posto molti furono trucidati insieme ai suoi genitori, prima che la città ritornasse nelle mani dei repubblicani.

Un gruppo di una ventina di volontari australiani arriva alla spicciolata, Pablo e Tommaso si avvicinano e viene avanti un ufficiale alto e biondo: - andate a Valencia? Chiede Pablo, e questi:
si, io mi chiamo Camille sono il comandante, sul volto più che la barba una rada peluria rossiccia: - siamo diretti proprio lì – molto bene, gli risponde Pablo rallegrandosi e stringendogli la mano, - possiamo venire con voi fino a Valencia? Dopo uno sguardo verso il suo gruppo, per essere certo che nessuno si oppone: – certo! – oh … meno male!

Sono volontari accorsi per difendere la repubblica, ma dopo essere stati decimati e davanti all'imminente disfatta ritornano in patria, quasi tutti nativi di Adelaide. Camille conosce sia la lingua spagnola che quella italiana cosicché è facile per Pablo e Tommaso spiegare perché erano diretti proprio a Valencia.

Con la luce dell'alba giunge il mezzo blindato, l'autista fa cenno di salire in fretta, sulla stradapiena di fossi Tommaso si ricorda del suocero, la guerra è una cosa schifosa si ripete, poi ripensando a quanto accaduto: - non potevo evitare di uccidere, non potevo evitarlo, ma ciò non serve stemperare la sua angoscia, Camille nota qualcosa e avvicinatosi a Pablo: - sul soldato italiano, vorrei capire meglio! Quando ha ascoltato tutta la vicenda: - non può rimanerein Spagna, la guerra si è messa male, - potrebbe finire fucilato! gli replica Pablo, Camille con lo sguardo a terra: - lo penso anch'io …, non ha scelta …, potrebbe … non so, infine dopo unaconsultazione con i compagni: - conosco il capitano della nave che ci porterà in patria … potrebbe venire in Australia facendo così perdere le sue tracce, Pablo come risollevato – sono d'accordo, poi chiamato a sé l'italiano: - come ti ho detto … Pablo non dimentica, ma adesso c'è una sola possibilità di salvarti, e Camille, - siamo disposti a portarti in Australia …, - è l'unica possibilità … ma devi rimanere muto … come se lo fossi davvero, al resto ci penso io.Tommaso come per volersi giustificare: - non immaginavo che la guerra è così … così … insomma … io è vero … mi sono arruolato volontario … ma pensavo che la guerra sarebbe finita presto, avrei avuto un posto di lavoro statale, ben retribuito e così una buona prospettivacon mia moglie e il bambino che tra non molto tempo ci nascerà … invece …, adesso …, forsenon rivedrò mai più mia moglie, mai conoscerò mio figlio…, e Pablo – chi sa, se Dio esisteseveramente e mettesse fine a questa follia che divampa in Europa. Camille: - Dio esiste … esisteveramente, fissando lo sguardo su Tommaso e poggiandogli una mano sulla spalla: - è un Diodi giustizia, di amore e di verità … coraggio … il tuo destino è davanti a Dio, non demordere,Egli ci offre sempre una nuova opportunità … tu sei un uomo coraggioso e leale, i tipi come te …, tu .. ti parlo perché la mia è certezza … tu hai compiuto un gesto di gran valore umano davanti al Trono della Grazia, per uomini come te Dio prepara sempre il meglio, adesso non vedi e non riesci a comprendere ma … col gesto che hai fatto … il Signore Gesù ha acceso unacandela nella buia caverna della tua mente … se la guerra adesso fosse finita senza che tu avessifatto quel gesto di giustizia … come sarebbe stata la tua vita futura? Non pensi che ne avresti portato per sempre il peso? giorno per giorno ti avrebbe roso e non saresti stato capace di guardare in faccia tuo figlio, tua moglie ... i miei antenati dovettero fuggire dall'Inghilterra privati di ogni bene, affrontare un lungo viaggio verso l'Australia, un esodo verso una terra promessa, hanno ricominciato da capo ponendo completamente la loro fiducia nell'aiuto di Dioe nessuno di loro ne è rimasto deluso, l'uomo fa dei progetti secondo quanto ritiene buono, Dioinvece riserva sempre il meglio, se non fosse così non ti troveresti qui! Tommaso, coprendosi il volto con le mani, abbassa la testa quasi fino a toccare le ginocchia in un turbine di pensieri, vorrebbe piangere ma resta muto come una tartaruga raggomitolata nella sua corazza. Pablo accarezzandogli la chioma nera: - Non smarrirti proprio adesso e non perdere la fiducia in te stesso, sii forte ... tu hai grandi capacità ... reagisci e la forza del tuo animo ti sosterrà. – scusatemi ... adesso ho bisogno di rimanere in silenzio ... vi ringrazio per le vostre parole ... ma mi sento in un vicolo cieco, mi sforzo di non pensarci ... come su un'altalena che va e vienela mia mente ritorna a quel pomeriggio, quel sangue ... gli spari ... queste mani sporche di sangue! sento ancora l'acre odore del fumo dello sparo. Camille - Tu credi? ... - nel futuro ...? quale futuro potrò aspettarmi? Sarò braccato e sempre fuggire, solo e in una terra straniera. Mentre Camille fa per replicare Pablo stringendogli il braccio nella mano lo invita a desistere e infine verso Tommaso: - una nave ti porterà nel nuovo mondo, e lì una nuova vita, per il momento è questa la tua realtà, non ce ne sono altre, Camille avrà cura di te dall'altra parte delmondo dopo che ti avrò accompagnato fino al porto di Valencia, ora smettila di stare così, Tommaso: - Sì! d'accordo, - bene! risponde Camille dandogli una pacca sulla spalla. Mentre il mezzo continua la sua corsa su una strada dissestata e polverosa, uno del gruppo presa l'armonica a bocca intona un suono allegro. Verso mezzogiorno su un ampio spazio della sommità di un colle nei pressi di Alcocer de Planes fanno una sosta, intorno un silenzio interrotto soltanto dal leggero fruscio del vento tra le foglie ed il cinguettio dei passerotti, in lontananza il luccichio delle creste delle onde di un lago, un'occhiata in giro e si decide di andare un po' oltre nel mezzo di alberi verdeggianti in una zona meno esposta, il camion gira di 180 gradi per parcheggiare sotto una grande quercia secolare. Giù a terra l'occasione di sgranchirsi, una sigaretta e altri la pipa. Pablo e Tommaso si avviano dietro ai cespugli per urinare, poi curiosando su un sentiero giungono nel folto di una boscaglia, Camille li raggiunge per camminare in mezzo con una mano sulla spalla di Pablo e l'altra su quella di Tommaso al quale: - Beh! Allora ... Come ti senti? - Rispetto a stamattina ... meglio, Pablo accenna un sorriso: - quest'aria mi sta tirando su di morale ... chi sa anche voi quante ne avete passate? – caro mio ... questo è il minimo, la vita non è facile per nessuno, replica Pablo, e Camille - questo mi fa piacere sentirlo, così quando si presenteranno altre difficoltà saprai come affrontarle ...! Quanti miei amici sono caduti al mio fianco ... spesso mi domando perché a loro e non a me? e quante volte ho dovuto uccidere per non essere ucciso ... guardare negli occhi il mio nemico agonizzante ... avrei voluto dirgli qualcosa mentre moriva ... un uomo come me, con i miei stessi sentimenti, i miei affetti, i miei sogni, magari lasciava una madre, la moglie ..., forse dei figli, ho dovuto ucciderlo solo perché portava una uniforme di un altro colore, Pablo: - anch'io ho ucciso ... a volte appena diciottenni; una battaglia inizia sempre con un gran silenzio nell'aria … ti fa gelare il sangue nelle vene, guardi il cielo e guardi il sole come non lo hai mai fatto, guardi i tuoi compagni come per l'ultima volta e ti tremano le gambe, un nodo alla gola ti impedisce perfino di ingoiare la saliva … l'unico modo di non essere ucciso è quello di riuscire ad uccidere per primo. Di fronte a te schiere di uomini come me … nemiche solo perché chi sa chi ha deciso così, in quel momento non c'è odio … c'è rispetto perché sai che le stesse tue emozioni stanno di fronte a te, non c'è nulla di diverso da ciò che stai provando tu per loro … la morte ti sta di faccia e non riesci a provare niente. Tommaso: - Io non ho partecipato ad alcuna battaglia, avevo solo giocato a fare la guerra … l'addestramento …! mio suocero diceva che la guerra … è una schifosa carogna e non c'è niente di buono e non c'è nessun vincitore.

Proseguendo tra la vegetazione si sente in lontananza lo scroscio dell'acqua, passando in mezzo ad una folta boscaglia dove i raggi del sole faticano a raggiungere il sentiero, scoprono una vasca piena di acqua che esce zampillando da una piccola fenditura della roccia sovrastante: -che meraviglia! Esclama stupefatto Tommaso, - prima d'ora non avevo mai visto una sorgente, e Pablo immergendovi la mano: - e come è fredda! – aspettate … vado a chiamare gli altri, dice Camille. In capo ad una quindicina di minuti stanno tutti ad abbeverarsi e rinfrescarsi abbondantemente, poi piano piano cominciano a schizzarsi gli uni con gli altri finché buttarsi addosso getti di acqua, non poteva andare se non esagerando, ognuno riempiva d'acqua il proprio basco spintoni e acqua in faccia e da per tutto, perfino negli anfibi e nelle mutande diviene un vero caos generale per ritrovarsi infine a ridere di gusto inzuppati fino alle midolla, nel ritornare ad ogni passo facevano ciac-ciac finché, messi gli indumenti appesi ad asciugare tra i rami, come usciti dal grembo materno si sdraiano chi sull'erba, chi appollaiato su un ramo, chi su una lastra di roccia calda. Avendo del caffè e zucchero, fanno un fuocherello mettendovi a riscaldare l'acqua in una gavetta, fanno la nera bevanda bollente, cosicché chi amara chi dolce ognuno se ne delizia, unica nota negativa la difficoltà di farsi una fumata perché quasi tutto il tabacco era bagnato fradicio. Ernest, uno del gruppetto, vede delle belle mele rosse penzolanti in alto da un albero giù per il pendio, si avvicina e nello spostare un grosso sasso onde salire a coglierle, sente una dolorosa puntura all'avambraccio, una vipera accovacciata lì sotto lo morde strisciando via tra l'erba secca, stringe forte con la mano come meglio può sopra il morso e urlando per il dolore e la paura, va disperatamente verso i compagni. Presa in fretta una cintura di cuoio da un pantalone ad asciugare, Camille stringe forte per bloccare la circolazione del sangue mentre un altro succhia dai forellini della ferita per poi sputare. Con la punta sterilizzata del coltello incide in profondità facendo colare fuori quanto più sangue, mentre intorno alla lesione l'avambraccio si fa violaceo. Ernest finisce per svenire con la febbre alta sopraggiunta delirando per il lancinante dolore, infine fasciato con la garza pulita e sdraiato sul pavimento del camion, non rimane che sperare. Tutti mesti raccolgono i vestiti e indossati risalgono sul mezzo riprendendo così il viaggio in gran silenzio.

Capitolo 9 – La città di Valencia

Dopo circa quattro ore, l'autista ferma sulla sommità di un'altura da cui si vede Valencia che, sovrastata da uno stormo di aerei, viene bombardata, mentre le condizioni di Ernest stazionarie non tendono a peggiorare. All'improvviso si sente sempre più vicino il rombo di un aereo, da est un caccia punta dritto verso di loro, tutti saltano giù nel fossato ai bordi della strada e portando a braccio Ernest cercano di sparpagliarsi tra l'erba. Volando a bassa quota contro il sole calante il caccia non riesce a centrare l'automezzo dando il tempo agli occupanti di allontanarsi di più. Con sangue freddo Tommaso torna indietro e salta su puntando il cannoncino antiaerei del blindato verso il bimotore che, dopo una larga virata, gli si avvicina contro, stavolta col vantaggio del sole alle spalle; proiettili fischiano in entrambe le direzioni fino a pochi millimetri dalla testa dell'italiano, destino vuole che è italiano anche l'aereo per il cerchio tricolore sulla coda, un inferno, il mezzo va riducendosi in un colabrodo mentre Tommaso imperterrito continua a sparare, finché l'aereo passatogli sopra tracciando nel cielo una scia di fumo nero si schianta ed esplode dietro un'altura: - Urrà! Urra, gridano tutti tra un corale applauso, l'italiano è un eroe con tante pacche sulle spalle, con l'automezzo completamente inutilizzabile.

Quando il giorno sta al tramonto trovano rifugio in vetusta casetta disabitata, a metà strada verso la città. La porta di legno marcio viene giù alzando un polverone sopra una patina di polvere e ragnatele, una lanterna a petrolio sopra un tavolo con quattro sedie di paglia mezze sfondate, in un angolo in fondo il camino annerito, a fianco alla finestra corrosa, vetri non più trasparenti, a lato una branda con un materasso di foglie secche, vi venne poggiato Ernest febbricitante ma fuori pericolo, tutti gli altri si sistemano alla meglio. Camille allungando lo stoppino ancora umido di petrolio, riesce a fare luce appendendo la lanterna ad un gancio di ferro dal soffitto, una cena frugale prima di sistemarsi sul pavimento, qualcuno rimette in piedi davanti all'uscio la porta, si sente il suono dell'armonica. Camille accanto ad Ernest gli appoggia un panno bagnato sulla fronte portandogli la borraccia alla bocca. Tommaso, rimane a lungo in piedi, poi spegne la lanterna prima di sistemarsi dove tutti si sono addormentati, steso rimane ancora parecchio a pensare prima di cedere alla stanchezza.

Sono i momenti drammatici che danno niente per scontato per il valore stupendo della vita e le meraviglie che ci sono, le bianche creste dei monti, la profondità degli abissi, l'azzurro del cielo, il giallo del sole, delle stelle, la trasparenza di uno stagno, il calore del fuoco, l'aria a pieni polmoni, una sorgente che disseta, la pioggia che schiaffeggia, l'impeto del mare che schiumeggia, il vento che accarezza e rabbrividisce, perfino la traccia della lumaca, le gocce della brezza mattutina sulle foglie, il canto degli uccelli, il sorriso di un mendicante, gli occhi di un bambino, la carezza di una mamma, la luce del silenzio, il chiarore della luna, il rosso del tramonto, la morte che non viene.

Al primo raggio di luce ognuno si riprende dal torpore della notte, Ernest lentamente in maniera goffa si siede sul letto, la febbre lo ha lasciato e ha fame, gli danno da mangiare e gradualmente riprende le forze. Durante il sonno Tommaso è infastidito da qualcosa di duro sotto al gluteo, appena sveglio frugandosi si accorge del libricino di don Filippo, seduto e aprendo a caso si accinge a leggerlo, Camille incuriosito, - Cosa

leggi? – è un libricino … mi dava noia, mi giravo e rigiravo mentre dormivo, credevo fosse una piastrella storta del pavimento, e Camille,
pare sia il Nuovo Testamento, - sì, … me lo ha dato il parroco del paese prima di partire, - letto con attenzione può cambiarti in meglio la vita, - tu l'hai letto? - lo leggo spesso, ne avevo uno, ma tra tante cose non lo trovo più … non ti dispiacerà … se qualche volta ti chiederò di prestarmelo? – certo no … pure adesso, - ora no … che impressione ti fa leggerlo? - ho incominciato per curiosità, ma lo trovo interessante … è come se queste parole emanassero una pace, - hai ragione … specie quando … in certe situazioni … - non hai torto! - beh … son contento che lo leggi … ne possiamo parlare … sulla nave casomai, adesso dobbiamo andare, la nave parte stasera – allora … andiamo!
Con Ernest convalescente non camminano in fretta arrivando verso le due del pomeriggio, la città è semideserta e nessuno badava loro, cumuli di macerie, ai lati delle strade, muri dissestati e pompieri, aiutati dalla popolazione, scavano nella speranza di trovare qualcuno vivo, numerose salme allineate sui marciapiedi, Tommaso tra sé: ora so che cos'è la guerra!
In un angolo di strada, per terra appoggiato al muro un bambino piange a dirotto davanti al corpo agonizzante di una donna, probabilmente la madre, in una mano stringe un pupazzetto di pezza e con l'altra cerca disperatamente di scuotere il corpo che gli giace davanti in una chiazza di sangue. Pablo si avvicina piegandosi sulle ginocchia, la donna è viva, le solleva leggermente il capo lei apre gli occhi e fissandolo: - il mio bambino … il mio bambino, esanime si affloscia e muore con gli occhi che restano fissi sul figlioletto. Poggiandola delicatamente fruga le tasche e la borsetta nella vana speranza di trovare un documento, il piccolo ancora piange terrorizzato, lo prende tra le sue braccia e si alza, con tenerezza lo dondola e parla sotto voce carezzandogli le manine e la fronte, Camille rinchiude le palpebre facendole in fronte il segno di croce. Non c'è più nulla da poter fare, Pablo, che mantiene amorevolmente in braccio il bambino, pensa già di prendersene cura, Tommaso profondamente scosso: - ora che ne sarà del piccolo? – ci penserò io! I due seguono il gruppo abbandonano la donna senza vita alla pietà di qualche soccorritore. Al molo dove è attraccata la nave Pablo prima saluta tutti, poi verso Tommaso: -se non ci fossi stato tu …, - beh … ci sarebbe stato qualcun altro, - di questi tempi …? È stato un privilegio averti conosciuto, - anche per me … avrei da chiederti un favore. – dimmi! – ho scritto su un foglietto … per la mia famiglia, casomai ti fosse possibile spedirlo … c'è l'indirizzo e quant'altro ... – certo … ma non posso garantirlo, - se la porto con me è sicuro che non la potrò spedire, - va bene, farò il possibile, spero un giorno di rivederti … - chi sa!

Capitolo 10 - Verso l'Australia

La Stella del Nord è un mercantile che trasporta grano e legumi da e per i territori del Commonwealth, ha l'incarico di riportare i volontari in patria. Il capitano prova sollievo quando il gruppo lo saluta dal molo; uomo di esperienza marinara, alto, occhi chiari e capelli rossi, maglietta bianca a mezze maniche e pantaloncino blu, quando il termometro scendeva troppo un Montgomery impermeabile, pur essendo l'ufficiale più alto in grado non dà eccessiva importanza al suo aspetto, una pipa sempre in bocca tra una folta barba che sembra più un ornamento, ogni tanto la pulisce per ricaricarla di tabacco da un sacchetto di cuoio penzoloni dai pantaloni e l'accende soprattutto nei momenti in cui gli necessita di tempo per riflettere. Camille, già lo conosce, salendo a bordo con gli altri, sulla passerella viene salutato dal suono della sirena, seguito da Tommaso non del tutto consapevole: - Benvenuti a bordo, gli dice il capitano e l'ufficiale accanto, Camille dopo una stretta di mano, non nascondendo il rammarico per coloro che sono caduti: - grazie amico mio ... vieni Tommaso ... questo giovanotto è un eroe, senza di lui non saremmo qui, è possibile farlo venire con noi in Australia, – hai detto Tommaso, poi direttamente a lui, - sei italiano? - sì, signor sì ... sono italiano, Camille: - questo giovane ... insomma da nemico si è reso conto di stare dalla parte sbagliata, ... ci è stato presentato da Pablo, un repubblicano che abbiamo incontrato ... pensa che sprezzando il pericolo, da solo ha abbattuto un caccia che ci sparava addosso, ma già a Malaga aveva salvato la vita sia a costui che a sua moglie, il capitano: - però dobbiamo evitare di far sapere che è italiano, casomai possiamo dichiarare che è ebreo ... sei il benvenuto! E Tommaso che non capisce la lingua: - yes, yes, Camille: - beh, durante la navigazione gli daremo modo di imparare l'inglese. ...ti pare?

Il capitano, date le opportune disposizioni per la sistemazione dei passeggeri, fa iniziare le manovre per la partenza, portando il mercantile fuori dal porto. Lontano un mezzo miglio, tra il fumo dei fumaioli diradato dalle fredde folate di vento, qualche gabbiano si fa notare ancora. Il rossore del sole, andando lentamente a nascondersi sotto la sagoma frastagliata dei monti, man mano lascia ombre sempre più lunghe sulla costa, che si rimpicciolisce fino a scomparire. Il rumoroso moto rotatorio delle eliche, che fa vibrare le bianche lamiere schiaffeggiate a prora, producendo onde in regolare successione dalle fiancate verso il largo, a poppa lascia una lunga e spumosa scia bianca sulla distesa blu scuro del Mediterraneo. Annunciato da Venere, il firmamento comincia a farsi spazio nell'ultimo azzurro, e, via via con le altre stelle tra i bui squarci di numerosi cirri, appare nella sua veste nera, dove il mare della notte cancella la linea dell'orizzonte, finché la luna lo copre d'argentei riflessi.

Tommaso rimane a lungo affacciato nella luce notturna dei lampioni, gomiti appoggiati sul parapetto ad osservare la scia bianca che svanendo in lontananza porta via i suoi sogni, sta scappando e ora deve pensare soltanto alla sua vita, unica ricchezza rimastagli. Infine viene raggiunto da Camille: - ciao, ti stavo cercando, cosa fai qui tutto solo? - stavo osservando ... come man mano la scia bianca si perde nel buio, gli risponde senza voltarsi, - ora siamo al sicuro! Giratosi con un sorriso amaro: – al sicuro? ... certo, Camille: - bisogna farsi animo, amico mio, non è una sorte tra le più brutte, - lo so, - ci sostiene l'aver agito secondo coscienza

... - ciò che è stato è stato, - lascia stare ... ti fai solo del male, Tommaso: - caro amico mio non è facile ... Camille: - la vita non è facile per nessuno, dobbiamo imparare ad essere forti
... chiederlo all'unico che ci può nutrire di forza, - e chi sarebbe quest'unico? – Dio, nella persona di Gesù ... ma se ti scoraggi, se perdi la fiducia in Lui poi ... perderai anche quella in te stesso, - cosa cerchi di dirmi? - chi si sente sconfitto e senza ... insomma che ti costa sperare ancora? - cosa stai cercando di dirmi? – beh ... chiodo scaccia chiodo, - chiodo scaccia chiodo? Ti capisco sempre meno, - non fermarti a pensare solo a ciò che ti sta succedendo ... tu adesso hai bisogno di andarti a cercare i tuoi momenti di gioia, - dici che la vita non è facile per nessuno
... che devo cercare i miei momenti di gioia ... beh ... sembrerebbe una buona strategia! - il male è anche in quello che ci procuriamo coi pensieri ... - è una fortuna che tu abbia una tale determinazione, – non è fortuna, è la Grazia di Dio, - per la quale oggi mi troverei così inguaiato! - purtroppo ... senti ... ah, me lo stavo scordando ... a mensa non ti ho visto arrivare
... forse non hai mangiato perché non hai fame ... ma un sorso di caffè ... che dici? – ti ringrazio, lo bevo volentieri ... ho la bocca talmente secca! In questo momento mi sento completamente a terra, forse è solo grazie al mio istinto di sopravvivenza che riesco ancora a sopportare di aver perso tutto ... anche questo lancinante dolore che mi stringe in petto e mi impedisce di fare una sciocchezza... Camille sorridendo: è un buon inizio, bravo! Continuare ad amare la vita ... vedrai ... man mano stupirai te stesso dei grandi progressi che farai, fai la tua parte e chiedi al Signore di aiutarti e vedrai ... Tommaso: - beh, da come lo dici sembra facile, Camille: - ma non lo è credimi, e non pensare di essere il solo a soffrire c'è sempre chi soffre più di te ... di me, tutto dipende dalla forza di volontà, diceva uno tanto tempo fa, è quando mi sento debole che sono forte perché la Grazia di Dio sovviene in me con la sua forza, lascia che il tempo cicatrizzi le tue ferite, ti fanno molto male ma man mano il dolore diminuirà, adesso devi solo riuscire a sopportare e concentrarti sul pensiero della vittoria, in seguito potrai pensare alla maniera di uscirne ... questo dolore che ti stringe il petto, che non ti fa riposare, la mattina alzarti già stanco e disorientato, è questa la tua realtà attuale, ma ogni giorno che avrai vissuto sarà un giorno conquistato alla sofferenza, vivi, semplicemente vivi, assaporando il gusto di vivere e non dimenticare, se vuoi, che puoi sempre avvalerti dell'aiuto di Dio, - nonostante lo dici con assoluta certezza non riesco a convincermene, - ricorda bene una cosa, Camille messosi di fronte con lo sguardo fisso negli occhi di Tommaso - se anche non dovesse succedere secondo le tue aspettative sarebbe soltanto perché Dio per te avrebbe in serbo qualcosa di meglio, Tommaso abbassando lo sguardo: - parole così ... è la prima volta ..., forza di volontà, forza di Dio, vita, morte, ferite, sofferenza ... a che scopo tutto ciò se poi ... tutto continua allo stesso modo, posso cambiare il corso della storia? Posso allungare i miei giorni di vita? Camille: - puoi scegliere di vivere o di morire ma la vita, la tua vita, la vita di ogni essere vivente, è degna di essere vissuta in qualsiasi modo si presenta, la creta non domanda al vasaio come la utilizzerà, se trarrà da una massa informe un vaso ad onore oppure a disonore, non è compito dell'argilla decidere, potresti adesso stesso buttarti in acqua e annegare, nessuno ti direbbe quale sia la cosa giusta, solo la tua buona

coscienza, ma se rimanisu questa nave, senza mai più recriminare o voltarti indietro e ti prendi la responsabilità di te stesso, che tu lo voglia o no, Dio continuerà a provvedere per il tuo bene così come ha fatto finora! Dopo un breve silenzio, Camilla lo carezza sulla spalla: - ora va a dormire e cerca di riposare, Tommaso: - va bene, ciao, buonanotte. Si adagiò con tutti i vestiti sulla sua brandina, si girava e rigirava nei suoi pensieri, poi: - Signore, ti prego di aiutarmi, man mano cominciò a rilassarsi e prese sonno. Dormivano quasi tutti, il capitano era in coperta nella cabina di pilotaggio a vigilare, spandendo il gradevole profumo del tabacco acceso nella sua pipa, il timoniere attento alla rotta non smetteva di tenere lo sguardo fisso nel profondo vuoto davanti a sé, anche se non c'erano ostacoli la prudenza imponeva di stare sempre all'erta. Verso le due di notte il comandante in seconda e l'altro timoniere vennero a dare il cambio portando una caraffa di caffè, la luna era sparita e intorno scintillavano miriadi di puntini luminosi, tra una sorsata di caffè gli smontanti diedero le consegne e filarono a dormire.

Mentre la nave avanzava tra i 18 e 20 nodi tra l'Africa e la Sicilia, le acque, ora quiete, man mano dal nero ad un grigio chiaro assunsero un colore roseo finché comparso il sole dall'orizzonte e preso dominio in alto, cielo e mare assunsero ognuno il proprio colore d'azzurro. La colazione fu annunciata dal suono della sirena che svegliò anche quelli che ancora sonnecchiavano, man mano la temperatura salì e si mantenne sui 25 - 30 gradi lasciando tutti, anche i nuovi arrivati nel frattempo forniti di nuovi indumenti, a mezze maniche e pantaloncini corti.

A Malta si attraccò nel pomeriggio inoltrato il tempo per caricare merce destinata in Australia, Suez fu raggiunto il mattino successivo, l'attraversamento per il Mar Rosso venne autorizzato a metà del giorno. Il transito delle navi nel canale era organizzato in tre convogli alternati al giorno, da nord a sud, da sud a nord, incrociandosi al Grande Lago Amaro e al by-pass di al-Balla. Le grosse navi si susseguivano ad una distanza di circa un miglio marino, e la velocità era prudentemente ad un massimo di sette nodi per un tempo di circa 15 ore. L' attraversamento del canale risultò molto suggestivo ma quasi interminabile, quando finalmente si raggiunse il largo fu salutato con un unanime urrà! Navigando in senso longitudinale verso sud-sud-est tra il continente africano a destra e la penisola arabica a sinistra, sorpassata molto al largo la Barriera corallina delle sette piscine dal mar Rosso incontrarono l'oceano. In quattro giorni si oltrepassò la grande penisola dell'India e si fece rotta verso sud – est alla volta di Adelaide e dopo quasi un mese e qualche giorno dalla partenza da Valencia si intravide la lunga e frastagliata costa meridionale australiana che si apre come un grandissimo arco verso sud, la nave col suo carico umano e di merci lambendo l'isola di Kangaroo, attraccò al porto di Adelaide in un mattino di dicembre, in piena estate con una temperatura che durante il corso della giornata poteva sfiorare punte di 40 gradi, durante la notte in genere si stava alquanto freschi per la brezza proveniente da sud, che giungeva senza ostacoli dall'antartico. Il viaggio era andato tutto bene, non si erano incontrate tempeste anche se frequenti, ogni tanto giornate intere di intensa pioggia e vento forte, Tommaso, con l'insegnamento di Camille, ebbe modo di prendere una discreta confidenza con la lingua inglese.

Nel periodo antecedente la seconda guerra mondiale Adelaide si presentava come una tipica città coloniale, con prevalenti abitazioni unifamiliari tipo villette più o meno grandi circondate da giardino, verso il centro dove emergevano gli edifici più imponenti tra estesi giardini e piante di baobab, c'erano in gran parte quasi tutti per le amministrazioni locali e nazionali e alberghi,tra cui vari consolati.

Camille e Tommaso, ringraziato l'equipaggio ed il capitano della nave, si salutarono sul molo con gli altri del gruppo prima di attraversare la estesa piazza alberata che fiancheggiava il porto ed incamminarsi, passando vicino a negozi di ogni genere commerciale, su per la lunga, larga e rumorosa via, frequentata fino a notte inoltrata, in due opposte direzioni, da veicoli a motore,mezzi pubblici, carrozzelle trainate da cavalli e frettolosi passanti a piedi sui marciapiedi via si avviarono verso la dimora della famiglia di Camille.

Tra la popolazione di origine europea vi erano etnie provenienti dall'Asia con un abbigliamento che Tommaso non aveva mai visto prima, a bocca aperta rallentava il passo per osservare un così diverso modo di vestire, talvolta seguendoli palesemente con lo sguardo e Camille: - cerca di celare questo tuo stupore e non rallentare, queste persone sono alquanto suscettibili e potresti suscitare in loro un certo disappunto, - ve bene ... scusa ... ma mi sembrano così strano ... - dai, non ci pensare oltre ... anche noi per come vestiamo, a loro possiamo sembrare strani!

Capitolo 11 – Pablo ritorna da Elvira

Pablo si dirige, zaino sulle spalle col bambino che addormentato tanta voglia! Nella casa, arredata in maniera essenziale, su due livelli, oltre papà e mamma c'è Antonio di un anno, Lucia otto e Sofia dieci, all'arrivo di Pablo, stavano al piano superiore, l'ultimo nato nella culla che osserva le sorelle giocare a fare la mamma con una bambolina di pezza, Lucia fermatasi come per domandarsi da basso cosa sta succedendo: - Sofia, sento piangere un bambino, Lucia: - sì, anche io … chi sa chi sarà?, - boh! andiamo a vedere… chi sarà venuto!, Seguita dalla sorella, Sofia, preso il fratellino e mantenendolo stretto con un braccio scende con molta prudenza la scala a chiocciola di ferro e con la curiosità di chi cerca di vedere quanto prima: - Ue' zio! … ciao, Lucia da dietro che non ha la possibilità di vedere: - chi … chi è venuto, Sofia? - è lo zio Pablo! Infine scesi giù, Antonio, percependo qualcosa di diverso dal quotidiano, inizia a piangere, il padre va e lo prende in braccio e, sedutosi accanto a Pablo, con coccole e carezze riesce a calmarlo, poi, date le circostanze belliche, in modo preoccupato: – Come mai … questo niño, cosa è successo?, Pablo con un gesto di costernazione: - camminando con altri compagni verso il porto, … da lontano sentivo un forte pianto, avvicinatomi in fretta … una scena terribile ..!, indicando il bimbo: - stava seduto a terra, accanto la mamma svenuta in un lago di sangue, strillava e si agitava disperatamente, con le manine sporche del sangue della madre la scuoteva e la riscuoteva insistentemente … come volerla svegliare… che si muovesse … ma la donna rimaneva immobile e priva di sensi, il sangue cominciava a colare giù dal marciapiedi… molto probabilmente la scheggia di una bomba … l'aveva ferita gravemente al ventre… inginocchiatomi con la mano e scuotendole la testa pareva si fosse ripresa perché ha aperto lentamente gli occhi fissandoli dritti nei miei … con la mano mi afferra l'avambraccio, tanto da farmi male… agonizzando con gli occhi sgranati tentava di dirmi qualcosa, le ho avvicinato l'orecchio … con una voce talmente esile … appena il tempo di sussurrarmi … salvate il mio bambino …, il mio bambino …poi, quella mano ha indebolito la presa e lentamente, afflosciandosi fino al polso, è finita al suolo … quegli occhi senza più vita parevano continuassero a fissarmi … disperatamente continuavano a fissarmi! Alecio con costernazione e rabbia: - maledetta guerra … guerra fratricida! Maledetti, maledetti! … Dio …! fa che non devono trovare nessuna pietà! Dopo un breve silenzio Pablo, riprendendo da Malaga, gli spiega quanto era accaduto: - Elvira ora è a Murcia con i suoi, Alecio: - con i suoi genitori? Pablo: – parenti! i genitori purtroppo … uno zio, fratello del padre, che vive con la moglie e due figlioletti, io e questo soldato italiano abbiamo continuato e abbiamo, per chi sa quale fortuna, incontrato un contingente di spedizione australiano che, purtroppo …. per noi la guerra si mette male, aveva ricevuto l'ordine di ritornare in patria. Concluso il racconto Alecio: - sarebbe a dire che adesso questo Tommaso è in salvo? Pablo: - se tutto è andato liscio adesso dovrebbe trovarsi in prossimità delle coste siciliane, Carmen che ascoltava in silenzio, accortasi che il bimbo non succhiava più, lo sveste, lo lava e cambiati i pannolini sporchi lo riveste con indumenti del figlio: - ecco fatto, piccolino mio, a Pablo – adesso che hai in mente di fare? - beh, per prima cosa devo pensare al bimbo … non so nemmeno il suo nome, intendo portarlo a Murcia da mia moglie, certamente lei se ne prederà cura, Alecio: - e dopo che avrai sistemata questa situazione? la guerra ... l'abbiamo persa e non andranno tanto per il sottile, Franco pare che ha l'intenzione di fare piazza pulita di tutti i repubblicani, Pablo con amarezza dopo un breve silenzio,: - è così purtroppo ... per te che hai famiglia ... è meglio che ve ne andate verso nord ... quanto prima! ..., poi con incisività: - anzi subito, prendete quel che potete e via ... in Francia ... il governo francese ha fatto diversi campi profughi, lì starete certamente al sicuro; Carmen, sforzandosi di non commuoversi: - già, l'ho saputo ... meglio di niente chi sa! ... chi sa che fine faremo ... e chi sa quando ...potremmo ritornare nella nostra terra! ..., rivolgendosi a Pablo, - e tu che devi prima andare da Elvira ... verso sud, ma poi? Pablo: - andrò a combattere ... mi sentirei un vigliacco ... se non possiamo fermarli almeno faremo in modo di rallentarne l'avanzata ... almeno il tempo necessario per quanti dovranno scappare ... andarsene via dalla propria terra... in qualche posto al sicuro, Alecio: - conosco Elvira e credo che sarà molto contenta di accudire al bimbo come a suo figlio, Carmen: anch'io credo che sarà così, tua moglie è molto sensibile ... una brava persona ... e tempo fa, molto prima che scoppiasse questa maledetta guerra, ... fu proprio al battesimo di Sofia, c'eri anche tu, ... mi disse con un certo rammarico quanto dovevo essere felice per essere mamma, Lucia e Antonio non erano nati ancora ... non aggiunse altro, Pablo: - sì, è vero, abbiamo sempre desiderato avere almeno un bambino, Alecio: - beh ... adesso ... data la situazione che non si capisce più niente, sarebbe anche più facile dichiarare che è vostro figlio, - allora, già da adesso ... è mio figlio! Carmen: - che nome pensi di dargli? Pablo: - mi piacerebbe ... penso che anche Elvira sarà d'accordo, Tomàs, come quel soldato italiano che ci ha salvato, ... sì, anche ad Elvira piacerà! Alecio: sarebbe stato meglio se lei già stava qui con te ... ora si tratta di tornare indietro ... verso le linee nemiche! - hai ragione, Alecio! ... che posso dirti, devo affrettarmi, spero di farcela! Carmen: - per questa notte resta a dormire con noi, ti preparo dell'acqua calda nella bagnarola grande, così, prima di cenare, potrai riprenderti dalla stanchezza del viaggio ... che dici allora ... Tomàs è ... tuo figlio? Ne sono felice per te e per Elvira, forse farai meglio a non fargli mai sapere ..., Alecio: - già! Pablo: - beh, sì sarà meglio così ... ti ringrazio per tutto quanto, come sempre sei ... Carmen senza lasciargli il tempo: - ti sistemerai nel letto di Lucia, poi alle figlie, - nell'altro dormirete tu e Sofia, una a capo e l'altra a piedi, Antonio nel letto grande e Tomàs nella culla di Antonio sul lato del letto dove dormo ... così se piange ... me lo attacco al seno ... che poi ... starà quieto, infine al marito: - senti un po', perché non vai a vedere se tra i vicini puoi trovare del latte? casomai sarebbe proprio l'ideale se in polvere! Ma devi sbrigarti! Alecio: - vado subito ... vedo se riesco a trovare anche il resto, un viaggio fino a Murcia non è un gioco, al ché la moglie: - certo ... non so della carne secca, del pane ... ma di questi tempi ... beh, non sarà facile ..., Alecio uscendo e chiudendo la porta: - non si può mai sapere. Pablo: sei una donna eccezionale, in niente sei riuscita a ..., - dai ..., chiunque avrebbe fatto così! Dopo una mezz'ora buona ritorna Alecio, gli è riuscito di trovare soltanto del latte in polvere e mostrandolo: - tre giorni fa è successa una disgrazia, eppure abitiamo vicino e non abbiamo saputo, è morto un bambino di due anni, la madre, nel correre al rifugio per una incursione aerea ... tutti badavano frettolosamente a mettersi

in salvo, inciampata, per uno spintone da dietro, è caduta addosso al figlioletto che portava in braccio, scuotendo rammaricato il capo: - per quella creaturina ..., nulla da fare. Pablo: - chi sa adesso la madre?... chi sa quante di queste disgrazie ..., nonostante, pare che queste cose non fanno più notizia! ad una tua vicina tre giorni fa le è successa questa disgrazia ... è morto un bambino e qui, finora, se non fosse stato per il bisogno di latte, non avreste saputo ... e se non fosse stato così per Tomàs non so proprio come avremmo fatto! Carmen: - un figlio che muore prima dei genitori non è naturale, un bambino poi! chi sa se mai si riprenderà ... povera mamma! Come nel resto della nazione, nella città la legalità e l'ordine erano quasi spariti, vigeva la legge marziale e quella del più forte, i rifornimenti non vi giungevano più, scarseggiava l'acqua potabile insieme a tutto il necessario per vivere, col pericolo di epidemie, la moneta emessa dal governo repubblicano aveva perso ogni potere d'acquisto, la borsa nera diventava sempre più l'unico mezzo di approvvigionamento e i prezzi erano altissimi, il commercio si praticava col baratto, in natura, oro e oggetti preziosi mentre i più indigenti morivano di fame, anche se tra la popolazione c'erano iniziative spontanee per adoperarsi alle necessità indispensabili, l'organizzazione sociale, l'assistenza sanitaria e la vigilanza armata, non mancavano frequenti fatti di sfruttamento, di violenza carnale e pedofila, episodi di sciacallaggio e non poche donne si sentirono costrette a prostituirsi.
Con quello che poté rimediare Carmen prepara ad ognuno una cena molto frugale, dopo, mentre le due figlie rassettano e puliscono, allatta sia Antonio che Tomàs lavando e cambiando i pannolini sporchi ad entrambi, poi sedutasi e tenendoli insieme tra le sue braccia, tra dondolii e ninna nanna, riuscita ad addormentare li pone coricati ognuno al proprio posto, Tomàs nella culla accanto a lato dove lei sta a dormire ed il figlioletto al centro nel letto matrimoniale. Tornata di sotto e d'accordo con Alecio, riesce, non abbastanza ma di più non poteva, per alcuni viveri e pannolini di cotone per il cugino, infine stanca esausta della giornata va a riposare.
Il giorno seguente alle prime luci, dopo una frugale colazione, Pablo, col bimbo in braccio e prese le sue poche vettovaglie, va lentamente con Alecio e sua moglie fino all'uscio dove fermatasi e guardando fuori: - pare che il tempo si manterrà buono ..., dopo, con un bacio sulle guance, Alecio: - ti auguro che tutto vada bene, saluta da parte nostra tua moglie ..., ti conviene prendere la strada interna, lontano dalla costa. Un ultimo cenno di saluto con la mano e voltatosi si incammina così come gli ha detto il cugino, è egli stesso convinto che sia relativamente meno rischioso, infatti la costa, strategicamente più importante, subiva maggiormente incursioni aeree, dopo un paio di chilometri incontra un gruppo di una ventina di militari della repubblica comandati da un sergente maggiore che andavano verso Valencia, tre soldati portavano ognuno a spalla una mitragliatrice e un altro un mortaio a tracolla, gli altri quasi tutti, a due a due, recavano pesanti cassette di munizioni e di viveri, il sergente maggiore avanti agli altri, vedendo Pablo con quel bimbo tra le braccia incamminarsi nella direzione opposta, incuriositosi ferma, alza la mano e con voce decisa: - alt!, fermando anche il suo plotone, e mentre alcuni si siedono sulle cassette approfittando della sosta: - chi siete e dove state andando con questo bimbo in braccio? – sono Pablo Garcia Martinez, ti dice niente questo nome? – Pablo? Certo, si Pablo! ... ma dove stai andando ... e

questo bambino? – è mio figlio, è una storia lunga, devo andare a Murcia da mia moglie, - veniamo appunto da quelle parti ... la situazione ... beh, stai in campana, aspetta adesso ti faccio dare qualcosa da mangiare purtroppo abbiamo solo gallette, il sergente dà ordine di eseguire poi, - per il momento il nemico è fermo a Malaga ma da un giorno all'altro potrebbe ... - conosco bene la situazione, ero proprio in quella città ... poi son dovuto scappare, i due si salutano per proseguire in direzioni opposte. Tomàs in braccio a Pablo e cullato dal suo camminamento dorme finché si sveglia e piange, forse per fame. Andando oltre intravede in lontananza un gregge di capre, nell'avvicinarsi i cani abbaiando attirando l'attenzione del pastore che tacitatili fa cenno a Pablo di avvicinarsi, la breve sosta è anche l'occasione provvidenziale per una abbondante poppata, rifocillarsi e riprendere forze, il custode delle capre, in cambio di pochi spiccioli, gli dà altro latte, un pezzo di pane, del formaggio fresco, gli riempie la borraccia e una specie di zaino da poter usare come marsupio per Tomàs, cosicché Pablo, saluta riconoscente e ristorato e con la comodità di tenere Tomàs appeso a tracolla, e mentre un cane del gregge per un breve tratto gli scodinzola attorno riprende il cammino, adesso che anche il piccolo Tomàs sta più comodo riesce a fare più strada anche se obbligato a qualche breve sosta onde darsi una sistemata. Poco prima del tramonto la vista di una piccola costruzione abbandonata dà l'occasione di fermarsi per la notte in quella che risulta solo una catapecchia, chi sa da quanto tempo in disuso. Sistematosi alla men peggio per terra su un pagliericcio, non senza difficoltà riesce a nutrire il piccolo con latte fresco e, a sua volta, con della carne secca e acqua dalla borraccia. Tomàs ben rifocillato si addormenta e così subito dopo, fumando un sigaro, si assopisce anche Pablo. A notte fonda un riccio, forse attirato dall'odore di cibo, lo sveglia sfiorandogli il braccio con i suoi aculei, allo scatto improvviso di Pablo anziché scappare via si rizza sulle zampe posteriori e fissatolo come per sfidarlo si massaggia il musetto con le zampette anteriori, poi in un attimo, così come era sopraggiunto sparisce nell'erba della campagna circostante. Per quella improvvisa visita e col chiarore della luna da poco apparsa, Pablo, ormai sveglio, decide di riprendere il cammino ma prima dà altro latte al piccolo che cominciando a succhiare si sveglia a sua volta, dopo la poppata e più tranquillo accetta le coccole di Pablo, che ponendoselo a tracolla nello zaino percorre fino alle prime luci dell'aurora un'altra quindicina di chilometri. Stanco si ferma sotto un piccolo ponte della strada dove scorreva un torrentello, preso tra le braccia il piccoletto gli toglie i pannolini sporchi e mentre gli sciacqua il culetto, per l'impatto con l'acqua fredda si agita piangendo finché, adattatosi, se ne sta tranquillo godendosela con le gambette penzoloni, rivestito con roba pulita e gettata via quella sporca, mentre lo guarda con amorevole premurosità Pablo gli dà da succhiare quel poco di latte rimasto. Rassettate le sue cose e riempita la borraccia ritorna sulla strada tenendo teneramente in braccio il piccoletto per il quale già nutre un grande affetto, dopo un camminamento di uno schioppo di fucile sente avvicinarsi da una stradina laterale un carro trainato da un mulo, al segno di fermarsi il conducente, dovendo andare nella stessa direzione, lo fa montare su, ma per quanto poteva essere contento non sopportava la puzza di letame trasportato. Il carro non lo portò molto oltre dovendo poi girare verso una località vicina, al bivio si salutarono e Pablo di nuovo appiedato prende dritto molto più contento di non sentire quel fetore che per dover proseguire sulle proprie gambe con il bimbo sempre più pesante, mentre, alzatosi un forte vento da sud, il cielo, fattosi completamente grigio, minacciava pioggia. Dando uno sguardo panoramico non scorgendovi nulla che poteva fargli da riparo, poiché comunque rimaneva allo scoperto continua il cammino a passo più sostenuto. Dopocirca cinque chilometri, quando lampi e tuoni annunciavano imminente un temporale sopraggiunse un camion militare che trasportava una trentina di soldati verso le zone di combattimento, l'autista lo conosce e, al cenno di Pablo, accosta e si ferma: - Olà! Pablo che cifai qui con questo niño? – Olà Garcia! Che fortuna! ... devo recarmi a Murcia, - Sali dai ti ci porto, poi rivolto al passeggero accanto: - Manuel, scendi e aiutalo a prendere posto accanto ame poi corri e sistemati dietro insieme agli altri, Pablo sale e sedutosi tiene il bimbo stretto a sé appoggiandolo sulle ginocchia mentre l'automezzo riparte di gran carriera, si aprono le cataratte del cielo in un acquazzone torrenziale, Garcia guidando con difficoltà: - ci voleva pure quest'uragano! ... ma che vai a fare a Murcia, tanto più con questo niño, lì si combatterà, abbiamo ricevuto l'ordine di resistere ..., venderemo cara la pelle ... i nazionalisti stanno avanzando e si rischia di perdere anche questa città. – questa creaturina stava accanto alla mamma agonizzante in un lago di sangue, mi sono promesso di prendermi io cura di lui: - allora... non riesco a capire, dovevi andare verso nord, - a Murcia c'è mia moglie è lei che si occuperàdi lui, dopo io rimarrò con voi, - sì, comprendo, d'accordo ... rimanere è pericoloso specie peruna donna con un niño, è meglio andare verso nord ... quanto più lontano, - certo, risponde Pablo, senza dirsi altro dopo un'ora e mezza arrivarono a destinazione.

Camminando tra molte case distrutte, Pablo, la testolina di Tomàs che per la curiosità del mondo circostante, comunque si presentasse, fuoriusciva dallo zaino a tracolla, procedendo verso l'abitazione dove con Elvira si era salutato, scopre che la casa è diroccata, il solaio sfondato e nemmeno si riesce più a capire la disposizione dell'abitato, un lancinante presentimento lo coglie come un tonfo al petto ed il sangue gli si gela nelle vene, stordito e disorientato va a sedersi su ciò che era un angolo di muro, Tomàs muto pare comprendere la costernazione di Pablo che non ha nessun indizio per capire se sono ancora vivi, come per cercare un motivo di speranza si alza in piedi e lentamente gira su sé stesso con lo sguardo in lontananza finché si sente chiamare da dietro da una voce che conosce: - Pablo ... Pablo! È Armando, lo zio di Elvira, che con commozione gli si avvicina stringendolo in un caloroso abbraccio: - Pablo, grazie a Dio sei qui, stavamo tutti in pensiero, e Pablo, rallentandosi dall'abbraccio: - Elvira? ... state tutti bene? – Chi è questo bambino ... cosa gli è accaduto? - a Valencia ... l'ho preso con me, la madre purtroppo è morta, ma ... – Vieni, stiamo tutti bene
... solo la casa, e con essa quasi tutto quello che avevamo, - ma adesso, dov'è che state?... – andiamo, non restiamo qui, ti accompagno da tua moglie. Percorsero circa un paio di chilometriin aperta campagna finché giunsero ad un casolare: - per il momento stiamo qui! Elvira lo vedearrivare, lasciata ogni cosa piangendo e sorridendo in gran fretta gli va incontro e lo guarda come bloccata dalla presenza di Tomàs, poi: - Pablito, amor mio!, lo abbraccia a sé e con le dita che si muovono tra i suoi lunghi capelli lo bacia su tutta la testa, infine lo fissa dritto negliocchi mentre gli carezza il viso, in tutto

ciò Tomàs che sta nello zaino a tracolla sulle spalle di Pablo la guarda incuriosito, al che Elvira: - e questo bambino? dove hai trovato questo niño? –a Valencia, l'ho trovato a Valencia. accanto alla madre stesa per terra moribonda in una pozza di sangue, le ultime disperate parole di quella donna sono state di aver cura del suo bambino che piangendo disperatamente cercava di rianimarla … sapessi che strazio, Elvira! … se non l'avessi preso con me! Elvira verso Tomàs con grande tenerezza, - piccolino … come sei bello! tendendogli le mani con delicatezza cerca di prendendolo: - vieni, su vieni, Pablo girate leggermente le spalle verso la moglie cerca di facilitarle la presa ma Tomàs, avendo acquisto sicurezza da quella specie di marsupio come un suo cantuccio sicuro, si mostra restio, infine per rassicurare il bimbo della presenza di Elvira, liberatosi le spalle lo prende tra le sue braccia con tutto l'involucro coccolandolo e carezzandogli i riccioli, lei che con voce melata: - vieni, su vieni… piccolino mio, vieni tra le braccia della mammina tua! Poi: - com'è che si chiama?
la madre pallidissima in volto è morta senza avere né il tempo né la forza di dirmi il nome, soltanto, salvate il mio niño … questi piangendo disperatamente la scuoteva nella speranza si rianimasse ... le sue manine erano intinte di rosso del sangue sparso per terra … la donna ne aveva già perso troppo e per lei non c'è stato nulla da fare, e così eccoci qua con questa creaturina! … voglio chiamarlo Tomàs, come il soldato italiano, Tommaso, che ci ha salvati
… che ne dici? Per un tacito desiderio Elvira mostra di volersi prendere cura del niño: Tomàs?, poi ricordatasi di quel soldato italiano … che ne è stato di lui? – è salvo Elvira! … proseguendo incontrammo un gruppo di volontari australiani in ritirata … adesso Tommaso è in navigazione con loro verso l'Australia …, Tomàs Ramiro Martinez, pare suoni bene, tu che ne pensi? Nel frattempo, tra zii e nipoti, intorno si forma un piccolo gruppo incuriosito, dove più di uno si accorge che Tomàs puzza di cacca. Elvira entra in casa e tra la meraviglia dei presenti, fosse stato uno spettacolo, come una madre amorevole lo lava e lo riveste alla meglio con panni che la zia Agnese le porge prendendoli da una vecchia cassettiera dove teneva alcuni corredini dei suoi figlioletti, al che Pablo: - ho qui ancora del latte in polvere, se …, Agnese: - dammi, dammi che adesso glielo riscaldo … qui vicino c'è il pastore …, ripensandoci: - Elvira pensaci tu, che adesso ci vado…, Pablo: - un momento! porgendo il biberon dallo zaino, - no, questo lascialo a tua moglie, meglio con un paio di bottiglie! la donna prende i vuoti ed esce. Elvira: - fosse il cielo! Armando, con tutte e due le mani nelle mani ai suoi due pargoli di cinque e sette anni, dando uno sguardo ad entrambi: - è col latte di quel gregge che la mattina fanno colazione, di sicuro ne avrà! Pablo porgendo alla moglie un corredino datogli da Carmen, dalla larga tasca esterna dello zaino adattato a marsupio, - mettilo sulla cassettiera, nel frattempo preparo il latte. Avvolto il piccolo in uno scialle leggero con un solare sorriso lo porge a Pablo: - su prendilo … papà! e così, sciogliendo con solerzia la polvere di latte e riscaldata a giusta temperatura, riprendendo di nuovo Tomàs a sé con grande tenerezza, riesce compiaciuta finalmente a nutrirlo, e Tomàs cominciando a succhiare sotto lo sguardo amorevole di mamma Elvira, pare non si faccia per niente forzare.
La mattina seguente Pablo, con il suo bimbo tra le braccia e in presenza di tutti, ragguaglia sulla situazione della guerra: - è pericoloso rimanere a Murcia,

necessariamente bisogna che andiate a nord per riparare in Francia, ed Elvira: - e tu? - io ritorno a combattere, non me la sento di scappare! ... perdonami Elvira... se puoi! La decisione la sconvolse, non se l'aspettava e nemmeno supponeva che si sarebbero ancora dovuti separare, sentiva forte il presentimento che non l'avrebbe più rivisto, allontanatasi ne pianse amaramente, Pablo, con uguale presentimento, non riusciva di decidere diversamente, raggiuntala la stringe in un abbraccio e con occhi lucidi, estratta la lettera scritta da Tommaso per l'Italia la mostra alla moglie: - questa
... quando sarai in Francia, ti raccomandando ... spediscila, qui sulla busta c'è già l'indirizzo e dovrai soltanto affrancarla, tenendo a sé il piccolo Tomàs lo abbraccia carezzandogli le guance ed i capelli e infine dopo un lungo bacio sulla fronte: - adesso forse ... dovrei rimanere con voi, perdonami. Il bambino con la manina parve volesse ricambiare il gesto mentre Pablo, occhi lucidi, affidandolo tra le braccia della moglie e salutati tutti gli altri si volta e incamminatosi senza voltarsi va incontro al suo destino.

Capitolo 12 - La notte di Pablo

Nel 1931 in Spagna, dopo sette anni di dittatura, venne proclamata la repubblica. Nel 1936 le elezioni furono vinte da una coalizione di partiti di sinistra, tuttavia, le forze di destra nazionaliste, appoggiate dalla chiesa istituzionalizzata, da Hitler e da Mussolini, non sirassegnarono alla sconfitta tentando un colpo di stato, da cui scaturì la sanguinosa guerra civilespagnola. Nel resto dell'Europa andò sempre più diffondendosi il fascismo ma principalmente,sul modello di Mussolini, da Hitler, anche a causa di una passiva connivenza da parte dei governi occidentali, prese piede il nazismo tedesco.
Sulla carta si trovarono contrapposte forze più o meno della stessa proporzione, tuttavia i nazionalisti potevano contare sulla decisiva totalità dell'Armata d'Africa, fulcro dell'esercito spagnolo, integrata dai regulares, le temibili truppe marocchine comandate dai migliori ufficialispagnoli, gli africanistas, tra i quali emerse rapidamente il generale Francisco Franco. Pablo, esperto di guerriglia, conoscendo i luoghi strategicamente sensibili, forma con un plotone di veterani ben armati un gruppo di guastatori e, con frequenti azioni repentine di disturbo e improvvisi agguati, crea il panico tra i soldati nemici, diventando una pericolosa spina nel fianco del nemico, fino a quando, a causa di una fatale imprudenza, cade inun'imboscata, dell'intero gruppo sopravvissero Pablo e altri due che furono catturati. Rinchiusiin una caserma ben fortificata non lontano dai repubblicani, furono interrogati e torturati per due giorni, infine, ridotti allo stremo due fucilati la sera stessa mentre per Pablo, per sfatarne iltimore a causa della sua fama, si scelse di giustiziarlo la mattina del terzo giorno, all'alzabandiera davanti alla truppa. Tumefatto e ferito, lo costrinsero a veder fucilare i due compagni, e, senza cibo né acqua, venne rinchiuso in un buio tugurio, presidiato da una guardia,dove attraverso piccole fessure della porta, vedeva il muro pieno di buchi di proiettili. Alle prime ore della notte il soldato di guardia apre la porta della prigione al cappellano militare, che varcato l'uscio si ferma, mentre il condannato si alza dal tavolaccio. Il prete: - sono don Fernando, cappellano militare, posso entrare? Pablo: - certo! e io sono Pablo, - se volete vorrei trascorrere del tempo con voi ... nessuna particolare intenzione! (Pur dolorante per le percosse e le ferite subite e la consapevolezza di morire all'alba, Pablo si mostra conciliante) - prego entrate, mi spiace che il salotto non è confortevole, nessuna difficoltà! (la guardia va via serrando la porta. Filtrano tra le fessure delgrezzo legno linee di luce dai lampioni del cortile, raggi sottili che mostrano i lenti movimenti di sospesi granelli microscopici di polvere, la cella non è completamente buia, un breve silenzioe poi), il prete: - posso fare qualcosa per voi? non so, casomai ... - non saprei, però, in confidenza, ho un pensiero che mi turba, il prete: – ditemi! – beh, mia moglie, mio figlio ... lamia famiglia ... del dolore ... quando sapranno ...! Il prete: - turbato dal pensiero della famiglia ... e per quello che vi accadrà domani? - amo la vita ... ma per me che ho combattuto per i valoridi democrazia e di libertà, vivere o morire non fa differenza quando si conserva il rispetto di séstessi, fa parte della vita morire. - il rispetto di sé stessi d'accordo, ma quando la vostra vita finirà? - cioè quando sarò morto? Il prete: – sì! Pablo: - beh, materiale da immondizia. Il prete: personalmente sono persuaso che comincerà una vita senza fine, eterna, dove chi avrà sofferto e patito nel nome del Signore troverà pace e gioia. Pablo: - il Signore? intendete

dire Gesù Cristo? Tutta roba per gli ingenui! Il prete: - nominate il nome del Signore in modo sprezzante, eppure ha donato la sua vita affinché credendo nel suo amore, nella giustizia, avremo la gioia della sua presenza in eterno. – se è così o meno ... francamente? non ci bado, nella vita ... come voi dite, eterna, ci credono soprattutto quelli che stanno negli agi, che, per la loro religiosità, sperano di ricevere il premio di essere assolti da una presunta divina misericordia, non riesco a credere che Dio, per quale assurdo motivo, si scordasse il loro egoismo, le loro cattiverie, se pur fosse così, rimarrei fortemente deluso. - la vita eterna esiste come esiste Dio, che lo crediate o no, in verità il Signore adesso, è qui proprio qui, mentre parliamo di Lui. (Nella quasi totale oscurità solo ombre sagomate, il condannato prende da una tasca del pantalone un mozzicone di sigaro) Pablo: - ha da accendere? – l'accendino? ... eccolo! Pablo: - oh grazie, sembra di valore, voi fumate? – poco, più che altro è per le candele ... forse dovrei avere anche ... un momento! (frugandosi nelle tasche della tonaca estrae compiaciuto un sigaro), prendete e ... tenete anche l'accendino! così più tardi ..., (Pablo, nell'accendere, alla breve luminosità rimane stupefatto dalla singolare mitezza dello sguardo del cappellano), - oh, grazie, mi hanno ripulito di tutto ... mai negare l'ultima fumata ad un condannato a morte, domani mattina, se non potessi restituirvelo, fate in modo di riaverlo, - mi sarebbe piaciuto dirvi tenetelo per ricordo! - almeno fino a domattina sì, lo terrò ... in vostro ricordo! E poi chi sa, se come affermate Dio è qui, non si sa, fino a domani mattina, cosa potrebbe succedere ... scusate l'ironia, rispetto il vostro credo ma proprio non riesco a pensare che esiste Dio e che ... davanti a tante cattiverie non fa niente affinché non accadano. - scusate se puntualizzo, non ingannatevi ma tra credere che esiste e pensare che esiste c'è molta differenza ... non sto a giudicarvi! Dio lo sa, avete detto che avete combattuto ... anche per la verità suppongo? ... per Gesù non è stato così? Ritenete forse che per il solo fatto di pensare che Dio non esiste possa essere che non esiste? - esiste il male, in quello credo che esiste, - già, il male esiste ... ma è frutto solo della cattiveria umana, e il bene... lo potete negare? - già il male ed il bene ... l'eterna lotta senza alternative, - l'eterna lotta ... sono d'accordo ma un'alternativa c'è, una sola, sarebbe restrittivo per la libertà dell'uomo se Dio intervenisse direttamente, Egli ha messo in ogni cuore un seme di giustizia e verità indicando una sola via per seminarlo, proponendo non imponendo, un'alternativa contro il male, come e dove seminarlo per farlo germogliare e dare frutto tocca a noi tutti. - a tutti...? quindi anche a me? che c'entro io con Dio? - c'entrate, lo avete dimostrato combattendo contro quel potere che non serve la giustizia. Pablo come per aver trovato una via di fuga: - siete strano, non è che vi trovate dalla parte sbagliata? - sono risoluto ad affrontare la responsabilità delle mie parole davanti a chiunque, principalmente davanti al tribunale del Padre celeste, - il Padre... ecco un altro Dio ... poi dite che c'è un solo Dio. Don Fernando disturbato e in modo molto risoluto: - misericordioso se vivremo sull'esempio di quell'amore manifestatoci da Gesù, vero Dio e vero uomo, che censurando l'ingiustizia e l'ipocrisia, è morto innocente in croce per amore, al mio e al vostro posto, sareste capace voi di chiedere a vostro figlio di morire al fine di riscattare le colpe dei vostri nemici? - l'amore! una parola dolce solo al palato, Dio non esiste, con la morte finisce solo la sofferenza, - se Dio non esistesse, alla sofferenza che senso daremo? - la realtà non cambia, la sofferenza me la tengo e la sopporto, se no che uomo sarei, e dopo … dopo che sarò morto nulla cambierà, sarò comunque vivo perché si vivrà all'unisono con l'universo, si diventa cenere di terra, terra che partecipa alla vita anche nelle cose inanimate, le foreste, i mari, i fiumi, i laghi, le piante, i deserti … tutta la terra pullula sempre di vita e ciò nonostante soffre, il prete: - su questo che avete detto, san Paolo ha scritto che l'intera natura geme nella speranza che venga liberata dalla schiavitù della corruzione, ciò che muore non muore del tutto, risorgerà e si rigenererà come chi cerca quella gioia che non finisce, saranno gli operatori di pace che ne godranno in eterno ma chi pratica la malvagità, a volte anche simulando di fare del bene, non ne avrà parte subendo la corruzione eterna a causa del male che avrà praticato. - Questo modo di parlare non mi è nuovo, tempo fa ho studiato per diventare prete! - dove, forse nel seminario di Malaga? - sì, ma notai una netta contraddizione tra quello che dicevano e che facevano, - anche tra voi repubblicani, che dite di difendere la democrazia, suppongo succeda … ma preferisco non inoltrarmi in questo discorso, comunque al di là delle vostre convinzioni personali, il vostro pensiero, pur non condividendolo, mi pare sia interessante, in qualche maniera strana somiglia a quello di un uomo vissuto 2000 anni fa, che ha donato la sua vita per gli ideali che pure voi professate, volontariamente e senza nessuna colpa e senza fare violenza, col suo sangue ha tolto il peccato ponendo la sua croce come motivo di riconciliazione, colui che crede nel nome di Gesù diventa come se non avesse mai commesso peccato. - già, il peccato! bel raggiro, se fai peccato la tua anima va a finire all'inferno! Vi rendete conto che da 2000 anni tutto continua allo stesso modo, il pesce grande mangia sempre il piccolo … e la falsità, la cattiveria … nascoste sempre dietro un perbenismo anonimo che sta affacciato e aseticamente guarda il mondo dalla finestra? Con tale marasma come si fa a credere che un solo uomo 2000 anni fa ha potuto cambiare qualcosa? Nulla è cambiato! se Dio esistesse davvero interverrebbe! - Dio ha creato ogni cosa in modo perfetto prendendo su di sé ogni responsabilità, nulla cambia se è l'uomo che non cambia nulla, il male si combatte col bene e non con la vendetta, voi che, a modo vostro con tanto coraggio, perché affermate di difendere la verità se poi siete così sicuro che nulla cambia? Se intendete dire che Dio non esiste dovete essere sicuro di ciò che affermate, cosicché prima dovete provare e poi affermare, in verità Dio si fa trovare da chi lo cerca davvero. - quale verità? - Sapete, ne ho visti di condannati a morte, alcuni disperati, altri per paura, con lacrime chiedevano di essere confessati e assolti, quasi in nessuno con un sincero pentimento, se diciamo di essere senza peccato la verità non è in noi ma se li confessiamo Dio è fedele e giusto da perdonarci e purificarci da ogni iniquità, chi ha una buona coscienza teme Dio non per la sua ira ma per la sua bontà, così come temiamo di far del male all'innocenza dei bambini, Dio non è vendicativo! La verità è Dio c'è, che gioiamo con Lui un'identica gioia, lo volete o no Dio è responsabilmente presente anche adesso, anche qui con noi, desiderare crederci è affar vostro. Dio ha compiuto la sua parte e ci offre una sola via, senza scorciatoie, quella sull'esempio dell'amore di Gesù per noi quando è stato uomo tra noi uomini, questa è la verità! Non dipende né da chi vuole né da chi corre, ma da Dio che fa misericordia, così dunque egli fa misericordia a chi vuole e indurisce chi vuole. Un dubbio prende Pablo ma mettersi in discussione gli dà fastidio: - bah chi lo sa! la verità? chi non si esprime leggendo in sé stesso finisce per simulare, la verità non si impone, la verità si esprime nel momento in cui tendi la mano a colui che ti chiede aiuto ..., - e farlo per volerlo fare, con amore, senza la paura di sporcarsi le mani, - per un rispetto dovuto, gli uomini nascono re, ma coloro che, a causa dei dissapori e le cattiverie subite si scoraggiano e si avviliscono, finiscono per elemosinare, l'uomo vive per natura regale ..., - la sua natura regale?Non capisco ... spiegatevi meglio, - Penso di aver vissuto una vita da combattente e non da mendicante per onorare e difendere la mia dignità, con quali risultati positivi non so, come comun denominatore ho sempre teso a praticare il bene, oggi son rimasto apparentemente da solo, non me ne faccio cruccio. Ho vissuto rifiutando le mezze misure, i compromessi, per quanto possibile ho sempre cercato di essere autentico, se dovessi ricominciare daccapo non cambierei nulla se non quelle situazioni in cui non sono riuscito a perdonare. Son rimasto da solo? Non credo perché sono ciò che sono per amore di verità, ora vi prego, sono sfinito e sento il bisogno di stare un poco da solo, ritornare ai giorni passati e rivivere quei pochi affetti che ho pienamente vissuto, - va bene, come volete, prima vorrei pregare il Signore di benedirci, - se proprio ci tenete! il prete inginocchiatosi: - grazie, oh Gesù! Tu ami la giustizia e detesti l'empietà, non rifiuti questo misero quale sono che si affida alla Tua misericordia, ti ringrazio dal profondo del cuore perché mi hai dato l'opportunità, amando, di servirti, non disdegni di farti chiamare mio Dio da me servo inutile, amen. Alzatosi e strettagli la mano con un sorriso sereno: - ora vado ma ricordatevi, non siete solo, vi lascio in buona compagnia. Bussato, la guardia gli apre e senza voltarsi va via. Per la luce che viene dal cortile, Pablo nota che la serratura è all'intero e si persuade della possibilità di evadere, nella semioscurità tasta il serrame, toppa, staffa, chiavistello e le quattro viti che lo blocca al legno posizionate ai quattro angoli. Nel tacco della scarpa destra porta un coltellino nascosto, tenuto da un minuscolo filo di ferro sul lato, estratto l'arnese esamina la zona d'interesse e pazientemente, faticando e sudando, evitando il ben che minimo rumore, per quasi quattro ore della notte, libera le viti e sgancia il chiavistello dalla opposta staffa liberando l'uscita. Aperta la porta, giusto per sbirciare, intravede la guardia che, seduta e appoggiata al muro e mantenendo il fucile sulle cosce, dorme, in fondo due camion parcheggiati: - forse quel prete aveva ragione ... Dio è vicino a me! Coltellino nella mano è addosso alla guardia, con una mano gli tappa la bocca e con l'altra gli taglia la gola, occhi spalancati, un ghigno soffocato e il sangue cola a spruzzi imbrattandogli i pantaloni, mentre la vittima rimane immobile nella identica posizione, posato il coltellino nella tasca, gli sfila indossandole, il cinturone con la baionetta e le due giberne con le munizioni, assicuratosi di far rimanere così il cadavere, gli prende con delicatezza il fucile dalle mani irrigidite. Strisciando al suolo fino al muro di fronte ha una buona visuale, all'estremità opposta del piazzale, due soldati alla base del caseggiato, presidiano una robusta porta: - quella deve essere la santabarbara ... accidenti questi lampioni! bisogna fare un po' di buio, imbraccia il fucile per mirare alle lampadine accese, ci ripensa: - no, meglio se penso prima a come scappare! mi conviene passare da dietro, sull'erba è difficile vedermi! Come una serpe, passa in mezzo ai bidoni di carburante, raggiunge un automezzo, dal finestrino di guida nota che la chiave è nel cruscotto: - bene ... molto bene! si avvicina pian pianino all'altro camion, ne svita il tappo del serbatoio, e messosi pancia all'aria, individua il tubicino che va alla pompa della nafta, lo taglia lasciando scorrere a terra il liquido infiammabile, che man mano si spande in una chiazza sempre più ampia, scostatosi, con l'accendino dà fuoco, da cui si sviluppa una grande fiammata, i due soldati alla santabarbara ne restano sorpresi, e, abbandonando la consegna, prendono due estintori dal deposito lasciando la porta solo appoggiata, quelli nelle garitte sulla sommità del muro di cinta, temendo un improvviso attacco, volgono l'attenzione maggiormente alla campagna circostante, cosicché Pablo, inosservato e baionetta in pugno, colpisce entrambi gli improvvisati pompieri alla schiena, dando loro solo il tempo di stramazzare al suolo, va lesto al deposito munizioni nascondendosi all'interno, c'è un arsenale molto ben fornito, al che pensa di far saltare in aria l'intera caserma. Quelli che dormivano, armi in pugno, giungono sul piazzale piuttosto disorientati e confusi. Pablo prende due bombe a mano, ne toglie la spoletta, apre l'uscio e le lancia, richiudendo di nuovo, allo scoppio, morti e feriti, tra gli illesi si crea il panico. Per pianificare il tempo necessario onde scappare, dà fuoco ad una miccia di circa due metri, collegata alla polvere da sparo e alla dinamite, della quale aveva già preso diversi candelotti riponendoli nelle giberne, nella confusione generale ne lancia due accesi sul mucchio, a gambe levate va verso il camion, altri due candelotti sui bidoni di carburante, mentre il resto alla base del portone, sale nell'abitacolo, si siede alla guida con calma e mette in moto, nel frattempo saltano i bidoni, creando una fiammata alta e larga una ventina di metri, qualche secondo e va in frantumi il portone, varcata l'uscita sente esplodere anche la santabarbara, distruggendo interamente la caserma con un'ecatombe di soldati, purtroppo muore anche don Fernando, infondo a causa di un accendino. Il boato è udito per molte miglia, Pablo arresta il camion, scende giusto il tempo di legare la camicia bianca allo specchietto retrovisore, dopo una pattuglia di suoi commilitoni, tra i quali il suo amico Anselmo che vedendo quel tessuto bianco, avverte di non far fuoco, infine Pablo, con la soddisfazione di essere riuscito ad annientare un'intera milizia nemica, e farla franca, nel raccontare mostra l'accendino: - è soprattutto merito di questo, spero che ... chi me lo ha regalato, sia ancora vivo. A conclusione del discorso tra la perplessità e l'allegrezza di tutti, Anselmo: - ma veramente sei stato solo tu ... tu e basta? - se non sono stato io ... chi sarebbe stato ... Dio? Anselmo: - Madre de Dios! - Madre de Dios! Esclamano tutti. Pablo: è tutta la notte che sono sveglio, ho bisogno di dormire, almeno per tre o quattro, dove potrei riposare? Alessio: - aspetta ... lascia che guido io ... ti porto in un luogo tranquillo ... voi altri dietro, l'automezzo corre via e mentre Pablo cerca di appisolarsi: - la guerra purtroppo è perduta, eravamo giusto in giro a causa di quel boato, ma stiamo in procinto di ritirarci da questa zona, - da tempo si percepiva una disfatta ... eppure all'inizio ..., - lo so, sembrava che avremmo vinto, poi ci hanno lasciato da soli a combattere, inglesi, americani e quanti altri che son sono andati via ... in più è da parecchio che non arrivano più ordini ... rifornimenti niente ... noi scapperemo in Francia e faresti bene a venire...beh, che ti dovrei dire ... speriamo bene ...! a Murcia che fine hanno fatto? lì c'era mia moglie e mio figlio, anche loro saranno andati via, l'ultima quando sono andato via avevo consigliato proprio la Francia, - sicuramente saranno partiti, adesso è in mano ai nazionalisti, - se pensi che non c'è più nulla da poter fare ... portatemi con voi!

Capitolo 13 – Pablo in Francia ritrova Elvira

I fuggiaschi spagnoli verso la Francia non ricevettero l'accoglienza sperata, la sorveglianza affidata alle truppe coloniali francesi e le stesse guardie di frontiera depredano o chiedono il "pedaggio" per il varco. Le autorità centrali non vedono di buon occhio quella moltitudine di "rivoluzionari rossi", soprattutto dopo la caduta, nel giugno del 1937, del governo di sinistra presieduto da Léon Blum. Le potenze occidentali sono indecise sull'atteggiamento verso la Germania nazionalsocialista che appoggia Franco, indecisioni che portano agli ammiccamenti fra Hitler e Stalin con il Patto Molotov-Ribbentrop. In virtù dellasituazione venutasi a creare molti reduci miliziani antifascisti spagnoli sono spinti a entrare nella Legione straniera francese per poter continuare a combattere i nazifascisti.
Salutati i parenti che decidono di non partire, Elvira con Thomas, da Murcia, dopo un lungo edestenuante viaggio, passando da Valencia e Barcellona arriva ai Pirenei, a volte a piedi o con mezzi di fortuna, attraversato il confine a Le Pertus, arriva a Le Boulou dove per un letto e unaculla accetta i lavori più umilianti; poi saputo che a Perpignan, città con forti radici spagnole, già capitale del regno di Majorca, cercano una cameriera presso un ristorante gestito da un suo connazionale, giuntavi col bambino, riesce ad impiegarsi abitando nelle vicinanze da Manuela, un'anziana proprietaria proveniente dalla Catalogna, che tesseva maglie e maglioni di lana coiferri e faceva sciarpe all'uncinetto procurando di che sostenersi per vivere. Allevato con cure amorevoli, Thomas cresceva e si irrobustiva, provando un senso di vuoto e di tristezza il pensiero di Elvira andava sempre a Pablo, non dimenticando il soldato italiano, ma della letteraaffidatale da spedire in Italia se ne ricordò solo dopo molto tempo, quando l'Italia era in guerracontro la Francia, cosicché non poté spedirla. Per Pablo la guerra è finita, con l'intento di provvedere solo ad Elvira ed al bambino, attraversad'inverno i Pirenei rischiando di rimanere congelato, munito di provviste sufficienti, dopo un lungo camminamento tra le alte vallate innevate riesce a trovare un rifugio montano abbandonato, al caldo del camino acceso trascorre la notte e raggiunta clandestinamente la Francia passando per Le Pertus, arriva anche lui a Le Boulou. Cercando di passare inosservatoe con molta cautela riesce a sapere, da alcuni rifugiati prima di lui, che Elvira si trova a Perpignan. Una mattina si ritrova nella piazza di Perpignan, dopo aver gironzolato per circa tre ore, verso la mezza entra in un ristorante, si siede, apre svogliatamente il giornale che aveva con sé guardando le immagini più che leggere tra la cronaca, dalle sue spalle compare la cameriera che in un francese poco sicuro: - s'il vous plait, voudriez-vous manger quelque chose?, abbassando il giornale Pablo si ritrova faccia a faccia con Elvira, entrambi impietriti, per l'emozione ad Elvira cadono da mano taccuino e matita, Pablo continuando a guardarla, come per essere sicuro di non sognare, si strofina gli occhi, Elvira con lagrime: - Pablo, oh Pablo! Che meraviglia! Se sapessi … qui da sola, senza tue notizie … quanto ho penato, quantibrutti pensieri! specie di sera quando stanca rimanevo sola faceva buio … come se la stessa oscurità si facesse anche dentro la mia mente, soltanto riuscivo a trovare la forza di andare avanti perché era necessario per Thomas … co … come stai? Com'è che ti trovi qui? Che meraviglia, oh! Come sono felice di riaverti

accanto a me! Lui ancora disorientato, nonostante il forte desiderio di stringerla tra le sue braccia, non riesce a muoversi, non riesce a trattenere le lacrime, col fazzoletto per asciugarsi gli occhi finalmente gli riesce di balbettare qualcosa, Elvira lo abbraccia e lo stringe forte sul suo petto, Pablo: - Elvira, cara Elvira! sapessi … Madre de Dios! Quanto ho penato, poi riuscire a trovarti, guardando da per tutto, ad ogni angolo di muro, … quando avevo quasi perso la speranza … Elvira, mio amore, mio unico bene … grazie a Dio ora ti vedo, ti sento, che gioia Elvira mia! Si siedono e lei carezzandogli il viso ancora umido: - sapessi quanto ho desiderato questo momento, che tu … all'improvviso, proprio come è successo … che io … oh! Amore mio che meravigliosa giornata sto vivendo, oggi tutto mi è magico … una favola dove vissero felici e contenti, Pablo: - Dov'è Thomas? la guerra per me è finita, ora voglio stare con te e con il nostro bambino, allevarlo e vederlo crescere, insegnargli a diventare un uomo buono, senza guerre, senza sangue … dove sta? Come si è fatto nostro figlio, è bello vero? - si è bello, come la luce del sole quando … la mattina ti svegli … e tutto ti riempie di luce … adesso è accudito dalle suore, quando lo vedrai
… no, andiamo … andiamo subito, che veda subito il suo papà, - papà! Certo … un desiderio che non speravo più si realizzasse … andiamo ...! Elvira chiede al suo datore di lavoro di potersi assentare fino al mattino dopo, per strada Pablo: - sto pensando … e mi vengono in mente le parole che mi aveva detto, Elvira: - a chi stai pensando? - A don Fernando, quel cappellano militare che mi venne a far visita la sera prima che …, - la sera prima di cosa? Pablo: - ascolta, ero stato preso dai nazionalisti e … insomma, quella sera venne da me questo prete, se non fosse stato per lui adesso non sarei qua … non riesco a credere sia stata un caso … una coincidenza, Elvira: - non capisco, sei stato preso e poi? – è grazie a questo prete che sono conte … mi regalò un accendino, - un accendino? Che c'entra? Presolo dalla tasca: – ascolta, se non fosse stato per questo regalo non sarei qui e non mi avresti mai più rivisto … all'alba successiva di quella sera, beh, Elvira. – oh! Madre de Dios, che stai cercando di dire! Pablo: - niente, adesso stiamo insieme … niente!, tutto bene, sono riuscito a scappare facendo saltare in aria l'intera caserma … boom! grazie a quell'accendino di don Fernando, mi tenevano prigioniero in attesa di essere giustiziato all'alba, ho dovuto uccidere molti uomini, ho ucciso e quel prete mi parlava di pace in un modo così affascinante … ho ucciso! Ma adesso … troppe coincidenze per credere sia stato tutto per caso, Elvira: - siamo arrivati, è qui, aspetta un momento, torno subito, lui rimane da solo in un turbine di pensieri ma la cosa da cui proprio non riusciva a distogliersi furono le ultime parole di don Fernando: - "adesso vi lascio ma ricordate che non sarete solo": - quel prete ha veramente ragione, Dio esiste! Quando Pablo tenta di prendere il bambino dalle braccia di Elvira, Thomas si stringe alla madre piangendo: - Su! … Vedi, questo è papà! Pablo lo guarda con gioia: - certo non può ricordare quando l'ho portato da Valencia fin da te, e grazie a Dio … nemmeno di altre cose di cui sarà meglio non dirle mai … forse, ma più per noi … ci vorrà del tempo per … - deve essere stata una scena straziante ma … non può essere che sia stato coincidenza che ti sei trovato accanto a Thomas proprio in quel momento cruciale, adesso è tutto da dimenticare … sarò una buona madre per mio figlio, Pablo: - certo, anch'io desidero essere un buon padre, Elvira: - per nostro figlio lo sarai di certo … quando sei arrivato da Valencia col bambino … ti brillavano

gli occhi, è stato un momento meraviglioso … per la prima volta dopo tanto tempo, vederti così con quella espressione …, Pablo: - l'ho amato dal primo istante che l'ho preso tra le mie braccia, niente … nessun sacrificio … nessuna fatica mi opprimeva, mi bastava guardarlo e tutto mi diventava facile, ora che stiamo qui, insieme a nostro figlio .. Dio esiste veramente, spero soltanto di riuscire come mio padre con me, non mi separerò più da voi, mai più! Troveremo un posto dove vivere e lavorare in pace e così … man mano lo vedremo crescere … che gioia amore mio! Elvira: - Si certo, tu … non andrai più via! Pablo: - come potrei, ho desiderato tanto ma tanto potervi riabbracciare … gli ideali, la democrazia, la libertà non stanno lontani da te quando sai di fare la scelta giusta, anche se necessita metterli da parte perché esistono anche altri ideali, la famiglia, l'amore per i propri cari, anche questa responsabilità è da considerare grandemente, finora ho combattuto solo per la comunità, adesso voglio combattere per me stesso e a nessuno permetterò di distogliermi dalla volontà di amare mia moglie e mio figlio. Pablo poi le racconta, tra stupore meraviglia, il modo rocambolesco in cui era riuscito a fuggire distruggendo l'intera guarnigione. Pablo arrangiandosi con lavori saltuari in seguito viene assunto da una grande azienda di falegnameria a Saint Cyprien, mentre Elvira rimase nel ristorante a Perpignan per evitare altri spostamenti al bimbo. Data la reale minaccia del nazismo e prima che occupassero la Francia, con quello che riuscirono a mettere da parte, imbarcatisi lasciarono l'Europa verso gli Stati Uniti d'America. Quella lettera di Tommaso non fu mai spedita ma non dimenticarono Tommaso Liguori.

Capitolo 14 – La nascita di Paolo

A Casavatore le cose hanno preso un naturale andamento, Cristina continua ad avere con più frequenza episodi di vomito che non riesce più a controllare, corre nel bagno e rimette, per quanto poteva sembrare prematuro rispetto alla data del matrimonio non contrariò nessuno, Patrizia ne era felice e basta, un giorno a Giuseppe: - sai cosa significa questo vomitare? … - certo! che presto la famiglia aumenterà di numero! tu diventerai la nonna ed io il nonno …, poi le sorride. Spesso Cristina appariva sofferente, in Patrizia e in Giuseppe veniva spontaneo solo il silenzio, a volte stemperando con un sorriso accattivante, finché la ragazza si decide, l'annuncio della notizia si concluse con un gioioso abbraccio come averlo saputo in quel momento, poi Giuseppe: - bisogna che Tommaso lo sappia, Cristina sorridendo risponde che, averne avuta la certezza dal medico, glielo aveva detto dopo la cerimonia nuziale, al che Patrizia: - quello che è importante è che tu e Tommaso vi volete bene e che ve ne vorrete sempre, per il resto noi stiamo qui, sempre vicino e avremo sempre cura di te. Si sente bussare, è Giovanna che reca un telegramma, la busta giallina col timbro del Distretto militare mette in apprensione Cristina che sbianca, si allontana lentamente e si affaccia, fissa il suo sguardo nel vuoto come se anche il suo cuore si fosse improvvisamente svuotato, la madre la raggiunge e la stringe a sé: - vieni, non aver paura, non potrebbero esserci buone notizie? su dai vediamo! Rientra e avvicinandosi a Giovanna: - l'avete già letto? – sì! E Cristina: - lo potete rileggere? Al che: - ci è in dovere informarvi che il fante Liguori Tommaso, in forza a Malaga, risulta disperso, alla data della presente sono ancora in atto ricerche. Giuseppe: - Embè! Disperso non significa … sarà prigioniero! Ma vivo! (la conclusione alimenta la speranza), Cristina: - è così, lo sento, Tommaso è vivo! Giuseppe occhi bassi mentre Patrizia: - su su! Che cos'è quest'aria di tristezza? … il Signore non ci abbandona e ci sostiene, specie adesso che avrai un bambino … figlia mia, Dio ci dà una grande gioia per questa creatura … una nuova vita capisci? Non dobbiamo far vincere la tristezza … su figlia mia! …, - si mammà, il Signore non permetterà che a mio figlio manchi la gioia della presenza del papà, zia, è così, aspetto un bambino, Giovanna celando lo sgomento per la notizia del telegramma: - che gioia, (le si avvicina e l'abbraccia) che gioia, ah! Se potessimo avvisare Tommaso! (Cristina con un sorriso amaro): -lo sa! e Giovanna: - Tommaso è vivo, chi sa dove … ritornerà … sano e salvo!

Quella sera a Malaga, dopo lunga attesa, il tenente di picchetto informò il colonnello comandante che la ronda non era rientrata. Furono perlustrate tutte le vie della città, i vicoli, i borghi di periferia fin dove fu possibile, si domandava ai militari in libera uscita, la notizia creò allerta e inquietudine. Infine l'indagine si concluse con "dispersi", forse catturati, se fossero stati uccisi si sarebbero trovati i corpi, farli sparire in qualunque maniera sarebbe risultato un'inutile perdita di tempo, dato lo stato di tensione il relativo fascicolo non venne ancora archiviato nella probabilità di nuove notizie.

La gravidanza andava bene, Cristina ne traeva conforto e letizia, ad ogni piccolo movimento nel ventre diceva: - Papà è vivo! intanto trascorreva le giornate aiutando, come poteva, nelle faccende di casa, col pensiero di prendere qualcosa per il corredino andava con la madre a far la spesa, si riusciva a trovare poco, anche il pane era razionato, quando si sentiva stanca rimaneva in casa a rammendare oppure, con l'uncinetto tesseva bavette e berrettini, con i ferri della lana un maglioncino o una tutina, se proprio non ce la faceva rimaneva a letto, talvolta leggendo, un buon libro rispolverato dalla piccola libreria di casa o qualche rotocalco, non disdegnando, specialmente la sera, di leggere dal libricino regalatele da don Filippo, lo stesso che aveva avuto Tommaso. Man mano il vomito si fermò quasi completamente mentre la pancia diventava sempre più evidente. Giovanna, Angelica e saltuariamente zia Agata, andavano a farle visita, se dormiva, silenziosamente le passavano accanto e se si svegliava salutava sorridendo, spesso prendendo loro la mano per appoggiarla sul pancione casomai un movimento del feto.

A causa dell'embargo contro l'Italia, Giuseppe, percorrendo anche una ventina di chilometri quasi ogni giorno, si recava a far spesa con la bicicletta nelle campagne circostanti tra le masserie disseminate e quasi sempre riusciva a portare a casa qualcosa da mangiare, spesso col sacco a tracolla pieno. Il suo lavoro divenne saltuario, la maggior parte facevano rivoltare la stoffa dei vestiti, ma grazie a Dio i burocrati continuarono a servirsi di Giuseppe specialmente in eventi di rappresentanza del Fascio.

Infine si compirono i giorni del parto, alle prime luci di quel giorno Cristina comincia ad avvertire forti fitte al ventre: - mammà, mammà … vieni, presto, ahi! Giuseppe balzando dal letto: è il momento? Cristina: - mamma … che doloori … vanno e vengono! Giuseppe: - vado subito dalla levatrice, Patrizia: - aspetta! poi rivoltasi alla figlia: - ogni quanto tempo ti vengono? – mammà vanno e vengono, non saprei dire, a volte più a volte di meno, certe fitte! è da quando era ancora buio! Giuseppe: - che dici vado? Patrizia: - sì vai, ma non con questa faccia … giusto falle capire che quasi ci siamo, però se indugia insisti per farla venire! Dopo un quarto d'ora arriva l'ostetrica, da una breve visita deduce essere ancora presto: - resta a letto e stai calma, queste fitte sono le prime avvisaglie, potrebbero fermarsi o aumentare, quando saranno con maggiore frequenza fammi chiamare: – cioè tra quando? – forse più tardi, forse domani o dopodomani, nel frattempo sbrigo altre visite, tenete pronto tutto l'occorrente, i panni che hai preparato e l'acqua nel pentolone, hai capito bene? Calma! calma e tranquilla, signor Giuseppe, sarebbe meglio una bella camomilla, ma per voi, (infine poggiata la mano sulla fronte della partoriente) - tranquilla, temperatura normale … ora devo proprio andare. Cristina:
adesso mi è passato tutto, mi posso alzare? – sì certo, fai quello che fai sempre, per colazione bevi solo … qualcosa di caldo … tea … un po' di latte, senza pane, - d'accordo, mamma mi aiuti? – sì eccomi …. cosa devo fare? – accompagnami in bagno, la levatrice andando: - allora, buona giornata a tutti!

La giornata trascorse senza altre avvisaglie, i dolori ricominciarono la sera del giorno successivo e sempre con maggiore frequenza, Giuseppe corre dalla levatrice: - non temete vengo subito, preparo in un attimo, solo un momento. - sì! ma fate presto. Nel frattempo Patrizia le asciugava la fronte e la incoraggiava, ecco la levatrice giusto in tempo, Cristina spinge e spinge, si vede la testolina e man mano finché lo si sente piangere forte, un bel maschietto di quattro chili dalla pelle rosea, capelli neri come Tommaso; infine l'ostetrica controlla ogni dettaglio: - grazie a Dio tutto è andato bene!

Pulito e vestito pone il neonato tra le braccia della mamma che, lei, attorniata dai nonni non più nella pelle dalla gioia, lo guarda poi lo bacia e lo carezza con molta delicatezza temendo di fargli male, la gioia le fa subito dimenticare tutto il dolore sofferto, mentre Giuseppe stempera con lacrime di gioia la sua allegrezza. La levatrice:
beh auguri … per il momento tienilo così, tra una dozzina di ore puoi cominciare ad allattarlo
…, e alla nonna: - domani mattina, per vostra figlia evitate le verdure, un leggero brodo e manmano alimentazione normale, nel caso lasciatela dormire. Giuseppe fa cenno alla levatrice di venire in disparte: - grazie, grazie di tutto, sapeste … non so … mi sento felice, quando nacque Cristina fu una gioia immensa, adesso … non so, è di più! – Beh, adesso devo andare … se qualcosa … a qualsiasi ora chiamatemi! Patrizia rimasta accanto alla figlia: - ora riposa, per qualsiasi evenienza basta che … anzi resterò qui accanto a te. - Mamma … dove sarà Tommaso? – adesso devi soltanto preoccuparti del tuo piccolo tesoro e di te stessa, tuo marito sta sicuramente bene, vedrai … quanto meno te lo aspetti te lo vedrai accanto. - Grazie … grazie mamma e grazie anche a te papà, avvisa zia Giovanna, chi sa come sarà contenta … certo Tommaso non ha conosciuto i suoi genitori ma la zia che lo ha cresciuto … che bella persona!
Quella notte Cristina riposava quieta, il neonato nel sonno, muoveva le manine e sembrava sorridere, invece la nonna ed il nonno rimasero svegli e attivi a lungo prima di sprofondare sotto le coperte.
Fattosi giorno la levatrice viene per un controllo, dopo una breve visita: - tutto va per il meglio … allora, com'è che lo chiamerai? – con mio marito decidemmo già, se maschio … Paolo! Subito Patrizia che finallora a tutto pensava meno al nome: - Paolo … beh, mi piace, Giuseppe hai sentito? – cosa dovevo fare? Patrizia: - Paolo, è nato Paolo, ti piace? - che dite dottoressa? beh, è un bel nome, qualcuno della famiglia che si chiama così? E Cristina: - no, veramente no, nemmeno i genitori di Tommaso … così … Paolo! e la levatrice: - allora benvenuto Paolo! Siete stati al municipio? Al che Giuseppe: - sì … no … ah … meglio che ci vado! A voi per … insomma il vostro compenso? La levatrice: - con calma, pensate prima al necessario, casomai mo' che vado passo dal dottor Guglielmi a dargli la bella notizia … ora devo proprio andare, tra breve altre due nascite, beh … buona giornata! Mentre il nonno si prepara per uscire si sente il campanello, è zia Giovanna, Patrizia aprendole: - è nato … è nato …. Vieni entra … madre e figlio stanno bene … quattro chili. E Giovanna: - su fammelo vedere, (quando è accanto al letto di Cristina): - buongiorno mammina … che bello! ma quant'è bello! …, che nome a questo bellissimo tesoro? (tutti all'unisono) – Paolo! - Paolo!? … brava Cristina. Tutti pensavano a Tommaso.
Trascorsa una settimana Cristina nota che gli occhi di Paolo sono colore nero, si aspettava azzurri o nocciola: - mamma … ma non è strano? – cosa figlia mia? – sono neri! – cosa … cosa sono neri? – gli occhi di Paolo. Patrizia sorridendo: - è così … sono neri perché saranno azzurri
… azzurri come quelli di tuo marito, vedrai tra poco cambieranno colore, quando è così sono azzurri.
Dopo un mese Paolo raddoppia il suo peso, allattato con regolarità ogni quattro ore man mano gli intervalli di tempo aumentarono, Giuseppe più di prima in giro per reperire

cibo, la bicicletta andava e veniva, a volte anche trenta chilometri, con l'avvicinarsi della calura l'andirivieni diventava faticoso ma al nonno non pesava più di tanto se non qualche sudata in più.
Don Filippo, saputo del lieto evento va subito: - che bel bambino, e che begli occhi grandi, bambino caro tu sei la gioia di tutti noi, - oh grazie don Filì! risponde Cristina, ed il parroco: -non appena ti sarai ristabilita per bene, quando sarai perfettamente in forze, casomai me lo farai dire dal nonno ... a proposito dov'è? Patrizia: - adesso sta in giro, purtroppo di questi tempi crescere un bambino ... Mussolini questo lo sa don Filì? - zitta, zitta .... è vero, stiamo in un brutto momento storico ... i tempi sono difficili ... ma è meglio non fare commenti, tanto più che non è che le cose cambierebbero in meglio! novità su Tommaso? Patrizia dopo un'occhiata alla figlia: don Filì, tempo fa c'è arrivato un telegramma che ... pare che non si sa dove sta ... disperso! - disperso? ... Tommaso è un ragazzo con la testa a posto ... confidiamo sempre nella bontà e nella misericordia di nostro Signore ... tutto si aggiusta ... in un momento ... però anche noi facciamo la nostra parte! Patrizia: - don Filì ... come? – la preghiera, pregate e non vi stancate di farlo, e le cose si aggiustano, beh ... scusatemi ma proprio non posso trattenermi ancora, vi lascio con la benedizione di nostro Signore Gesù Cristo ... adesso io devo andare ...appena sapete qualche novità fatemi sapere!

Capitolo 15 – Tommaso nel Nuovo Continente

Col sole allo zenit la temperatura ambiente supera i 35 gradi all'ombra, normale nel periodo estivo che in Australia va da ottobre a marzo, ad Adelaide persiste quasi sempre una leggera brezza da sud, specie di sera, proveniente dall'Antartide. Camminato per circa un chilometro in un ampio angolo di crocevia attendevano il bus, da un giardino adiacente l'ombra di un maestoso albero della gomma, rifugio di uccelli, pareva dare loro il benvenuto. Camille, da studente prima delle superiori e dopo universitario, qui era solito prendere il bus, ora, assorto nei suoi pensieri ritorna agli amici di un tempo, alla spensieratezza della gioventù dove si divertiva con niente, una passeggiata con le ragazze, una gita al mare, una serata a ballare. Alcuni, venuti in Spagna, non c'erano più, abbandonati dove erano caduti senza una lapide né una croce a rammentare indelebilmente che si erano sacrificati per la democrazia, rivive i lontani incontri con Costanza, quanto l'amava! Come non ricordare il suo primo amore, quell'allegrezza quando nel venirgli accanto, prima la riconosceva per quella singolare camminatura, gli rendeva straordinaria la giornata, nel bus a parlare di cose semplici e banali durante il tragitto seduti l'uno a fianco all'altra, ... come stai, ... cosa farai oggi ... usciamo stasera, lei, studentessa di filosofia, quando doveva scendere lo salutava con un bacio foriero di una vita felice insieme, ma conseguita la laurea, a causa di problemi economici, lei dovette trasferirsi con la famiglia nella città di Perth, a più di 2600 chilometri nel nord ovest, qui giacimenti d'oro erano sicure possibilità lavorative del padre minatore. Da principio si scrivevano, lavorando come baby-sitter oppure come cameriera riuscì a pagarsi il corso post laurea di qualificazione professionale all'Università Occidentale (UWA), infine, specializzatasi divenne docente. Camille, non avendo ancora completato i suoi studi, rimase ad Adelaide e man mano si persero. Tommaso non s'accorge subito che l'amico è pensieroso e melanconico: - cosa pensi? – beh ... tante cose ... ricordi! Tommaso: – sei a casa ... è naturale
... sei di nuovo nella tua terra! Sopraggiunge l'autobus e Camille: - ah è questo ... su andiamo. Saliti e fatti i biglietti, Tommaso con un abbigliamento da legione straniera, trova posto a sedere accanto a Camille: - le strade qui sono tutte larghe e alberate ... gente che va e viene, a Napolice ne sono poche così, mi piacerebbe portartici ... Cristina starà vicino a partorire ... chi sa se è maschio o femmina! Camille: - tuo figlio? Il bimbo che nascerà? - si, avevamo deciso Paolo oppure Paola. Camille: - beh, saresti un buon papà, amico mio! Tommaso: - chi sa per quanto tempo ... non potrà vedermi, Camille: - abbiamo un Padre il cui pensiero è sempre accanto a noi, come tu pensi continuamente a tuo figlio. Tommaso: - certo Dio ci vede ... vede tutti e tutto! Camille: - sento che anche tu vedrai tuo figlio, Paolo o Paola che sia ... su alziamoci, siamo quasi arrivati! Un verde fiorito delimitato da un bianco steccato di legno, rose rosse e gialline, gigli e gelsomini, due alberi di baobab posti ai lati del vialetto sovrastano per metà, con la loro ombra, il modesto giardino e parte della facciata della casa, Camille: - vieni è qui, siamo arrivati! Bella vero? Tommaso a bocca aperta: – si bella ... proprio bella! Davanti al cancelletto Camille ha un attimo di esitazione: - diamine ... quando siamo scesi dalla nave ... potevo almeno telefonare ... beh entriamo! Aperto fa suonare un campanellino, Sara sente e guarda fuori dal vetro del finestrino di fianco la porta d'ingresso notando

due persone che vengono verso di lei, messi gli occhiali e aperto l'uscio quasi le gira la testa quando si accorge che è Camille, suo figlio, il cuore le batte forte in petto e le gambe le tremano tanto che deve appoggiarsi allo stipite per non perdere l'equilibrio, dopo aver penato per tantissimo tempo ora la gioia di poterlo riavere sano e salvo: - sì è lui ... è proprio Camille, l'altro accanto nemmeno lo nota tanta è l'allegrezza, con la mano appoggiata alla bocca sussurra "sia ringraziato Dio", poi correndogli incontro, Camille! Raggiuntolo, in lacrime, lo prende a sé, lo abbraccia, lo bacia, lo osserva come lo vedesse per la prima volta, lui come paralizzato e altrettanto commosso: - mamma, mamma! Tommaso fermatosi a guardare quell'abbraccio, quasi fosse un impatto, confuso tra la gioia dell'amico e l'amarezza della lontananza da casa sua, nel pianto gioioso della madre di Camille sente il suo e il dolore di Cristina, resta immobile in attesa. Sara ancora piangendo, impaziente se prima baciarlo o carezzarlo o stringerlo al petto non si stacca di un millimetro dal figlio, lo bacia e ribaciandolo gli sfiora con tenerezza le guance con le sue come solo una mamma sa fare, gli inumidisce il volto: - mio ... mio dolcissimo figlio, quanto sono stata in pena! Che gioia rivederti, il tuo viso, questi tuoi begli occhi scolpiti nei miei pensieri, si scosta leggermente e lo osserva ancora, con attenzione profonda carezzandogli i ruvidi e trascurati capelli rossicci: - Come sei dimagrito! ... sia ringraziato il cielo che ti ha fatto tornare a casa sano e salvo! Poi come per domandare chi è quello che sta vicino al figlio, immobile a poca distanza, Camille annuisce e prontamente: - mamma, questo è Tommaso, un mio amico, un bravo soldato italiano che aveva capito di stare dalla parte sbagliata, pensa, se non era per lui, ora non sarei qui! Con lo sguardo di benevola accoglienza, andandogli accanto ancora confusa, gli prende la mano pendente per salutarlo, con docile presa lo tira piano, infine dopo un'occhiata di consenso su Camille e invitandolo ad entrare in casa: - sei il benvenuto in casa nostra, Tommaso: - grazie, grazie signora, Sara asciugandosi gli occhi col dorso della mano: - sarete entrambi molto stanchi ... su venite ... entriamo ... adesso una bella bevanda fresca e poi su a rinfrancarvi con una bella doccia, Camille prendi qualche abito tuo per il tuo amico, vedo che non ha nulla con sé e mi sembra opportuno che ... insomma ... dopo vedi tu cosa fargli indossare! Quand'è che siete arrivati? - stamattina, con un mercantile dopo quasi due mesi che eravamo partiti dalla Spagna. Sara: - hai fatto bene a farmi questa sorpresa senza telefonare in anticipo, chi sa come sarei rimasta in ansia sapendo di vederti da un momento all'altro! Il vocio attira l'attenzione di Ester la sorella di Camille, ragazza sui diciotto anni occhi azzurri come il mare e capelli biondi come quando le distese di grano sono pronte per la mietitura, per l'inaspettata e gioiosa quasi lo aggredisce avvolgendolo tra le sue braccia, poi in preda alla commozione mentre le lacrime le rigano le rosee gote: - caro fratello mio, grazie a Dio sei sano e salvo, che bello ... che bello che sei qui ... qui tra noi! E tenendo il suo volto come incollato sul petto di Camille nota la presenza di Tommaso, questo giovane dall'aspetto buffo, quasi scambiandolo per un commesso che per chi sa quale motivo era presente soltanto per una pura combinazione: - questo chi è? Tommaso sguardo basso è alquanto imbarazzato, e Camille sorridendo: - vieni Tommaso, avvicinati, presolo a sé con una mano sulla sua spalla: -questo mio amico è italiano, l'ho trovato in Spagna e siccome era tanto ansioso di conoscerti, beh ... ho voluto ... portarlo con me, poi ti racconto, Tommaso sempre con occhi bassi e disorientato - dai

Tommaso su ..., voltatosi verso la sorella: - vedi Ester ... in effetti se non fosse stato per questo bel giovanotto ... ah, quante ne abbiamo passate in Spagna sorella mia ... è stata la provvidenza che ci ha fatto incontrare! Al che Ester, colpita da quel naturale imbarazzo del giovane, salutandolo con molta gentilezza, gli porge la mano: - benvenuto, sei il benvenuto, poi alzati gli occhi verso quelli di Tommaso notandone l'intenso azzurro come colpita dalla sua timidezza: - Tommaso, vero? È questo il tuo nome? - sì Tommaso, mi chiamo Tommaso, Tommaso Liguori ... sono molto onorato di ... conoscere voi e ... vostra madre, e Camille sorridendo: - su dai Tommaso ... considerati a casa ... come a casa tua ..., Sara: - su belli! Qui il sole non scherza ... entriamo! Si ritrovano in un'ampia sala da pranzo luminosa e ben ammobiliata, su uno dei quadri alle pareti v'era stampato in stile gotico un verso della bibbia, in fondo, davanti ad un ampio camino, il divano e due poltrone di legno, una a dondolo, al centro un lungo tavolo dove potevano star seduti comodi una dozzina di persone, sulla destra una larga finestra con le tendine merlettate poste in maniera femminile e accurata, a sinistra un corridoio dà alla cucina e più avanti un bagno lavanderia, su per le scale in fondo, sopra, le stanze da letto con un secondo bagno, Sara: – beh Camille penso dovete darvi una sciacquata ... per adesso mettetevi comodi vi porto qualcosa di fresco, niente di alcolico, tenne a precisare e Tommaso: - oh, sì va benissimo, ... in genere un bicchiere di vino ... soltanto a pranzo, ma quando non c'è fa lo stesso. Ester va in cucina con la madre ritornando insieme a Sara col vassoio del rinfresco, lo poggia sul tavolo vicino alle poltrone, Camille e Tommaso stanno seduti a degustare: - grazie signora, bello qui Camille ... sembra ... mi sembra di stare nella casa di Biancaneve, sai mia zia me la raccontava spesso la favola di Biancaneve e i sette nani, che bello qui! ... vivere come in una favola, ... al che Camille: - ... vedrai ... quando tutta questa brutta tragedia mondiale finirà ... perché finirà è sicuro, vedrai che ogni cosa riprenderà la piega giusta, Tommaso resta un po' silenzioso finché: - ... in poco tempo ... tutti questi cambiamenti! Camille: - ma col tempo tutto si aggiusterà! Ester incuriosita: - come mai questi discorsi, cosa ti ha portato tanto lontano dalla tua terra? Camille ammiccando su Tommaso: - cara sorella, la vita non è facile per nessuno, specie per coloro che hanno il senso della giustizia, Tommaso: - forse ti riferisci anche a me? Credo che nella cattiva sorte ho avuto modo di apprezzare il valore dell'amicizia, della tua amicizia, senza di te chi sa! Camille: - e allora ... noi? Senza di te è probabile che adesso non sarei qui, Sara: - bisogna avvertire subito tuo padre del tuo arrivo ... nel frattempo ... qui nella nostra famiglia potrai restare finché non ti troveremo una sistemazione adeguata, dopo Camille mentre sta accompagnando Tommaso di sopra nella camera degli ospiti, Sara ci riflette un momento e poi: - Ester metti a bollire le patate che poi ... bisogna avvisare subito tuo padre che tuo fratello, grazie a Dio, che nostro figlio è qui con noi sano e salvo! Ester: - va bene mamma ora vado subito, ciao Tommaso, - ciao Ester e grazie! Peter, il capofamiglia, uomo sulla cinquantina dall'aspetto imponente sta al lavoro nella sua bottega di fabbro ferraio, distante un tre chilometri, incudine e martello con maestria batteva il ferro rovente modellandolo secondo l'uso, nel suo mestiere un artista di fama ad Adelaide, da ciò il lavoro non mancava assicurando per sé e la sua famiglia una vita tranquilla e dignitosa, aveva anche il ministero di pastore nella comunità cristiana puritana. Sara va da Simone, un amico che abitava lì vicino,

gli chiede di andare alla bottega dal marito con una motocicletta per portargli la lieta notizia ... pedalando e impiegando il minor tempo possibile di lì a poco Peter sopraggiunge tutto sudato, abbandonata per terra davanti all'uscio la bicicletta e aperta infretta la porta d'ingresso si ferma per qualche attimo, Tommaso con Camille stanno di sopra per le ultime faccende, qualche attimo prima si è sentito il tintinnio del campanellino al cancello: - questo è mio padre che è tornato, vieni. Senza aspettarlo corre giù, Tommaso, più lentamente e alquanto incerto lo segue, Peter vede di fronte a sé suo figlio, da presso la moglie e la figlia, gli va incontro e a metà percorso si abbracciano attorniati dalle due donne mentre Tommaso osserva appoggiato all'ingresso del corridoio. Dopo un lungo e commovente abbraccio si scosta per guardarlo, fissatolo negli occhi lo stringe di nuovo a sé e lo bacia più volte: - Figlio! Figlio mio! Finalmente! sia benedetto il Signore che ha permesso che tu ritornassi a casa sano e salvo, non sai quanto siamo stati in pena tutto questo tempo. Camille con lacrime: - mi siete tutti mancati molto, poi alzato lo sguardo in alto, solo Iddio sa quanto ho desiderato essere qui con tutti voi, vi pensavo ... vi pensavo sempre! Papà sapessi quanto
mi sei mancato. Braccio sulla sua spalla - chi sa quante ne avrai viste e quante avversità avrai dovuto sopportare, ah maledetta la guerra! Camille: - quello che   insomma prima di partire
non è quello che ho trovato, solo in seguito ho preso totalmente coscienza che potevo essere ucciso da un momento all'altro, che veramente potevo non tornare mai più alcuni compagni
non ce l'hanno fatta   la guerra è una parola che raccoglie in sé ogni genere di male, costretto
ad uccidere uomini come me, come te papà solo perché ..., Peter: - già! perché Camille: -
corpi umani morire dilaniati, distruzione, cattiveria, male, abusi e violenza sulle donne, bambini inermi lasciati a sé stessi, che desolazione, che abbrutimento fino al punto di restarne talmente coinvolti da renderti conto che tu non sei più tu al di là di ogni ideale di ogni dovere civile
... la guerra è una cosa sporca e vergognosa, Peter: - già! tu lo sentivi fortemente come un dovere civile oltre che umanitario, ti ho visto partire   avevo la morte nel cuore e mi chiedevo perché la necessità di andare anche se mi dicevi che era giusto che lo facessi, non v'è stato verso di farti ragionare   ho saputo qualcosa dai notiziari e la situazione in Spagna volge verso la vittoria di Franco. Camille: - ci siamo battuti con grande coraggio ma ce ne siamo dovuti andare, anche gli inglesi, i francesi e gli americani che erano venuti a sostegno della democrazia
... tutti si stanno ritirando, alla fine i franchisti l'avranno vinta   ma è giusto? Peter: - adesso è giusto solo una cosa   ringraziare il Signore per avermi dato la forza di aspettarti e la gioia di vederti di nuovo, non bisogna dimenticare ma nemmeno non continuare a vivere, il male è sempre dappertutto ma anche il bene non manca in nessuna parte del mondo, è giusto che adesso facciamo festa perché ci sei stato restituito sano e salvo, Dio ha avuto pietà di me, di tua madre e ... Peter infine vede Tommaso e Camille accortosi dal suo sguardo incuriosito invitandolo ad avvicinarsi: -

papà! Ti presento Tommaso, è originario dell'Italia e pure lui ne ha passate, era un soldato italiano che per difendere una giovane signora spagnola, contro alcuni suoi commilitoni che volevano abusare di lei, e si è trovato costretto ad ucciderli, poi è scappato aiutato da un repubblicano, Pablo, ora suppongo lo ritengono o disperso o disertore. Peter lo osserva attentamente come per volerlo subito conoscere, il giovane si sente in imbarazzo, infine con espressione benevola gli si avvicina e gli stringe la mano: - sei il benvenuto   Tommaso? Così è il tuo nome vero?   beh, caro figliolo ne hai passate vero? Tommaso abbassa lo sguardo
e subito dopo, riprendendosi dall'emozione: - grazie   e vi sono grato, qualunque cosa abbia potuto fare di male ne provo vergogna ..., Peter: - su avanti   andiamo! Il passato è passato, dimentica ..., Tommaso: - vedete ... la mia famiglia adesso ... mio figlio, mia moglie   insomma è a loro che penso abbia maggiormente fatto del male perché potevo anche non partire per la guerra ..., Peter: - chi sa ... la vita è un mistero poi viene il momento in cui Dio ci fa capire il perché di tutto ... Tommaso, figliolo mio non temere e conserva la speranza   Dio è sempre fedele e non delude chi spera in Lui!, Tommaso: - vi ringrazio vi sarò sempre grato per la vostra accoglienza e ..., Sara: - tutti insieme ci prepariamo per il pranzo, su ... Peter dai, datti una sciacquata che è quasi pronto per mangiare e così tutti insieme, dopo il ringraziamento, ci sediamo belli belli e ci gustiamo la gioia di questo giorno. Del passato recente non fecero menzione, dopo cena ancora una mezz'oretta a discorrere del più e del meno, poi tutti a letto. Ester non riusciva a prendere sonno, davanti ai suoi occhi regnava il volto e quell' azzurro degli occhi di Tommaso, voleva ma non riusciva a staccarsi da quell'immagine, quell'espressione di smarrimento e timidezza insieme l'aveva misteriosamente affascinata senza che se ne rendesse conto, nel dormiveglia a tratti gioia a tratti inquietudine, desiderava immaginarselo accanto dolcemente, né il silenzio del buio né la stanchezza dell'ieri le davano riposo e nemmeno la preghiera la scostava dal pensiero, estasi e incubi le traversavano la mente come se quel ragazzo così imbambolato avesse bisogno di una protezione, della sua protezione, le era diventato impossibile non pensarlo, solo a tarda notte quando il gallo preannunciava l'aurora riesce, più che addormentata, esausta ma lo rivede nei suoi incubi come il sogno di una bambina appena donna, aperti gli occhi nella sua solitudine angosciosa il pensiero di Tommaso le precedette lo stato di coscienza, si ripromette di non pensarci e tra sé: - Tommaso è sposato, Tommaso ha un figlio, una moglie, si ripeteva cercando di convincersene ma niente, nemmeno vi riesce, poi ritornando nelle usuali abitudini mattutine, quando alle sue spalle sente la voce non consueta, la voce di Tommaso dare il buongiorno, trasalisce riuscendo a stento a mantenere un'apparente serenità.
Giunta la domenica tutti in chiesa, Thomas, come ormai lo chiamano, tra la curiosità e il desiderio di scoprire si ritrova con Peter e altri membri della comunità alle nove e mezza del mattino all'ingresso della casa del Signore, di rito presentato a quelli che venivano al culto. Quando arriva Eduard, un uomo sulla quarantina in grigio scuro con giacca cravatta e una bombetta nera, insieme alla moglie e i suoi tre figli, Peter lo chiama da parte, di professione è sarto, gli presenta Thomas spiegandogli eventualmente se ci fosse la possibilità di offrirgli lavoro: - accompagnalo stesso tu, domani mattina, alla mia sartoria, così parliamo e vedrò come potrò essergli d'aiuto,

Peter: - ti ringrazio fratello mio, sapevo di poterci contare, beh ... adesso entriamo se no ..., quando anche tutti gli altri si furono seduti Peter prede il suo posto sul pulpito.
C'erano due file di banchi tra un corridoio centrale, in quella di sinistra sedevano gli uomini compresi i ragazzi, a destra le donne e i bambini, quest'ultime con un velo sui capelli, Ester ogni tanto sbirciava verso i banchi alla sua sinistra, ma essendo la chiesa colma, non riusciva a distinguere dove si fosse seduto Camille, perché Thomas gli stava accanto, disapprovando in sé che cercava di vedere solamente Tommaso, le pareti laterali rigorosamente nude portavano solo qualche quadro dove con grossi versetti biblici indicavano i punti più salienti della sacra scrittura.
Conclusasi la predicazione, Peter: - carissimi fratelli, c'è in mezzo a noi una persona che intendo presentarvi ... Thomas! Puoi venire da me? Tommaso si alza e lentamente, con imbarazzo, va verso di lui voltando leggermente un timido sorriso ora a destra ora a sinistra, come salutando tutti nell'intento di stemperare la sua emozione, stretta la mano al pastore, dal pulpito in un inglese arrangiato: - saluto tutta l'assemblea, mi chiamo Thomas Liguori, sono un italiano che è fuggito dalla guerra di Spagna non perché mi sia mancato il coraggio, purtroppo non potrò tornare in Italia chi sa per quanto tempo, lì c'è mia moglie e mio figlio che sarà nato da poco e spero che ..., per la commozione è costretto a fermarsi poi ripresosi: - ringrazio Peter, la sua famiglia e tutti voi qui stamattina, e ringrazio innanzitutto il Signore perché mi ha donato di stare oggi a ringraziarlo insieme a voi tutti ancora una volta, grazie di cuore di avermi accolto ..., voltatosi verso Peter lo abbraccia mentre nasce dall'assemblea un solidale applauso.
La mattina seguente di buon'ora, Thomas e Camille vanno da Eduard, alle cui domande, riguardanti il settore sartoriale, l'italiano rispondeva con competenza dando una buona impressione, nonostante non si decise nulla. Il giorno seguente Eduard va dal pastore per fargli presente alcune perplessità ad assumere Thomas a causa della sua nazionalità, - caro fratello, gli risponde Peter, certo che il Commonwealth si schiera contro il nazismo ed il fascismo, cosicché il ragazzo potrebbe trovarsi in una situazione difficile, hai fatto bene a parlarmene, tuttavia bisogna considerare che scappando dalla guerra civile spagnola, dove era un soldato della milizia fascista ... beh, si potrebbe prospettare la condizione di ... non so ... rifugiato politico? vuol dire che lo dico a Camille e vedrà lui come si potrà fare, in ogni caso mio figlio me ne ha parlato molto bene, addirittura ha detto che se non fosse stato per costui chi sa se era ancora vivo, Eduard: - non vorrei trovarmi in un guaio serio, lo sai ... la polizia e l'osservanza della legge che non va tanto a vedere in quali condizioni si sarà trovato, costretto in questa maniera questo tuo ospite, Peter: - ora è necessario che manteniamo la calma, con questa tensione mondiale è facile sbagliare e non intendo comprometterti, ho saputo che molti tedeschi e italiani dissidenti e residenti qui sono stati internati in campi di concentramento, perciò per ora fa conto che non ti abbia detto nulla, nel frattempo vedrò di trovare con mio figlio il bandolo di questa intricata matassa.
Omettendo di dichiarare i trascorsi di Tommaso e con falso nome, con la garanzia della famiglia di Camille, il soggiorno di Thomas ebbe l'approvazione delle autorità che gli permisero di rimanere in Australia avendo poi un regolare contratto di lavoro con Eduard.
I giorni ed i mesi passavano ed il giovane aveva sempre nel cuore e nella mente il volto

di Cristina, talvolta fantasticava di conversare con lei, specie di notte si inventava dei lunghi discorsi con la moglie talvolta divertenti e questo fantasticare si concludeva con un sorriso o con un pianto, non senza il conforto della preghiera e le frequentazioni al culto domenicale e infrasettimanale. Con la certezza che tutto faceva parte di un piano del Signore si incoraggiava, la viva speranza che presto o tardi l'avrebbe raggiunta in Italia gli dava sostegno, sarebbe ritornato per rivederla insieme al suo Paolo oppure la sua Paola.

Thomas, infine padrone della lingua inglese, divenne un lavorante valido ed affermato, avendo messo un cospicuo gruzzoletto da parte prende in fitto due camerette ammobiliate in un edificio poco lontano dalla sartoria, i proprietari l'avevano preso in simpatia, a mano a mano comprò vettovaglie indumenti e stoviglie fino a personalizzare la sua abitazione rendendola, pur se modesta, comoda e confortevole.

Nelle settimane che seguirono continuava a recarsi dai Douglas talvolta rimanendovi a cena, Ester esprimeva sempre per lui una particolare attenzione volendo fargli capire che se ne era innamorata, da ciò Tommaso si decise a diradare sempre più le visite evitando ogni occasione di rimanere da solo con la ragazza.

Un pomeriggio di domenica Ester bussa alla casa di Thomas per portargli una torta di fragole fatta con le sue mani, la fa accomodare accogliendola con discrezione, stettero insieme a gustare una fetta di dolce con un bicchierino di cherry e dell'aranciata, un po' di tempo a parlare del più e del meno e domandando che aspetto avesse Cristina, com'era di carattere, dell'Italia e di Napoli, infine rompendo gli indugi, alzatasi e fissatolo, gli sussurra che si è innamorata di lui, di sentire un sentimento mai provato, così forte e sconvolgente, nonostante sapesse che lui fosse sposato non riusciva a fare a meno di pensarlo e di desiderare la sua presenza. Avvicinatasi di più al giovane che nel frattempo si è alzato dalla sedia, insistentemente lo stringe a sé mentre egli cerca con molto garbo di divincolarsi, lei vedendosi perditrice tenta un'ultima chance, si spoglia di tutto quanto aveva indosso, mostrando senza alcun pudore la sua nudità, Thomas non poté fare a meno di esserne attirato, quella bellissima figura dalle fattezze perfette che non chiedeva altro che di essere teneramente carezzata e presa tra le sue braccia lo turbava e lo attirava, nella sua istintiva natura di uomo sentiva forte il desiderio, quasi stordito da quei seni e quella pelle bianca e morbida del corpo di Ester, il momento era cruciale, con entrambe le mani le carezza le guance calde e arrossate, tentato di prenderla le stringe il viso tra le mani desideroso di baciarla, poi si blocca e si ritrae, la guarda e indietreggia ancora di più con lo sguardo altrove, infine ancora scosso riesce a dominarsi e senza guardarla invita Ester a rivestirsi. Cercando di non ferirla, le dice che lei è senz'altro una donna bellissima e desiderabile, ma lui è un uomo sposato, ama sua moglie e l'amore che prova per Cristina è più forte di ogni tentazione, se non già, presto sarebbe diventato anche papà, sguardo fisso sul pavimento le fa capire che per loro, insieme, non ci sarebbe stato futuro e oltre a tradire i propri sentimenti le fece presente che avrebbe tradito anche la stima e la fiducia di Camille e di suo padre Peter, Ester con vergogna e imbarazzo si riveste: - vedi Ester, tu sei una bella e brava ragazza, farai la felicità dell'uomo che ti prenderà in moglie, lo sa Iddio quanto vorrei vederti felice…ma non potrò mai essere tuo marito, tu ed io possiamo e dobbiamo rimanere solo amici, è solo in questa maniera che potrei sentirmi di volerti sempre bene ma solo come

un'amica o chi sa forse sorella. Ester, vestitasi e ricompostasi gli si avvicina con le lacrime agli occhi, gli bacia la guancia, lo carezza e infine: - ti capisco! ti stimo e ti ammiro molto per questo! Da oggi non succederà mai più. Fissandolo negli occhi e camminando all'indietro raggiunge la porta alle sue spalle, con la mano tasta e gira la maniglia, apre l'uscio e con calma e risolutezza va via con passo normale. Rincasata raggiunge la sua camera e chiude a chiave, si sente estremamente disorientata e non può fare a meno di piangere perché consapevole che Thomas e solo lui ha avuto la forza e la determinazione di fare l'unica cosa giusta. Ester prima di allora, sognando il suo principe azzurro, non era mai stata innamorata di nessuno e non aveva avuto conoscenza se non di un Gesù trasmessole dai suoi genitori. Intimamente non aveva ancora conquistato nel suo cuore la grandezza e la potenza di questo amore divino, attirata maggiormente dall'allegrezza e la spensieratezza della sua gioventù, troppo protetta dai suoi non affatto pragmatici che pur essendo amorevoli si perdevano nei meandri cavernosi della religiosità della loro confessione puritana.
Dio ha creato ogni cosa perfetta dove l'uomo è costituito come custode della creazione visibile, tutto è puro per i puri ma l'umanità intera troppo spesso si eleva al di sopra di Dio scordandosi che l'uomo è un servitore e non un padrone talvolta usando la Parola di Dio conformandola ai ragionamenti, scadendo così nelle lusinghe dell'orgoglio e del formalismo giudicante. Ester aveva capito, diversamente dai suoi confratelli, che l'amore non può vivere senza la gioia di sentirsi liberi di desiderare anche considerando la propria natura umana senza badare del come o del perché, agire per la gioia di vivere. Aveva letto e compreso che il giusto vive per fede, fede nel Signore e non in una istituzione oppure in una teoria, è Gesù che crea la fede e la rende perfetta, ci ama così come siamo e nulla possiamo donare se non è qualcosa che Dio a sua volta ci ha donato, non resta alcuna cosa da adempiere se non ringraziare per i doni ricevuti cercando in ogni modo di utilizzarli per la gloria di Dio secondo i pensieri di Dio. Dalle sue compagne di scuola di diversa confessione religiosa se non atee, quando parlavano dei loro innamoramenti, scopriva che avevano un cuore altrettanto puro, un mondo di vivere spensierato senza la durezza di una vita puritana nella quale per forza si dovevano osservare determinate regole che talvolta considerava peccaminosa l'autenticità della propria umanità, non sopportava di buon cuore le frequenti esortazioni del padre che la invitava a fuggire "le seduzioni del mondo", seduzioni che secondo il genitore l'avrebbero allontanata da Cristo. Sinceramente lei non avvertiva di fare nulla di male se fosse andata insieme con le compagne ed i compagni a qualche festa mondana o scampagnata, questo Gesù che le veniva presentato con tanta frequenza ed insistenza composto di regole ermetiche la demotivava, scavava un vuoto, le faceva perdere l'essere spontanea e tutto le appariva una forzatura, per questo non considerò sconveniente andare da sola a casa di Tommaso, sarebbe stato tutto buono e legittimo se Tommaso non fosse stato sposato e se infine Ester, come ogni donna sconfitta dalle sue passioni non avesse scelto di contrapporsi cercando di sedurlo con la sua seducente figura.
Tommaso non si pentì mai di aver agito in quel modo se pure anche lui provava una forte attrazione verso di lei, bellezza simpatia freschezza giovanile quando non c'è un serio sentimento d'amore alla base sono soltanto esche della seduzione, con Cristina

era amore e bisognava che lui lo tenesse bene in mente, la tentazione si presenta sempre con l'apparenza dell'innocenza e una volta consumata genera la morte spirituale, tutti cadiamo e nella vita abbiamo assaporato la triste condizione finale di chi ha trasgredito, ma col pentimento ed il ravvedimento sinceri possiamo risorgere a vita nuova in Gesù Cristo che non disdegna di accogliere ogni peccatore pentito. Tommaso non peccò con la ragazza ritenendo più importante l'ubbidienza ed il timore di Dio. Ester poi comprese che stava facendo un grave errore, si rese conto che se lui avesse ceduto l'avrebbe fatto solo per non essere stato in grado di resistere al suo fascino e non perché l'avesse voluto o tantomeno potuta amare liberamente e ringraziò il Signore per come si erano concluse le cose, da quel giorno, seppe controllare e trasformare il suo affetto in un sentimento fraterno fondato sul rispetto reciproco non senza ringraziare il Signore di aver impedito di farsi del male, pian piano i due assaporeranno la gioia di volersi bene liberamente diventando per Ester Tommaso un fratello come Camille.
Tommaso fu accettato pienamente dalla comunità dei puritani, nel lavoro dimostrò di essere valente ed Eduard fu molto contento di lui; sotto falso nome col contratto ebbe anche il permesso di soggiorno e poté starsene tranquillo, a parte il pensiero della sua famiglia in Italia, cominciava a mettere qualcosa da parte nel caso fosse stato possibile inviare dei soldi alla moglie ma ormai era scoppiata la seconda guerra, tuttavia confidando nella speranza che avrebbe rivisto la sua famiglia aspettava pazientemente il giorno in cui sarebbe realizzato questo suo intimo desiderio.

Capitolo 16 - Andrea Filangieri fa visita a Cristina

In seguito furono trovati i corpi del sergente Elio Vitoni e del soldato Alessandro Scaligero, dietro la casa di Pablo, in stato di decomposizione; spediti alle loro rispettive famiglie e salutati come eroi ma di Tommaso si poté solo dichiarare che era disperso quindi si poteva ipotizzare anche che fosse ancora vivo, non si sapeva dov'era ma non si poteva dire che non fosse vivo, era inspiegabile che partito volontario per la campagna di Spagna avesse improvvisamente e inconsapevolmente disertato. Così zia Giovanna riuscì a convincere un amico fidato, impiegato al distretto militare di Napoli, di farle consultare, dietro lauto compenso, il fascicolo di Tommaso, c'era riportato del ritrovamento degli altri due ma nulla di che emergeva di cosa fosse successo al nipote. Quando Cristina si fu ristabilita il piccolo Paolo in una domenica pomeriggio di agosto venne battezzato, c'era stato un breve acquazzone estivo, di quelli che annunciano che l'estate volge al termine.
Andrea Filangieri, quasi ad un anno dal matrimonio di Tommaso, Paolo aveva pochi mesi, venne un giorno di sabato verso metà mattinata a Casavatore a far visita alla famiglia di Cristina per domandare notizie dell'amico, dal giorno del matrimonio non aveva saputo più nulla. Sceso dal tram, dai vaghi ricordi non riesce subito a trovare la casa della famiglia Del Core, porta con sé l'album delle foto della cerimonia nuziale, intendendole come suo personale regalo di nozze. Girando e rigirando per Casavatore infine si ritrova davanti alla casa cercata dove dal balcone vede Cristina con il bambino braccio: - Andrea che bella sorpresa! Salite le scale: - che bel bambino è tuo figlio, riconosciuto che è Andrea, l'amico di suo marito con un sorriso amaro: -vieni entra, mamma c'è quell'amico di Tommaso, Andrea ..., Patrizia sentitasi chiamare si toglie il grembiule e va dalla figlia in sala da pranzo: - che gradita sorpresa! porgendogli la mano - se ricordo bene tu sei Andrea, l'amico di Tommaso, sono proprio contenta di vederti, mi ricordo al matrimonio quanto è stato gentile e gradito il tuo pensiero di fare le foto! – sono venuto appunto a portarvele e chiedere notizie di Tommaso, ho saputo che la guerra in Spagna pare sia finita. Madre e figlia si guardano negli occhi, Cristina piangendo: - non sappiamo nulla di cosa possa essere successo, - non sapete nulla? ... nulla di che ... cosa state dicendo? Patrizia:
niente, abbiamo saputo che mio genero risulta disperso, altro nulla, Andrea con molta sorpresa cerca di sdrammatizzare: - ho portato le foto, beh di questi tempi non è facile avere notizie sicure, vedrete che un giorno o l'altro Tommaso torna, sono sicuro, lui è un tipo calmo e prudente ... disperso? ... la provvidenza di Dio lo farà tornare! Le ho fatte sviluppare e ve le ho portate perché le vedeste e le teneste con voi, come è giusto che sia, consideratele un regalo di nozze, purtroppo non mi è stato possibile portarvele prima. Patrizia: - oh, di questi tempi ... le fotografie! Che gentilezza! Cristina: mamma prendi tu Paolo voglio vederle subito, Andrea ... poggia l'album qui sul tavolo, senti mamma che dici pare brutto se non aspettiamo papà? – sudai! apri, casomai le vedremo di nuovo con lui, ma tu Andrea ti puoi trattenere? facciamo così, resti a pranzo con noi, che dici? - con piacere signora, certo che mi posso trattenere, comunque non sentitevi in obbligo, in ogni caso son venuto con l'intenzione che le foto sono vostre e non mi dovete nulla, - allora è fatta, risponde Cristina, non sarà certo un pranzo adeguato alla

circostanza, rape patate e cicoria per primo, che stanno già cuocendo, un uovo ad occhio di bue fichi e pesche per frutta, - va benissimo, risponde Andrea, questo cibo a Napoli nemmeno si sapiù che sapore abbia! Per un tozzo di pane a testa al giorno ci vuole la tessera, Cristina: - purtroppo anche qui i viveri scarseggiano, ci arrangiamo tra quello che troviamo e papà con una santa pazienza e fatica ogni paio di giorni va per le fattorie intorno, a volte percorre, con la bicicletta, tra andare e tornare, anche più di trenta chilometri, grazie a Dio riesce quasi sempre a tornare con lo zaino pieno, non fosse altro che per il piccolo Paolo, c'è pure la borsa nera ed al bisogno è solo lì che si riescono a trovare le medicine, quando occorrono, col mio latte Paolo cresce bene, grazie a Dio, soltanto qualche leggera febbre ma si sa, è così! Scusate se ripeto la domanda, ma di Tommaso non si sa proprio niente? Cristina e Patrizia si guardarono negli occhi con tristezza, Andrea si rese conto dai loro sguardi che era capitato qualcosa di grave, chisa e il silenzio crescente che scese lo mise in apprensione, qualcosa che ignorava era successo e non sapeva decidersi se chiedere o meno delle spiegazioni, ma un poco la curiosità di sapere, un poco la preoccupazione gli fecero decidere di ripetere la domanda: - cosa è successo a Tommaso? Cristina e Patrizia si guardarono di nuovo negli occhi come disorientate, non sapevano cosa dire, infine Patrizia: - di Tommaso si sa solo che è disperso, non sappiamo se sia vivo, in servizio di ronda mentre presidiavano le strade di Malaga, due soldati con lui sono scomparsi e dopo più di un mese li hanno trovati morti ma di lui niente, non si sa se sia stato preso prigioniero oppure se ..., uno sguardo pietoso verso il bambino e poi, incrociati i suoi occhi con quelli di Andrea si sente venire un giramento di testa, deve sedersi, non riesce a dire altro mentre Cristina preso il bambino dalla madre lo tiene stretto a sé muta, senza una lacrima che venisse a consolarla, un grave silenzio prende il sopravvento finché si sente l'arrivo di Giuseppe da basso, il quale si rende subito conto: - buon giorno, tu devi essere l'amico di Tommaso vero? Aspetta non ricordo ... – Andrea? - si sono l'amico di Tommaso ... voi, ricordo, siete il padre di Cristina ... buongiorno ... mi si stavano raccontando di vostro genero, - senti come mai sei venuto a farci questa gradita visita? – beh, ho portato le foto e son rimasto assai allibito! – di cosa ragazzo mio? Di vostro genero, insomma di Tommaso, credo che in qualche parte del mondo è ancora ... è vivo, lo sento che è così, nel mio cuore sento che il mio caro amico, il buon Tommaso, col quale durante l'addestramento ho trascorso intere serate spensierate ... mi parlava sempre di sua moglie e del figlio che sarebbe nato, mi rifiuto di credere che non ci sia più, se fosse stato così l'avreste saputo così come si è saputo degli altri due soldati in ronda con lui, son sicuro che Tommaso è vivo e chi sa per quale forte impedimento non è qui a gioire con noi, con voi, Dio fa la piaga poi la medica, la fascia e la guarisce, certo nell'attuale situazione si fanno tanti brutti pensieri, la mancanza della sua presenza e il desiderio di vederlo inducono a pensare al peggio, non ingannatevi, non fatevi prendere dallo sgomento perché Tommaso è vivo, lo sento! Giuseppe dopo un attimo di smarrimento, giusto per stemperare il doloroso momento, grattandosi in testa: - beh che c'è per pranzo? Al che Patrizia: - oggi abbiamo un invitato, Andrea che è venuto apposta da Napoli per portarci le foto del matrimonio di nostra figlia resterà con noi a pranzo, - bene, allora? Quand'è che si mangia? Andando verso Cristina: - oh che sbadato, non ho dato ancora un bacetto a questo mio piccolo tesoro, prendendolo tra le braccia mentre Paolo si mostra riluttante a lasciare quelle della mamma, - vieni piccolo tesoro, gioia del nonno, infine il bimbo si lascia prendere allungando con un sorriso la sua manina su fino a toccare le labbra del nonno, - e come pesi piccolo mio, si vede che la mamma, eh? Ti nutre bene, vera figlia mia? Cullandolo tra le braccia e facendo dei passi in tondo: - Quanto sei bello piccolo tesoro mio, Andrea, hai detto di chiamarti così vero? – si, signor Giuseppe! – hai visto quanto è bello, poi avvicinato il naso a quello del nipotino delicatamente lo sfiora: - ticche - ticche - ticche ta! Ticche - ticche -ticche - ta! Brrr fru-fru-fru! Mentre Paolo divertito gli sorride e stringe nella sua manina il labbro inferiore del nonno. Nel frattempo Cristina e Patrizia son andate per apparecchiare la tavola e distribuire quello che avevano cucinato. Beh, vieni Andrea ti faccio vedere la toilette così ti dai una rinfrescata, - avete il bagno in casa? – certo, molto modesto sì ma non devo correre con le brache in mano quando mi scappa, sai ad una certa età ..., aprendogli la porta in fondo: - vedi, è qui, - signor Giuseppe, prego prima voi! – su, togli questo signore di mezzo e fatti questa bella rinfrescatina che poi, subito dopo pranzo, voglio vedere le foto, sei stato bravo a ricordarti di farle, grazie ... chi ci pensava? Dopo pranzo e conclusa insieme, tra gioiosi e teneri commenti non senza lacrime di consolazione di Cristina per avere il conforto della visione di Tommaso, se pur in fotografia, Giuseppe torna giù e Andrea resta a giocare con il piccolo Paolo osservando la somiglianza col papà, specialmente per i bellissimi occhi azzurri e i capelli neri, nell'intento di distrarre la moglie dell'amico dai cattivi pensieri si trattiene ancora, lo tiene in braccio passeggiando e dondolando con leggerezza per la stanza da pranzo e sul balcone, ogni tanto lo diverte chiamando Cristina: - mamma cucù tettè! Per poi scomparire e riapparire. Lei nel frattempo aiutava la madre in cucina, sorrideva sentendosi al centro dell'attenzione, altrettanto il bimbo finché stancatosi e bisognevole della consueta poppata comincia a mostrarsi inquieto: - Andrea, dice a questo punto Patrizia, penso si sia stancato, adesso è meglio che lo ridai per farlo mangiare che poi farà un riposino dopo lo corico nella culla, - Sì, va bene eccolo qua, certamente si è divertito ma, avete ragione, è stanco   piccolo!! Eccoti dalla tua mammina! lasciandolo tra le braccia di lei che: - beh scusami, ora vado per dare la sua poppata a Paolo, poi mi riposerò un poco anch'io, se vuoi trattenerti ancora, non so, potresti scendere e stare con mio padre in bottega. Andrea annuisce che è ora di andare via: beh sì, abbiamo trascorso una bella giornata, ora è meglio che ritorno a casa, al che Patrizia: - grazie, grazie tante anche per le foto, Andrea, - ma, no è stato un piacere averle portate, abbiamo rivissuto insieme quei bei momenti ... queste cose fanno bene allo spirito, beh allora arrivederci e grazie per la gradita ospitalità, adesso passerò un momento da vostro marito e ... beh, arrivederci. - si! disse Cristina accogliendo il saluto, - ogni tanto vienici a trovare, ma fu solo un convenevole perché aveva notato che Andrea quando la guardava la fissava intensamente e questo le aveva dato fastidio, poi non ci pensò più di tanto.

Cristina dopo rivolgendosi alla madre presentò la necessità di far vedere le foto al più presto anche a zia Giovanna sfruttando l'occasione per una simpatica e tranquilla visita di cortesia, così tutti insieme l'andarono a trovare a casa nel tardo pomeriggio. La zia di Tommaso mostrò di gradire particolarmente la visita e sfogliando le foto, tra gioia e melanconia, non riuscì a trattenere le lacrime.

Il gruppo familiare era particolarmente attento a Paolo che cresceva e man mano diventava sempre più bello e paffuto, il nonno non faceva mai mancare il cibo specialmente per Cristina che doveva allattare; poi incominciò la fase dei dentini, man mano prima con quelli davanti diventava particolarmente bello specie quando sorrideva, quelle piccole fossette che si facevano nella pelle vellutata delle guance gli davano una particolare bellezza e allo stesso tempo una grande gaiezza alla mamma e ai nonni.

Andrea dopo essere stato anticipatamente congedato, era stato assunto alle poste diventando presto da postino ad applicato di segreteria, lavorava in un ufficio alla stazione di piazza Garibaldi, viveva con i genitori e la sorella in un appartamento di una traversa di piazza Principe Umberto, Carmela, più grande di lui di tre anni, aveva superato il concorso per l'insegnamento alle elementari.

Il padre di Andrea, netturbino in pensione, la madre casalinga avevano fatto, per così dire, i salti mortali per tenere i loro due figli a scuola fino alle superiori, Adrea al liceo classico e Carmela alle magistrali, ora con l'aiuto di un altro stipendio oltre la pensione si riusciva a tirare avanti anche se per le vicissitudini della politica fascista il cibo costava parecchio e spesso ci si doveva rivolgere alla borsa nera. Mentre Carmela assumeva un atteggiamento indifferente nei confronti della scelta religiosa del fratello, il padre Luigi e la madre Filomena cattolici praticanti davano spesso segni di scarsa accettazione nei confronti di Andrea, convertitosi alla religione evangelica, a quei tempi non solo mal vista dalla gente ma anche combattuta dalle autorità e dal Vaticano, specialmente dopo gli accordi lateranensi. All'inizio erano frequenti le discussioni tra padre madre e figlio, spesso accese ma attenuate dalla mediazione di Carmela, i genitori erano specialmente preoccupati di quello che diceva la gente quasi avessero subito una disgrazia di portare vergogna. Andrea non era stato sempre protestante, in precedenza condizionato da una cocente esperienza sentimentale e dalle tante vicende politiche e sociali che avvenivano in quel periodo cadde in una crisi esistenziale che sfociò in una forte depressione tanto da tentare il suicidio con i barbiturici, salvato per un pelo al pronto soccorso dell' Ascalesi durante il successivo periodo di osservazione in cui rimase ricoverato in ospedale, ebbe modo di parlare con un infermiere, Vincenzo, protestante che gli parlò in modo molto diverso da come comunemente si intendeva della persona di Gesù, in seguito a questo incontro e per le sue problematiche esistenziali, rimase attirato trovando tra le parole della confessione di fede di Vincenzo la pace che aveva desiderato, diventati amici quasi come fratello da quest'ultimo avvicinato ad un gruppetto di altri protestanti, con i quali si riuniva periodicamente in uno scantinato vicino Porta Capuana e la domenica praticavano il culto rigidamente secondo il vangelo spezzando il pane nella santa cena. Questo gruppo non godeva di molta simpatia anche perché il clero operava una sottile e pesante propaganda contro mal tollerati anche dal fascio specie dopo i patti Lateranensi, Andrea rischiava addirittura il licenziamento nonostante lavorasse con bravura e zelo, da ciò tenne sempre da parte le sue scelte religiose.

Finché la dentatura di Paolo non si completò, per la famiglia Del Core, anche in concomitanza del tempo di svezzarlo, venne un periodo di trambusto, il bimbo soffriva ad ogni dentino che spuntasse e spesso aveva la febbre, cominciando col nutrirlo con pappine, si passò ai cibi solidi pur continuando ad allattarlo, fatto positivo Cristina aveva sempre le mammelle gonfie, a circa un anno sembrò di voltare pagina, i primi incerti passi con tanto impegni, le prime rotolate a terra senza più i pannolini, all'inizio solo di giorno. Venne la data del compleanno che in casa Del Core alla presenza di pochi amici fu festeggiato con una torta cotta in una panetteria vicina, Paolo spense con impegno la sua prima candelina che già cominciava a dire mamma, nonno, nonna e infine zia. Mostrandogli la fotografia di Tommaso Cristina gli insegnò anche a dire papà e ogni volta che gliela faceva vedere il bambino subito lo ripeteva. Paolo viveva un clima di moderata letizia nonostante Cristina portasse in sé il dolore dell'assenza del marito, aumentava costantemente di peso con i suoi momenti di capricci, specialmente dal bisogno del bimbo di affermarsi, durante la fase evolutiva psichica, nell'ambito della collettività, Cristina un poco lo lasciavano fare, i nonni ancora di più, altre volte cercava di correggerlo con parole dolci o all'occorrenza severe, Paolo in quel periodo rispondeva sempre con un no, tipico di quella sua età. Andrea andava spesso da Cristina, di sorpresa e senza mai presentarsi a mani vuote, nella sua mente si era convinto, senza mai esternarlo, che Tommaso non sarebbe mai più tornato e per questo si sentiva autorizzato a dimostrare la sua attenzione alla famiglia dell'amico, creando però solo imbarazzo non solo nella giovane mamma ma anche nei genitori e nella zia di lei. Un giorno Giuseppe si decise a parlarne con la figlia per confrontarsi coscientemente sulla situazione, secondo lui la cosa stava prendendo una piega anomala, Cristina gli confermò le sue perplessità e fu così che Giuseppe si risolse di affrontare la questione non appena Andrea si fosse di nuovo venuto a far visita. Chiamatolo in disparte molto garbatamente gli disse che non stava bene far visita ad una donna sposata in più senza la presenza di Tommaso, pertanto lo invitò a diradare moltissimo le sue visite se non addirittura, cosa migliore, a non venire più. Andrea di fronte a tanta risolutezza prese coscienza di essere e si scusò dicendo di non averci riflettuto bene, effettivamente il suo modo di agire dava adito ad interpretazioni che andavano ben al di là della semplice amicizia, anche se ma molto incautamente era quella che solo intendesse. Cercando di scusarsi dicendo che si era instaurato con Tommaso un rapporto di sincera e leale amicizia, ma purtroppo nella sua semplicità di carattere non aveva considerato tutte le altre angolazioni imbarazzanti del suo comportamento: - scusatemi, disse, non intendevo avere nessun secondo fine ma capisco di essere stato fin troppo incauto, vi prego di comprendere che sono in buona fede anche se da oggi, pur considerandovi tutti in grande stima, vi prometto di non venire più a a farvi visita, saluto rispettosamente non si fece più vedere.

Verso la fine della guerra, quando l'Italia si schierò a fianco degli alleati, Giuseppe, per il timore di essere catturato, si diede alla macchia, a Napoli si distinse nella rivolta delle quattro giornate, successivamente si trovò a combattere con i partigiani su tra le montagne tra Teano e Cassino. Durante un combattimento contro una pattuglia nazista appostata presso una casa arroccata, sorprese un soldato tedesco alle spalle, Giuseppe gli intimò di arrendersi e il soldato voltatosi di scatto nella sua direzione mise la mano destra all'interno della giacca, credendo che stesse per estrarre la pistola Giuseppe gli sparò ferendolo a morte all'altezza dello stomaco, il tedesco agonizzante e tremolante col sangue che gli usciva mise la mano fuori dall'interno della giacca recante una foto sulla quale sua moglie ed i suoi tre figli, allora Giuseppe capì che si era arreso e gli stava chiedendo la pietà per la sua famiglia, poi il braccio del tedesco si afflosciò col resto del corpo e morto la foto gli rimase strenna tra le dita, Giuseppe osservandola si rese conto di che cosa gli stava chiedendo e ne pianse amaramente, un compagno che aveva visto tutto gli si avvicinò e gli mise una mano sulla spalla - purtroppo!, disse - la guerra è anche questo. Quando le forze alleate arrivarono a Roma si congedò dai suoi compagni partigiani e consegnato il fucile al suo gruppo fece ritorno a piedi a Casavatore. Durante il viaggio di ritorno da per tutto incontrava macerie e distruzione, l'Italia era tutta da ricostruire e gli anni successivi alla guerra furono quelli della rinascita della nazione.

Capitolo 17 – Giovani innamorati

Nel passato di Andrea, quando frequentava il liceo classico a Napoli, ci fu una ragazza di nome Clelia, tra i due nacque un amore sviscerato.
Andrea e Clelia frequentano nella stessa classe il primo liceo al Liceo Classico Garibaldi in piazza Carlo terzo, la ragazza veniva da una bocciatura mentre Andrea, un anno e mezzo meno di lei, veniva dal quarto ginnasio. La prima volta che la vide lei varcava spaesata l'uscio dell'aula della sezione B, salutando con un anonimo buongiorno di cui la maggioranza non facendoci caso continua a discorrere, Andrea invece, guardando nella direzione di lei resta colpito dalla sua figura come se avesse ricevuto un pugno allo stomaco e le sue viscere si scioglievano dentro come aver visto un angelo del paradiso.
Il docente della prima ora di quel primo giorno di scuola non era ancora giunto, mancavano ancora cinque minuti all'inizio delle lezioni, gli studenti stavano già tutti in classe, discorrevano sulle vacanze estive, alcuni rimandati a settembre raccontavano l'esperienza dell'esame di riparazione, ricordando con nostalgia i compagni che non erano stati promossi, a quei tempi era molto impegnativo se non difficile raggiungere il diploma di licenza sia che fosse il classico, scientifico, commerciale o industriale. Clelia era vestita con un tailleur smanicato di lino azzurro tanto semplice quanto elegante così come l'espressione sorridente appena accennata, Andrea guardandola con più attenzione ne rimase intenerito, le si avvicina disinvolto come per volerla mettere a suo agio: - benvenuta in terza B sono Andrea, Andrea Filangieri, – ed io Clelia, Clelia Alfieri, e con un sorriso smontante, sono ripetente. – ah, mi dispiace! - solo per il greco, a settembre mah! – anche a nome dei colleghi presenti, benvenuta, con aria di saputello che vuole condividere la sua astuzia, - prendiamo posto? ... consiglio il secondo banco ... è strategico, non lontano dalla cattedra ma abbastanza tranquillo! - furbo lei? Andrea scostando la sedia invita la ragazza a sedersi, poi a sua volta: - beh! posso ... accanto a lei? Clelia ripresasi dall'impatto con la sua nuova realtà: - certo, prego! Penso sia meglio darci del tu non trovi? ... il lei va bene con i professori ma tra noi colleghi …!
Con qualche minuto di anticipo prima del suono del campanello, col registro di classe sotto al braccio destro e la borsa di pelle per la maniglia nella mano sinistra, varca silenzioso l'uscio il docente della prima ora, abito marrone chiaro gessato, camicia bianca e cravatta in tinta unita di color testa di moro, giacca a doppio petto e pantalone che parevano da poco uscito da una sartoria di classe, scarpe marrone lucidissime, guardando verso la platea scolastica chiude appoggiato all'indietro alla porta, superata la lavagna e posato sulla cattedra ciò che recava con sé, procede lento con determinazione fermandosi a bella posta tra la cattedra e le tre file dei banchi: - buongiorno a tutti voi, per chi mi vede per la prima volta sono il professore Giuseppe Trifuoggi, docente di matematica, mi auguro di trascorrere insieme un fruttuoso anno scolastico, mani aperte e su come per magnetizzare l'attenzione degli studenti fa cenno di mettersi seduti, poi dopo un silenzioso sguardo panoramico, con autorità: - quando dò lezione se avete dei dubbi alzate la mano col dito indice ben evidente ... vi darò in seguito modo di parlare, - quando espongo la lezione pretendo la massima attenzione ed il massimo silenzio, se qualcuno sbadiglia lo inviterò istantaneamente ad uscire

dall'aula ! sbirciano tra i banchi si ferma su Andrea che accortosi rimane immobile: - lei, si lei, giovanotto! Andrea guardatosi attorno come per dire proprio io? si alza lentamente: - dite, signor professore! - Il suo nome? -Andrea Filangieri. - Lei da oggi è il responsabile del cassino, se dovesse dimenticare o perdere la riterrò responsabile con una nota di demerito. Andrea, occhi bassi, con celata ilarità ed un sospiro di sollievo: - Si signor professore! - si può sedere, sedutosi a sua volta dietro la cattedra apre il registro di classe, comincia l'appello. Andrea sentiva solo il nome Alfieri, in seguito col tempo riuscendo a stemperare ogni reticente e reciproca timidezza, acquisisce familiarità con Clelia che a sua volta è sorpresa dalla spontanea e rapida amicizia fino ad innamorarsi di lui, innamorarsi inaspettatamente per la prima volta nella sua gaia giovinezza.

Clelia, con i suoi genitori di domenica andava ad ascoltare, alle dieci e trenta, la messa nella vicina parrocchia e dopo a casa situata di fronte al Real Orto Botanico in via Forìa. Durante le giornate di sole e quando gli impegni scolastici lo permettevano, fin da fanciulla, sia d'estate che d'inverno amava passeggiare nell'attiguo e rigoglioso giardino del padronale palazzo di famiglia che in primavera appariva come un quadro impresso da innumerevoli e vivaci colori. Andrea si privava di avvicinarla in pubblico, si era reso conto che i blasonati genitori di lei non avrebbero approvato un rapporto sentimentale, pur autentico e sincero, con uno del popolo e non volendo essere causa di dolore per la sua innamorata aveva scelto la segretezza, gli bastava vederla sorridere sommessamente quando salutandosi in chiesa con prudenza le brillavano gli occhi, durante tutta la celebrazione rimaneva confuso senza sedersi tra altre persone in piedi a distanza in modo da poterla occasionalmente incrociare con lo sguardo e scambiarsi, senza essere notati, espressioni di reciproco compiacimento. Clelia viveva come in una gabbia dorata, casa chiesa e scuola e in aula i due innamorati simulavano di essere solo amichevoli colleghi. Con la scusa dei vespri spesso si davano appuntamento in un vicolo poco frequentato dietro l'Orto Botanico dall'altra parte della strada, talvolta passeggiando fino alla chiesa di Sant'Efraimo Vecchio, da dove si ammirava il panorama della città e il Palazzo reale di Capodimonte.

La famiglia Filangieri, economicamente modesta, si adoperava di mantenere agli studi sia Andrea che la sorella Carmela, ogni tanto una passeggiata domenicale fino a piazza Carlo III e d'estate sul lungomare di Chiaia e la villa comunale adiacente erano le uniche distrazioni. Il tempo trascorreva in serenità e gioia, dai quadri di fine anno entrambi promossi, Andrea: - complimenti! Ti sei presa una bella soddisfazione con quel nove in greco, Clelia: - grazie, certo sono contenta, ma se non fossi stata bocciata come ci saremmo potuti conoscere? sai, ho l'impressione di vivere come in un sogno fantastico, però, ti prego, se è vero che sto sognando, non svegliarmi mai! Improvvisamente l'espressione di Clelia divenne triste. - Che hai? ho detto qualcosa di strano? ti senti male ... mi sembri così ... malinconica, Clelia: - Vedi caro amore mio, ora che la scuola è finita la mia famiglia tra breve si trasferirà alla villa in Forte dei Marmi, dove gioco forza, dovrò rimanerci fino la metà di settembre. Oh! Sentirò molto la tua mancanza, ma se pure dovrà andare così, per noi non sarà mai lontananza. Andrea rifletté un istante: - ascoltami! adesso facciamo una cosa, ti lascio il mio indirizzo così quando mi potrai scrivere mandami il tuo. Clelia: - come faremo a giustificare questa inusuale corrispondenza? I miei ..., lo sai, per adesso non è opportuno qualche imprudenza! Andrea: - Credo che un modo ci sia, tu hai la tessera di riconoscimento? - Si certo, perché? - È semplice, - cosa? - una volta lì potresti scrivermi ... ci sarà un ufficio postale? – ho capito! Furbone ... Ci sto! Fermo posta! bravissima!! Così restiamo nell'anonimato. - È bravo, bella pensata!

A metà giugno Andrea viene a sapere che nei ristoranti a Capri occorrevano dei camerieri e assumevano anche dei giovanotti volenterosi di prima esperienza, la paga non era male e poi c'erano le mance, nota preferenziale che avessero una buona presenza e la conoscenza un po' di inglese, facendosi assumere riuscì a guadagnare un bel gruzzoletto, tanto da permettergli di andare dalla sua innamorata.

Il mondo di Clelia era condizionato dallo stile di vita della sua famiglia, lei, matura per la sua età, sapeva leggere bene i sentimenti del suo cuore e sapeva bene di volere un amore che andava al di là delle convenzioni sociali, per Andrea avrebbe rinunciato a tutti i vantaggi della sua posizione, non per questo disdegnava di discernimento che senza avrebbe procurato sofferenze evitabili, amava profondamente Andrea, entusiasta lo amava per la sua semplicità e la gioia di vivere che gli sprizzava dal luccichio degli occhi quando lo guardava estasiata desiderosa di convivere la sua vita con lui.

Il quattro agosto, dopo un viaggio tranquillo, Andrea giunge a Forte dei Marmi, a poca distanza dalla fermata dell'autobus trova una modesta pensione. Infine, al lume di un lampione rilegge l'ultima lettera speditagli da Clelia: - Dolcissimo amore mio, quando ho letto che saresti giunto presto qui da me il mio cuore è sobbalzato di gioia, mi sono sentita sciogliere dentro. Ti amo! ti amo incondizionatamente alla follia e mi manchi tantissimo! Nella mia solitudine ho dovuto simulare ma ne provo tristezza, ma mutata in gioia ora che leggo che verrai presto da me. Ho baciato questo foglio con le labbra lasciandovi l'impronta del rossetto che in genere non metto, mi è piaciuto farlo, da questa impronta ti nutrirai del mio amore come io del tuo, immaginandoti al di là delle parole che scrivi. A presto amore mio dolcissimo, buon ritorno a me!

L'aria del mattino era tersa e fresca, col cuore che gli batteva forte nemmeno sentiva alcuni gabbiani volteggiare tra mare e terra in cerca di cibo, arrivato al luogo dell'appuntamento con Clelia si siede su una panchina; dopo circa un'ora distratto dal via vai dei bagnanti, sente due mani leggere che gli coprirono gli occhi, giratosi vede di lei il suo sorriso radioso, un abbraccio e un bacio con grande tenerezza: - Ciao! Mio Frubbone! Andrea: – Ciao mia principessa, il sole della Versilia e l'aria di mare ti hanno resa ancora più bella, sapessi quanto ho desiderato questo momento, ... che gioia mi dai! caro, caro amore mio! come stai? Come è andato il viaggio? Dove sei alloggiato? Quando sei arrivato? Potrai rimanere a lungo? Oh! Quanto ti amo, scusa ti sto tempestando di domande, ma sai! Mi sento così felice che mi vien voglia di gridare, poi sotto voce come gridando, ti amoooo! - anch'io ti amo, ti amo tanto di un amore più forte di qualsiasi avversità, sento di appartenerti e sento che mi appartieni, con te ogni fatica diventa leggera, ogni tua parola ogni tuo gesto un canto di gioia, libero nel desiderio di donarti tutto me stesso, quanto ho desiderato questo momento! Mma ... Che, che fai ... piangi!? - Si! Piango perché quello che ho sentito da te stava già da qualche parte dentro me e la mia mente lo sussurrava al mio cuore mentre parlavi con uguali parole, tu mi hai soltanto preceduta!

Clelia introdusse Andrea nella sua comitiva presentandolo come un collega in vacanza, lui benpresto si accattivò la simpatia di tutti. Nell'affiatata comitiva Andrea e Clelia si parlavano molto con lo sguardo e con sorrisi, mai scambiandosi moine in presenza degli altri, rari baci appassionati e tenere carezze capitavano raramente approfittando di non essere visti. I giorni trascorsero felici, forse troppo in fretta, per i due innamorati fu tra tutte la più bella ed esaltante esperienza del loro vissuto finché il gruzzoletto di Andrea finì per assottigliarsi tanto da non bastare più per rimanere ancora.

Al primo giorno di scuola del nuovo anno si ritrovarono tutti nella stessa aula, i professori del corso "B" conoscevano tutti e smorzando loro severità permisero un'atmosfera meno rigorosa. Verso la metà di gennaio Clelia cominciò ad avvertire una fiacchezza fisica non naturale ed il suo volto giorno dopo giorno impallidiva sempre più con una strana stanchezza, finché una mattina di inizio febbraio non ebbe la forza di alzarsi dal letto. Due settimane dopo il padre di Clelia, con riservatezza, andò ad informare il preside che Clelia aveva contratto una leucemia. Trascorsero altre due settimane senza che Andrea riuscisse ad avere notizie della sua innamorata finché si risolse di andare a casa della famiglia Alfieri, gli apre la governante alla quale: - sono un collega di Clelia, rimanendo per breve tempo in piedi nel salottino di ingresso, poi davanti alla padrona di casa: - mi scuso per l'intrusione, sono Andrea Filangieri collega di sua figlia Clelia, data codesta prolungata e immotivata assenza a scuola noi colleghi siamo tutti preoccupati, se mi posso permettere di domandare, vorremmo sincerarci che non sia successo niente di grave. - La ringrazio per il vostro interessamento, Clelia per il momento ha deciso di allontanarsi da Napoli, non le so dire se e quando intenderà ritornare.

La risposta secca e risoluta lo lasciò interdetto e di stucco. - Bene! Se è così allora le lascio i saluti a nome di tutta la classe, l'importante è che stia bene ed in ottima salute, mi scuso ancora per il disturbo. - Grazie per la vostra premura, quando sarà possibile avviserò mia figlia e sarò lieta di farle sapere del vostro interessamento.

Ritornando, muto Andrea si ripeteva e si intestardiva che le cose non potevano stare così, era assurdo che di punto in bianco Clelia avesse preso una tale decisione, la conosceva troppo bene e di fronte a qualsiasi novità era sicuro che lo avrebbe avvisato, ma quella impenetrabilità della madre lo lasciò completamente interdetto. In seguito sprofondò in uno stato di panico che si somatizzò come un bruciore al petto e senso di nausea, una mattina di fine febbraio non ebbe la forza di alzarsi, non andava più a scuola trascorrendo molte notti insonni passeggiando silenzioso per la casa come stordito ed assente. La madre con molta pazienza e con premurosità riuscì alla fine a farsi dire il motivo del malessere, Andrea le raccontò della sua tenera ed esaltante esperienza con Clelia, poi scoppiò a piangere, per il giovane quelle lacrime furono un momentaneo sollievo. Clelia peggiorava di giorno in giorno, la ragazza non aveva nessuna speranza di vita a meno che non fosse successo un miracolo, andava spesso soggetta ad infezioni opportunistiche ed emorragia, in preda a forte febbre spesso delirava e nel delirio pronunciava il nome di Andrea. La madre di Clelia si ricordò che quel giovane che era andato a casa sua a chiedere notizie si chiamava così e si risolse che la presenza di quel giovane sarebbe stata di conforto per la figlia morente e per lei e per il papà di Clelia, ne parlò col marito ed anche lui si convinse della necessità di farlo

venire. Il giorno seguente andò al liceo e seppe che erano molti giorni che Andrea si assentava, il preside gli diede l'indirizzo. Bussando alla porta della casa di Andrea: - Sono il conte Alfieri Vincenzo e sto cercando il signor Andrea Filangieri, abita qui? - Si! Abita qui, le rispose la madre, è mio figlio, prego entri, si accomodi,lo chiamo e lo faccio subito venire da lei. Mentre il nuovo arrivato rimane fermo in piedi ad attendere, Andrea fiacco ed emaciato, sentendo quel "Alfieri" si desta e repentinamente la sua attenzione va al pensiero di cose peggiori che forse non voleva potessero essere accadute, nonostante, ciò gli suscita una nuova forza con la sensazione dello scorrere caldo del sangue nelle vene, si avvicina al padre della sua Clelia: - sono io quello che state cercando, ditemi! - Sono il padre di Clelia e devo parlarvi. - Dite! Ditemi! - Son venuto da voi perché mia figlia vuole vedervi subito. - E dov'è? - Clelia è in ospedale molto malata e nel delirio febbrile ha fatto spesso il vostro nome ed eccomi qui, spero vorrete scusarmi se mi presento solo adesso, tuttavia vi prego di seguirmi subito! - Allora andiamo, andiamo subito, con rabbia senza riuscire a trattenere le lacrime: - lo immaginavo! Lo immaginavo che le fosse successo qualcosa di molto grave! Giunti all'ospedale i due attraversarono in fretta varie corsie fino a dove era Clelia, fermatosi sulla porta della stanza, rivedendola così in quello stato quasi non la riconosce, rimane immobile bloccato, gli gira la testa per l'emozione, il padre che gli stava a fianco se ne accorge e lo prende delicatamente per il braccio, ripresosi dall'impatto si avvicina al letto e le carezza la fronte, lei si gira svogliatamente verso di lui e fa capire di riconoscerlo con un sorriso così come quando si incontravano di nascosto, a fatica gli sfiora la guancia, lui si abbassa quasi sul volto di lei e lei con voce esile. - Andrea, caro amore mio, perdonami se non potrò farti felice, quanto l'avrei desiderato, tu …. poi si ferma brevemente per riprendere le forze, perché non sei venuto prima? - vedrai tu guarirai, ne sono certo, ora che ci siamo rivisti ti prometto che non ti lascerò mai più nemmeno un momento finché potremo di nuovo correre e mano nella mano e giocando come abbiamo sempre di nuovo gioire insieme, io e te. Un amaro sorriso rassegnato, poi dopo averlo fissato con intenso affetto, con grande forza di volontà. – Ti voglio sposare, mi vuoi sposare? Adesso, qui! prima che…, non riesce a finire interrotta da un'improvvisa tosse. – Certo! Si! Vedrai faremo una grande festa ed inviteremo tutti gli amici poi andremo a Roma e a Venezia, vedrai che gioia. Clelia calmatosi il tossire - Ssi! Amore mio, ma ti prego, sposiamoci ... adesso.
I genitori di Clelia, presi alla sprovvista, non poterono trattenere le lacrime, poi lei dal letto fece cenno al padre con la mano di avvicinarsi e con esile voce:
Papà! Caro il mio papà! Questo giovane è Andrea, lo amo tanto, è la gioia della mia vita e ci vogliamo sposare, ci dai il consenso? Guardando la figlia si accorge che le si è illuminato il volto, si gira verso la madre come per un reciproco consenso, al ché un deciso cenno di approvazione. - Si! Adorata figlia mia, certo, ho sempre desiderato vederti felice, e Andrea, son sicuro, ti renderà felice, poi Andrea toccando la spalla del conte: - si! desidero che ci sposiamo anche io. Non c'era tempo da perdere, la madre all'infermiere che attendeva fermo in un angolo: - per cortesia può far venire subito qui il cappellano? Questi immediatamente corre a cercarlo e dopo breve tempo ritorna insieme al sacerdote. Nel frattempo Andrea va lentamente verso la madre di Clelia: - Sono molto addolorato e forse sforzandomi riuscirei a capire perché non mi diceste la

verità quando venni a chiedere notizie di vostra figlia, io amo profondamente Clelia e non potrebbe immaginare quanto ne ho sofferto l'assenza, ma già immaginavo, conosco molto bene Clelia, è sicuro che non poteva mai fare come voi avete cercato di farmi credere.
Il cappellano dell'ospedale con la stoia sacerdotale avvicinatosi con Andrea a Clelia, il padre ed il fratello di Clelia accanto, iniziò il rito nuziale, i genitori porgono le loro fedi. La cerimonia breve ed essenziale fu toccante con lacrime, per tutti più che se fosse stata celebrata in chiesa tra fiori bianchi e canto nuziale, completato il rito il sacerdote le impartì anche l'estrema unzione. Clelia in un faticoso sforzo riesce sorridendo ad alzare la mano gracile fino al volto di Andrea, gli carezza la guancia, lui si abbassa fino a baciarla mentre lei continua a sorridergli; afflosciatasi la mano sul letto Clelia fissando lo sguardo su Andrea: ti aspetterò finché potremo di nuovo ricongiungerci, poi rimane con gli occhi aperti senza più vita. Solo dopo molto tempo, con l'aiuto sia della sua famiglia e di un gruppo di una piccola comunità cristiana clandestina che si era interessato al giovane, Andrea riesce a sopportare la sua forte sofferenza.

Capitolo 18 – Dopo l'otto settembre 1943

Nel settembre del 1939, la Germania invade la Polonia dando inizio alla seconda guerra mondiale. L'Italia pur essendone alleata interviene l'anno successivo a fianco dei tedeschi, confidando che la guerra sarebbe finita presto con la vittoria della Germania e così ottenere maggiore importanza in Europa e godere di ulteriori possedimenti territoriali, ma la guerra andò per le lunghe. Infine provata da notevoli insuccessi militari e martoriata dagli ingenti bombardamenti, a seguito dello sbarco degli anglo americani, l'Italia fu costretta alla resa chiedendo l'armistizio al generale Eisenhower, firmato il tre settembre 1943 e reso ufficiale l'otto settembre, lasciando da sola la Germania che da alleata divenne nemica. I tedeschi naturalmente videro la resa dell'Italia come un tradimento, già da tempo lo sospettavano per cui Hitler incentivò con ulteriori forze l'occupazione militare della penisola. Con la fuga del governo italiano e la famiglia reale in Puglia, insieme al re, sotto la protezione degli alleati, al tradimento si aggiunse l'ignominia anche perché l'esercito italiano ormai senza ordini fu lasciato completamente a sé stesso. Il popolo italiano si organizzò con l'aiuto dei nuovi alleati in bande partigiane che misero in atto iniziative militari per contrastare e cacciare via l'invasore tedesco.

La situazione creatasi fu particolarmente dura, da una parte il pesante giogo dell'occupazione e dall'altra i continui bombardamenti degli americani che causarono la distruzione di molte zone di gran parte delle città con moltissime vittime tra i civili. Avverso ci furono rappresaglie da parte dei nazisti, e dei fascisti ancora fedeli a Mussolini ormai costretto alla fuga verso la Germania, per ogni tedesco ucciso venivano giustiziati dieci italiani. Napoli non subì un trattamento meno oppressivo, sistematicamente le pattuglie tedesche con rastrellamenti e retate improvvise catturavano quanti più potevano la popolazione maschile. La metropoli partenopea si sollevò nelle famose quattro giornate, dal 28 settembre al 1° ottobre 1943, i napoletani decisero di impugnare le armi e di combattere strada per strada, vicolo per vicolo liberando la città prima dell'arrivo degli alleati, più di trecento civili furono le vittime. Andrea non aveva mai partecipato, per motivi di coscienza, a nessuna azione armata, nonostante il sabato undici settembre 1943 nel tardo pomeriggio mentre ritornava a casa da una riunione di preghiera, fu catturato dai tedeschi. Una pattuglia lo sorprese mentre voltava tra l'angolo di Corso Garibaldi e piazza Principe Umberto, poco distante da casa, in men che non si dica, tra spintoni e ceffoni lo fecero salire su un camion parcheggiato in un vicolo poco distante, con una quarantina di malcapitati che inutilmente supplicavano terrorizzati all'interno del grosso automezzo, si ritrovò insieme ad un totale di circa duecento persone, dopo una mezz'ora di viaggio, sul prato di gioco dello stadio Collana, rimasero all'agghiaccio per tutta la notte senza né mangiare né bere, arrangiandosi per i bisogni fisiologici in qualche angolino. La calura estiva quasi alla fine dava spazio a nottate fredde tanto da far gelare il folto gruppo dei prigionieri, che per ripararsi come meglio potevano si addensavano l'uno accanto all'altro. Nel cuore della notte Andrea, nell'incertezza del domani inginocchiatosi sul prato, invocò con alte grida l'aiuto di Dio, implorandolo di ricevere la forza e la consolazione di sopportare quella dura quanto crudele situazione, poi al grido di monito ingiurioso di una guardia si accasciò a terra, rimanendovi a lungo in preghiera silenziosa prima di cedere alla stanchezza e raggomitolato riuscì a dormire un po'. A casa rimasero a lungo ad attenderlo ma man mano che passavano le ore si faceva strada il presentimento del peggio. Alle prime luci dell'alba, la sorella Carmela, con uno scialle grigio scuro sulle spalle, uscì in cerca di informazioni, per la strada non c'era nessuno, nella vicina stazione di carabinieri nulla seppe, anche lì purtroppo c'era stata una incursione nazifascista e la caserma, porte spalancate e fogli di carta dappertutto, era vuota, le venne un momento di mancamento e fu grazie alla possibilità di potersi sedere su un gradino che non rovinò a terra. Un carabiniere, uscito di soppiatto da chi sa dove, le si accostò cercando di rianimarla, quando la giovane si riebbe del tutto le spiegò che per loro la situazione nemmeno era facile, serpeggiava un evidente odio tra la benemerita e l'esercito germanico che li tollerava soltanto perché erano di ausilio nel mantenere l'ordine pubblico. L'allora generale in capo dell'arma dei carabinieri Angelo Cerica indicò, senza un preciso comando, di rimanere ognuno al proprio posto, il milite le consigliò di andare, dopo quella domenica, in prefettura.

All'alba del lunedì successivo pochissimi erano quelli che, per qualche motivo vitale, circolavano per strada, la sorella di Andrea con la morte nel cuore si recò al palazzo della Prefettura in piazza Plebiscito, ormai in mano ai tedeschi ed ai nazifascisti, nulla riuscì a sapere, anzi la spinsero con forza sulla strada, nel vagare così senza una meta fu avvicinata di soppiatto da una donna che antecedente l'aveva notata - Signurì! (signorina) state cercando qualcuno? –Si! Sto cercando mio fratello che manca da due giorni da casa e non sappiamo nulla di lui, perché… voi sapete qualcosa? - li portano tutti al campo sportivo del Vomero, forse lì potete sapere qualche notizia sicura … ma se vi fanno il piacere!! Mentre costei solertemente si allontanava Carmela sbiancò nel viso ma non si perse d'animo, salendo in fretta per la deserta piazza Concordia, il corso Vittorio Emanuele, poi completamente sola per le scale del Petraio col cuore in gola fece il resto della strada. I cancelli dello stadio erano tutti chiusi e non c'era nessuno, fece il giro intorno a tutta la struttura sportiva, non vide né sentì altro che il cinguettio di uccellini tra i rami di un grosso albero, nemmeno quando cercò di guardare da un buco, forse di un proiettile, della lamiera del cancello da cui vedeva il prato di gioco. Da dietro le persiane chiuse di una finestra di fronte al piano rialzato: - "psii", avvicinatasi sente una lieve voce femminile: - state cercando qualcuno? - Si! sto cercando mio fratello, - e da quanto che non lo trovate? - da sabato pomeriggio, - sentitemi bene, fino a ieri mattina qui ce n'erano un sacco in mezzo al campo, li sentivo fino a qui quei porci di tedeschi, poi verso mezzogiorno con i camion li hanno portati via chi sa dove! - e non c'è più nessuno? È così? ma che dite? Siete proprio sicura che li hanno portati tutti via? - Signorsì! A mio marito e mio padre li abbiamo nascosti alla Sanità (quartiere di Napoli), nelle grotte del camposanto de' Funtalelle, li sentivo quando sono stati portati via che molti gridavano chiusi dentro ai teloni dei camion! A Carmela venne un forte giramento di testa, la persona da dietro la finestra uscita la invitò ad entrare frettolosamente in casa sua per un bicchiere d'acqua, sorseggiandolo stette seduta finché non si fu riavuta, infine riprese la via del ritorno a casa. Mentre procedeva non riusciva a fare a meno di rimuginare lo stesso pensiero angoscioso su cosa era potuto succedere al fratello, con ipotesi terribili giunta ad un centinaio di metri il suo passo divenne molto faticoso, con la paura di non rivedere più suo fratello, ragionava su cosa dire al padre e alla madre. Quella mattina di domenica con un tavolino una sedia ed una macchina da scrivere davanti a quattro soldati tedeschi, due seduti e due in piedi armati di mitra, man mano, facendo sfilare i prigionieri, annotarono le generalità di tutti e a forza di spintoni e pugni li fecero salire sui camion verso la stazione ferroviaria di Villa Literno dove, dentro a carri bestiame, verso i campi di concentramento in Germania. Dall'elenco redatto quel giorno erano 285 napoletani, e quasi tutti se non tutti, non avrebbero mai più rivisto Napoli. Nelle vicinanze delle Alpi, accalcati ed in piedi gli uni accanto agli altri da una decina di ore, si gelava, nel crepuscolo si intravedevano appena dal legno le cime bianche dei ghiacciai dolomitici, una nebbiolina impediva la luce e faceva rabbrividire fin dentro le ossa, due giorni senza cibo né acqua. Tutti avevano preso coscienza della tragedia che si stava consumando, Andrea sperava di stare in un brutto sogno dal quale desiderava quanto prima che qualcuno lo svegliasse, verso le fine del viaggio stanco ed intorpidito si lasciò andare scivolando verticale tra i suoi compagni di sventura accasciandosi su un pavimento maleodorante, qualche escremento e urina, un compagno di sventura strisciatogli accanto: - mi chiamo Samuele e ieri sera quando ti ho sentito invocare l'Iddio vivente ho provato conforto, - di dove sei? – abito poco lontano da piazza san Ferdinando dove si trova la mia comunità ebraica. – sei ebreo? – Si, la mia famiglia con molti altri è venuta a Napoli ai primi del Novecento. Dopo la grande guerra eravamo circa mille, dopo le leggi razziali abbiamo iniziato a diminuire, adesso molto più in fretta. Andrea: – ebreo! fratello maggiore nella fede, e poi, dopo una breve pausa, - a voi appartiene l'adozione quale popolo eletto, - come mai sai queste cose? - peccato esserci incontrati in questa circostanza, io sono cristiano, Gesù era israelita della tribù di Giuda, dal tuo popolo viene la salvezza di tutti quelli che credono nel Signore … dove sei stato preso? - vicino al teatro San Carlo mentre uscivo dalla galleria Umberto primo, me li sono visti piombare addosso all'improvviso, - ma dove ci stanno portando? - Sicuramente in Germania, - beh, sì! - in qualche lager, forse a Dachau, forse ad Aushwitz, è lì che molti sono già passati per il camino, - passati per il camino? che vuoi dire? - È una cosa triste "passare per il camino", forse anche noi ci passeremo, quando ci avranno sfruttati fino all'ultimo ci uccidono col gas e poi bruciati, è così "passi per il camino" Mamma mia che cosa orrenda, ne parli come una cosa normale, quasi di una, non so, come letta da un libro di orrida fantascienza … e tu com'è che lo sai? Ma sei proprio sicuro che è così? È una cosa disumana, come possono fare una cosa del genere? Di quale colpa ci accusano per farci questo? - qualcuno è riuscito chi sa come a farlo sapere, lo so per certo che fanno così, presto la guerra finirà con la sconfitta della Germania, speriamo in tempo per farci uscire da questo incubo. - Allora se no … siamo perduti? Samuele lo fissa con impotenza, occhi spenti umidi di lacrime, nessuno dei due per molto tempo ebbe il coraggio di parlare, improvvisamente lo stridente sibilo dei freni, in un frastuono si apre la porta scorrevole del vagone ed entra finalmente la luce accecando per breve tempo le loro pupille, con solerzia tutti saltarono sul selciato e mentre in fila per due uscivano dalla stazione ferroviaria di chi sa dove, Samuele: - Il signore è il mio pastore non manco di nulla, ma la botta del calcio di un fucile gli impedì di continuare.

Dopo un periodo lungo di duro lavoro, malnutrito e privato delle più elementari regole di igiene, vessato nel corpo e nello spirito ma senza mai perdere la speranza che Dio gli stava riservando il meglio, Andrea, ammalatosi di tubercolosi, all'alba di una grigia e gelida giornata di inizio dicembre, quando la neve aveva ammantato di bianco tutto il lager, come se Dio rendeva onorea quell'anima che stava per volare verso il cielo, dalla finestra spuntò un raggio di luce fin sul suo volto. Nel delirio dell'agonia si sente chiamare da una voce, riconosce che è quella di Clelia, la sua dolce sposa: - Andrea finalmente, hai finito la corsa, hai conservato la fede, ed io ho finito di aspettarti, ora, mio amabile sposo, siamo accolti insieme, come insieme abbiamo sempre vissuto, nella gloria di Dio, con quella gioia piena, quella gioia che adesso è nostra per l'eternità. Un vento gagliardo aprì il cielo grigio dalle nuvole in un largo squarcio azzurro, attraverso il quale il sole brillava, vedeva chiaro davanti ai suoi occhi l'immagine di lei, si sorrisero e Clelia presa l'anima di Andrea per mano lo conduce con sé verso quell'azzurro del cielo.

Qualcuno passandogli accanto e vistolo senza vita, quasi con invidia ma in segno di pietà, gli chiuse le palpebre immobili. Di lì a poco, in quella abominazione della desolazione, scappati i nazisti, arrivarono a gruppi i soldati inglesi e americani.

Capitolo 19 - Tommaso torna in Italia

Alla fine della seconda guerra mondiale, l'Italia si trovò in una particolare condizione di inferiorità, fino all'armistizio dell'8 settembre 1943 aveva combattuto con la Germania, dopo fu a favore degli alleati, dai quali, considerata comunque una nazione sconfitta, le veniva riconosciuta solo la condizione di cobelligeranza. Il primo appuntamento politico-istituzionale che si presentò fu il referendum del 2 giugno 1946 in cui, per la prima volta anche le donne, il popolo fu chiamato a scegliere tra monarchia e repubblica, quest'ultima si affermò con un margine netto e il 22 dicembre 1947 l'Assemblea Costituente approvò la Costituzione della Repubblica Italiana.

Con la presenza degli angloamericani, secondo il piano Marshall, l'Europa occidentale cominciò a godere di un discreto benessere economico, che pur non rinunciando, in special modo nella nostra penisola, al diritto di vincitori, portavano valuta pregiata. Giunsero non solo ingenti quantità di aiuti alimentari e tecnologici, ma anche la musica e le abitudini anglosassone, che tutt'oggi, da Bolzano a Trapani, continua a modificare la lingua italiana anche nei settori istituzionali. Non mancarono gli aspetti negativi del benessere quali l'abuso di bevande alcooliche, il gioco d'azzardo, l'aumento della prostituzione e con la proliferazione delle organizzazioni malavitose la diffusione e lo spaccio clandestino delle sostanze stupefacenti.

Bisognava ricostruire ciò che il secondo conflitto mondiale avevano distrutto, le paghe man mano aumentarono, si cominciò a spendere anche per i beni accessori dall'abbigliamento alla cosmesi, venne ripristinata, specialmente al nord, la rete stradale e ferroviaria favorendo l'imprenditoria edilizia, scolastica e farmacologica. Nel 1895 alcuni scienziati descrissero il potere battericida di alcune muffe, ma solo oltre trenta anni dopo Alexander Fleming riesce a caratterizzare la penicillina, che, a causa dell'embargo contro lo stato fascista, in Italia si diffuse solo dopo il 1943. L'istruzione fino alla terza media diviene gratuita e obbligatoria ricevendo contributo dalla televisione, la lingua italiana, voluta da Dante e dal Manzoni e come madre lingua dalla costituzione è oggi ben compresa, anche nelle località dove restano predominanti espressioni dialettali.

Tommaso dalla lontana Australia seguiva lo sviluppo della situazione in Europa e fu molto contento quando seppe che il governo provvisorio italiano aveva varato l'amnistia per i reati commessi prima del 1945, cosicché cominciò a pensare di ritornare in Italia con le sue originali generalità anagrafiche.

Nel nuovo continente aveva impiantato un'attività con grandi profitti, da una modesta bottega si ingrandì servendo una clientela sempre più raffinata, con studi appropriati aveva modificato il processo di lavorazione sartoriale, una catena di montaggio dove ogni operario si specializzava nel proprio settore, al taglio si andava in altro reparto per la cucitura della stoffa sagomata, in altro ancora all'attaccatura di bottoni e cerniere lampo per poi a quello di stiratura ed il controllo qualità, oltre lo stipendio alle maestranze si aggiungevano i premi di produzione proporzionati ai profitti incentivandone l'impegno. I capi sartoriali, non ultimi i jeans, dall'industria dell'ex soldato italiano, vennero man mano immessi anche nel mercato internazionale dell'abbigliamento.

Il richiamo della sua famiglia diventava sempre più forte, infine pianificatone il viaggio partì per l'Italia la terza decade di marzo del 47'. Dall' Aeroporto internazionale di Sydney a San Francisco, da lì a New York per Londra, infine da Milano in treno fino a Napoli centrale, dove alle sei del mattino, con grande e nostalgico stupore, non ritrova la monumentale stazione ma un nuovo complesso ferroviario che non sostituiva né la bellezza né la funzionalità del precedente. Da qui, dopo una sostanziosa colazione ed un caffè, di cui aveva dimenticato il delicato aroma, giunse sul marciapiedi della via san Pietro di Casavatore davanti al cancello di Cristina, alle sette di un'alba domenicale, con due valigie di fianco.

Sostò davanti a quel cortile senza decidersi, osservava, a piano terra la bottega dove Giuseppe, come da sempre, con molta probabilità vi si trovava a rassettare prima di andare a messa con la sua famiglia, gli ritornavano i ricordi di quando era un semplice garzone, un garzone amato, ma non si pentì di essere andato via nonostante si sentisse stringere nel petto, una nota di tristezza prevalse sul pressante desiderio di bussare al campanello, per poter entrare non aveva mai bussato, a due passi dalla sua amata la commozione gli faceva tremare le gambe, non era per un senso di colpa conscio di essere partito per un motivo importante ma qualcosa era andato storto, da cui un vuoto di molti anni che non si sarebbero mai più colmati, avverte il ticchettio della macchina cucitrice che veniva dal laboratorio sartoriale e ciò lo distoglie dai tristi pensieri, l'aria tersa e fredda non lo infreddoliva più del timore di riapparire come un illustre sconosciuto. Tommaso indossava una elegante giacca di lana leggera di colore grigio, un pantalone blu scuro inadatti alla temperatura rigida di mattina presto, il freddo autunnale del vecchio continente è più di quello primaverile australiano, che scemando ai raggi del sole concedeva un poco di tepore.

Al primo piano si apre la porta che dà sul balcone, Cristina esce per stendere un panno ad asciugare, ad una prima occhiata lo sguardo nel vuoto della strada sottostante come le faceva fare sempre la speranza, poi guarda meglio rimanendo impietrita per qualche secondo, il cuore le comincia a battere forte già prima che si rendesse totalmente conto che c'è Tommaso, quello è Tommaso, mamma Tommaso, c'è Tommaso, per un momento con la mano sulla bocca come incredula, un sofferto desiderio si realizzava davanti ai suoi occhi lucidi di commozione e non riusciva a risolversi, infine verso il basso prima sussurrando e poi a voce alta: - Tommaso … Tommaso! il cuore le batteva in gola, le scale a quattro a quattro, infine ferma e ansimante davanti al cancello chiuso tentava di aprirlo ma la troppa precipitanza la inceppava, col cuore a tamburo battente Tommaso la osservava allo stesso modo come quando, sorpreso faccia a faccia con Cristina sul portone del barone Vinciguerra, nella fretta di riabbracciarlo lei allunga entrambe le braccia tra le sbarre e gli accarezza le fredde guance, infine ritraendole riesce a spalancare il cancello e presolo un passo in dentro all'uscio, lo stringe forte al petto mentre gocce di lagrime inumidivano con segni più scuri il bavero della giacca addosso ad uno che pare una statua di manichino, lo abbraccia e lo bacia finché anche lui, uscito dalla forte tensione, la stringe tra le sue braccia quasi a farle male: - Cristina! Finalmente! Quanto mi sei mancata e quanto ho desiderato questo momento! Anche Tommaso piangeva; dal balcone si affacciano Patrizia e Paolo incuriositi, dalla bottega anche Giuseppe, avvertendo qualcosa di insolito, rimane impietrito e incredulo sull'uscio della bottega, si stropiccia gli occhi, Tommaso tiene ancora stretta a sé sua moglie mentre Paolo sorpreso non immagina nemmeno cosa stia succedendo, osserva in silenzio, sta sulle sue infastidito da quello sconosciuto che stringe a sé la sua mamma, Cristina volge su lo sguardo come per un sesto senso e lo vede, poi fissando il marito: - si! … è tuo figlio …, nella mente di Tommaso: mio… mio figlio, a sé stesso più che Cristina: - Paolo! Patrizia da su e Giuseppe da basso muti di gioia si guardano mentre, asettico, il fanciullo tenta di comprendere cosa stesse succedendo. Se per Tommaso rivedere Cristina è una gioia grande la visione di vedere suo figlio lo felicita allo stesso modo, non senza rimanere in imbarazzo da quel ragazzino che osservava con disapprovazione sua madre abbracciare uno di cui si domandava chi fosse. Giuseppe e Patrizia, procedendo in contemporanea si avvicinano a breve distanza dalla coppia di sposi e fermi sullo stesso posto non osando avvicinarsi oltre. Cristina rivoltasi al figlioletto: vieni e con un gesto della mano invita Paolo a scendere, ma questi rimane silenzioso sul balcone: - vieni, vieni qui, ripeteva e lentamente tirando il marito per la mano comincia ad avviarsi su per le scale verso il ragazzino imbambolato, quando vi giunge Tommaso gli si china accanto come per carezzarlo, piegatosi sulle ginocchia tenta di stringerlo a sé, ma Paolo con ritrosia si scosta: - figlio, figlio mio, quanto sei bello e quanto ti voglio bene … se tu sapessi! Paolo reagisce interrogando con lo sguardo la madre che infine: è il tuo papà … è il tuo papà che è ritornato, quest'ultimo sempre accovacciato verso suo figlio sussurrandogli affettuosissimo: - Paolo, tu sei Paolo e io? … io sono il tuo papà, perdonami se sono stato tanto lontano, da adesso però starò sempre con te e con la mamma faremo tante cose belle. Cristina raccontava sempre di Tommaso, ma ciò non bastava a colmarne la mancanza; all'uscita di scuola capitava di osservare ragazzi andare di corsa incontro al loro papà, a volte quando portavano a passeggio i figlioletti con visibile gioia di tenerli vicino, Paolo si domandava perché a lui non era potuto succedere. Le frequenti promesse della madre che sarebbe ritornato non lo scuotevano a sperare più di tanto, Giuseppe, da attento osservatore, pur mostrandogli benevolenza e affetto più di nonno non poteva onde colmare la mancanza del genero, diceva tra sé che i figli sono giudici inflessibili e talvolta assenti a rispondere in difesa dei genitori, tuttavia incolpando e condannando senza appello anche sé stessi. Cristina non poteva da sola rappresentare la presenza di Tommaso, questi non c'era quando il figlio si svegliava la mattina, non c'era al bisogno di un aiuto, non c'era a rispondere a tutti i naturali e spontanei perché dei piccoli che crescono, aiutarlo nei compiti o presentarsi davanti alla scolaresca e agli insegnanti a scuola a chiedere di sapere per un figlio, cosa di cui i compagni mostravano orgoglio, non c'era a confortarlo magari ritornando a casa dolorante con qualche livido o col naso sanguinante. I bambini non ammettono giustificazioni quando subiscono un torto, nonostante, nel silenzio del suo cuore, Paolo amava profondamente quel suo papà come appariva nelle foto, immaginandolo partecipe dei suoi giochi. Il gruppetto rimase ancora un poco fermo là nel cortile finché Patrizia: - su cosa facciamo qui, saliamo in casa e Tommaso: oh! Le valigie, vado a prenderle, Giuseppe: aspetta ti do una mano! Tommaso sedutosi con gli altri nella sala da pranzo inizia a parlare di sé, cominciando dalla Spagna fino in Australia ad Adelaide, si soffermò su Pablo e Camille e come, sfruttando il suo mestiere di sarto, fosse giunto alla sua fiorente attività, dallo zainetto prende un cospicuo pacchetto di banconote, circa trecentomila lire, che a Milano aveva cambiato dalle sterline australiane, ma all'occorrenza poteva anche disporre di diversi travel check. Infine la suocera va e prepara un bel caffè forte, Cristina rimane seduta con Paolo sulle ginocchia e Giuseppe, come tutti stupito e meravigliato, rimane silenzioso. Giusto il tempo per preparare e, preceduta dal profumo del caffè, la nonna ritorna con le tazzine su un vassoio d'argento: Su, avanti, Cristina, muoviamoci, siamo in festa, metti giù tuo figlio e va in macelleria, passa pure per la salumeria per un altro pezzo di pane e non dimenticare i dolci alla pasticceria, il periodo di privazioni è finito, - si mamma, tenendo Paolo per mano, Tommaso alzandosi in piedi: - vengo con te e tutti e tre passiamo anche da zia Giovanna; lasciando intatte le valigie in camera da letto, Tommaso e Cristina si avviano con Paolo che, inizialmente impacciato, concede contento di essere tenuto per la mano anche dal suo papà.

Per strada incontrano alcuni conoscenti ed amici che salutano con sorpresa, qualcuno si ferma a chiedere come mai tutto quel tempo e sapendo di non incorrere nella legge, rispondeva di essere emigrato in Australia, ma di come vi fosse giunto mistero. Dalla zia, verso le dieci, scoprono che era uscita, un conoscente ex fascista: - è andata a messa e dovrebbe tornare a momenti, guardando meglio: - tu sei Tommaso? quanto tempo ... certo qua la guerra, beh ... bentornato, - grazie, - dove sei stato tutto questo tempo? sapevo che eri partito volontario per la Spagna ma poi ...? che ti è capitato? - E ... finalmente eccomi qua! Da lì finita la guerra emigrai in Australia, - oh, quanto tempo che ... mi fa piacere rivederti, sono proprio contento! Durante il tragitto Tommaso, per sommi capi, fa presente di avere una fiorente attività e la possibilità per loro di una vita migliore all'altro capo del mondo, da parte sua Cristina già meditava seriamente di trasferirsi pur di mantenere unita la sua famiglia

Zia Giovanna diceva sempre che il nipote si era raffermato nell'esercito per cui tra una missione e l'altra non aveva avuto mai la possibilità di ritornare, poi il ricordo delle disastrose vicende belliche fecero dissuadere di chiedere. Da lontano ecco zia Giovanna che notando il gruppetto alla sua porta si avvicina, accelera il passo finché ormai vicinissima: - Tommaso ...! Che gioia! Paolo hai visto? il tuo papà è tornato! Cristina: - oggi è una giornata speciale, perciò chiudi e vieni a pranzo con noi per festeggiare tutti insieme. - vengo, si certo! Ma prima ... un momento! Commossa si stringe a Tommaso in un lungo abbraccio, poi lo osserva: - come sei bello figlio mio, che gioia ..., asciugando le guance col dorso della mano, - sono pronta, avevo preparato del ragù, vuol dire che lo porto, - si certo dai a me, replica Tommaso.

Durante il pranzo Paolo si scioglie definitivamente nei confronti del padre anche per la naturale familiarità di cui era oggetto, Giuseppe, che non ha mai smesso di sorridere: - e adesso che progetti hai? - in Australia ho raggiunto una posizione sociale ed economica che qui nemmeno sognavo, la mia intenzione è di chiedere a mia moglie di venire ... che ci trasferissimo definitivamente in Australia, poi se vi fa piacere ... la casa che ho preso lì è grande ... se volete

..., Giuseppe si gira verso Patrizia come per dire che non era possibile, - vedete mastro Giuseppe, e questi: papà! – si ... papà ... qui, insomma ... la mia vita l'ho ben costruita ... mirendo conto che vi giunge come un fulmine a ciel sereno, mastro Giuseppe: - ma la lingua ... sarà diverso anche il modo di vivere in quel paese? - certo, per voi come per zia sarà più difficile, qui lascereste le vostre radici … per mia moglie e mio figlio già è impegnativo … Cristina se tu … sono disposto ad abbandonare tutto quello che ho costruito, vado, vendo tutto e ritorno, Patrizia: - sarebbe un vero peccato, Giuseppe: - cosa hai realizzato in questi anni? Prima che Tommaso riprende a parlare, Cristina: - io verrò, verrò con te in Australia o dovunque vorrai, non ho paura perché so che tu ci ami e ci proteggerai, non voglio che tu rinunci a quanto hai costruito, e poi … in lacrime, ciò che è indispensabile lo abbiamo … ti amo e tu mi ami … soltanto questo è quello che conta! Patrizia: - beh, se fossimo stati più giovani … ma così, adesso … e tu … Giuse' che ne pensi? Giuseppe: - penso che hai ragione … è meglio se … vabeh lasciamo perdere!

Le parole di Cristina furono come una doccia fredda e rimasero in silenzio guardandosi negli occhi. Al che Tommaso, che aveva accolto con molto piacere la decisione della moglie, dopo un sospiro di sollievo, guardando negli occhi Giuseppe Patrizia e sua zia disse: - Nel nuovo continente c'è posto anche per voi, se volete trasferirvi mi farà immensamente piacere e questo vale anche per te zia, là sono un uomo facoltoso e non vi farei mancare niente, comprerei una casa a ciascuno di voi e tutto quanto vi potrebbe necessitare. Patrizia: - io penso che siamo già in un'età in cui non ci possiamo permettere ancora dei cambiamenti, prima il fascismo poi la guerra, la seconda, e tutte queste ultime novità che sono successe, penso che ciò vale anche per mio marito vero Giuseppe? per voi è diverso, voi siete giovani e avete la forza e l'entusiasmo, mentre noi …, al che Giuseppe guardando la moglie con rammarico: - già, noi, Giovanna: - ci dispiacerà, certo, vedervi partire, queste cose si possono fare solo da giovani e noi non lo siamo più, vi abbiamo cresciuti custoditi ed educati secondo una buona coscienza e ora che siete grandi siete solidi e le spalle forti, il mondo vi appartiene, per noi il mondo adesso è Casavatore. Paolo: - papà anch'io voglio venire con te in Astrualia perché non voglio più che tu stai lontano da me, corre piangendo tra le braccia del padre che, lo prende sulle ginocchia e abbracciandolo e carezzandolo lo tiene teneramente a sé, tra Tommaso e Paolo come era prevedibile si era definitivamente rotto il ghiaccio. Tommaso raccontò, tra la curiosità e lo stupore di tutti, le sue vicissitudini e come dalla Spagna era capitato in Australia.

Tommaso, Cristina e Paolo vanno a dormire a casa della zia mentre quest'ultima rimane a casa dei suoceri del nipote, Giuseppe non chiuse occhio, si voltava e si rivoltava nel letto, pensava alla sua "bambina", nella sua mente si affacciavano i ricordi dell'infanzia, quando la teneva teneramente in braccio e la coccolava, o grandicella giocavano spesso insieme a nascondino, come la fanciulla si gettava tra le sue braccia quando rincasava la sera e come la dondolava sulle sue ginocchia; si alzava e si coricava, andava in cucina a bere un bicchiere d'acqua poi in bagno e rimane seduto sul letto. Patrizia, anche lei sveglia ma silenziosa stando coricata: - Giuseppe che hai? – vedi, è che non mi riesce proprio di dormire, sono ossessionato dal fatto che la nostra bambina andrà via e chi sa se la rivedremo più. – Secondo te per me non è lo stesso? i figli sono così, ci appartengono finché sono piccoli ma poi pouf, è la legge della vita, anche Gennarino il figlio di Roberta l'anno scorso si è fatto le valigie e all'improvviso è partito per l'America e la madre, che è pure vedova, è rimasta completamente sola, la cosa importante è che tua figlia avrà una vita felice insieme a Tommaso, tuo genero tu lo conosci bene e lo hai trattato come un figlio, è un uomo a posto, ora mettiti l'anima in pace e cerchiamo di dormire. Patrizia allunga la mano sulla spalla di Giuseppe che si corica, gli carezza le guance e nel buio della notte si accorge che piangeva, gli si avvicina lo abbraccia e lo bacia tenendosi incollata a lui e pian piano riescono entrambi a prendere sonno, anche per zia Giovanna ugualmente preoccupata, è difficile prendere sonno anche per l'andirivieni del padre di Cristina.

Il giorno seguente Cristina e Tommaso con Paolo vanno a fare visita ad Angelica e suo padre e davanti al portone lei prima di bussare: - ti ricordi di questo posto? – Certo, come potrei dimenticare quel tuo primo bacio, meno male che avesti quel coraggio e ... quella determinazione se no chi sa se ... e chi se lo scorda più? Proprio allora il barone apre per uscire: Oh che bella sorpresa, la famiglia Liguori a completo, che meraviglia, che Dio vi benedica, poi con una stretta di mano ed un abbraccio di benvenuto verso Tommaso e dopo verso Paolo: giovanotto come sei bello stamattina e sei ancora più bello insieme a mamma e papà! il fanciullo, davanti a quella figura austera arrossisce e abbassando lo sguardo: - buongiorno signor barone. E questi abbassatosi baciandolo sulla fronte: - buongiorno giovinotto! Infine alzatosi: - entrate su, non avete cero bisogno che vi faccio strada, Angelica l'ho vista che stavan in salotto, mi pare che devo avere delle caramelle nel cofanetto sul tavolino di sopra, giovanotto a te piacciono le caramelle vero? Tommaso prendendo per la mano: - certo! Seguendo il barone passarono l'ampio cortile attraverso le quattro querce da dove si udiva cinguettare, le rondini giunte dal loro migrare giravano in tondo, poi, raccogliendo qua e là man mano prendevano forma i loro nidi sotto la grondaia, arrivati al salottino di sopra Angelica, incuriosita dall'insolito vocio, si avvicina e vedendoli venire presso di lei: - che gioia, Cristina, poi avvicinatasi: - Tommaso, finalmente, so quanto avete sofferto ... finalmente! E il gruppetto si accomodò e Tommaso nel sedersi:

Il barone sedutosi accanto sul divano soggiunge: - la lontananza può spegnere o accendere i sentimenti così come il vento fa con i fuochi piccoli e quelli grandi! prendendo dal cofanetto sul tavolino due caramelle: - Paolo, ecco vedi? Il fanciullo, dopo uno sguardo alla madre e al papà come per dire posso e avutone consenso, non si fa pregare più di tanto e sorridendo le prende di cui una va provvisoriamente in tasca, l'altra la scartoccia con cura e pian piano la mette in bocca succhiandola a lungo prima di consumarla del tutto. Angelica: - preferite un caffè o un succo di frutta, e tu papà che preferisci? Cristina: - Tommaso, che preferisci? – beh, un bel caffè napoletano. Mentre la baronessina va a preparare, il barone: - Allora! tutti questi anni? – beh, risponde Tommaso: - essere qui mi sembra di sognare, quante ne ho viste di brutte. Senza scendere in particolari cruenti racconta le sue traversie e come alla fine si è trovato proprio nel nuovo continente, mentre Paolo ascolta con attenzione, infine: - ecco qua, se sono vivo e adesso mi trovo in mezzo a voi è stata opera della divina provvidenza. Al che il barone: certo, lo immagino, comunque non sei stato il solo ... troppe tragedie in questi ultimi anni, che in molte famiglie anche tra le pareti domestiche, la cosa importante è che adesso, ora insomma, si sta aggiustando ogni cosa, non è stato facile, è importante che anche nelle disavventure riuscire a prendere la decisione giusta, a volte non bisogna applicarsi e nemmeno tentare con un perché, chi sa quanto avrai sofferto tuttavia son ben contento che sei qui con la tua famiglia, però ... non dimenticare nulla di quanto hai sofferto e nemmeno quando hai gioito, anche se il passato non c'è più ci sono i suoi fantasmi che vengono, quelli che fanno parte del proprio vissuto, anche quelli connessi ai più bei ricordi nonostante ci possono fare soltanto del male se restiamo a rimuginarli spesso. Il barone, nel suo incessante dolore di non avere più la moglie ed il figlio, ha toccato il tasto della sua memoria dove rievocandoli sa di fare solo del male a sé stesso, anche se a ricordarli ne trova conforto nella solitudine, adesso no bisogna condividere la gioia dei suoi ospiti e con fatica riesce a malapena a trattenere le lacrime, mentre Paolo succhiando la sua caramella: - signor barone posso avere un'altra caramella, sono proprio saporite, sa! le vostre caramelle, il barone sorridendogli compiaciuto: oh che bravo, ti piacciono le mie caramelle, ne vogliamo dare una anche al tuo papà ... in Australia ce ne saranno di così saporite? Paolo: - papà, in Astrualia ci sono le caramelle? Tommaso: - beh, chi lo sa, Cristina: - allora dobbiamo proprio andarci e vedere poi, ora che hai imparato a leggere e scrivere, spediamo una bella lettera al signor barone e glielo diciamo, Paolo scartocciando un'altra caramella: - sì, sì mi piace così ... gli scrivo: carissimo signor barone ... Tommaso: - le vostre caramelle sono le più buone, Paolo sorridendo con un po' d'imbarazzo si stringe attorno alle gambe di Tommaso, nel frattempo ritorna Angelica spingendo un carrello con tazzine e la caffettiera con il caffè bollente e mentre lo distribuisce il barone: - vi voglio raccontare una storiella, ascoltate: - lungo una stradina sterrata di campagna, di quelle che presentano a destra e a sinistra il solco della carreggiata, un asino che trasportava un carro carico di sacchi di farina, mentre procedeva vede che, in una delle due carreggiate, dove deve passare la ruota si era incastrata una rana, nonostante si dimenasse non riusciva a liberarsi, l'asino secondo il suo itinerario l'avrebbe sicuramente schiacciata, quando col carro stava quasi addosso alla piccola bestiola fa uno sforzo enorme per deviare le ruote facendole deviare sobbalzando tutto il carro compreso il conducente mezzo addormentato, che svegliandosi infastidito gli sferra una frustata, come risultato le due ruote fuoriescono dalle carreggiate quel tanto da evitare di schiacciare la rana; cosa voglio dire? viviamo in maniera convenzionale dicendoci spesso che è meglio farsi i fatti propri, ma è proprio questo modo di vivere, la nostra noncuranza e la nostra mancanza di sensibilità che a volte schiaccia i più deboli, quelli cioè che vivono incastrati nel sistema, abbiamo dovuto sopportare una guerra tremenda dove pochi hanno saputo reagire alla drammaticità di questo tragico stralcio di storia, molti purtroppo non lo potranno mai raccontare, a volte bisogna evitare di agire al solito modo e deviare le ruote se vogliamo compiere un atto di giustizia o di solidarietà, tu in Spagna hai sollevato le ruote dalla tua carreggiata, io avrei fatto lo stesso, l'Iddio onnipotente che ti ha sempre protetto chi sa da quante disgrazie ti ha tutelato, non senza che tu facessi la tua parte. Dopo un breve pensarci Tommaso: - chi sa, se ammazzando avrei fatto veramente la cosa giusta, lo sa solo Iddio, adesso che sto fuori, come giustamente avete detto, è meglio evitare di ripensarci, ora voglio stare con la mia famiglia e prendermi cura dei miei affetti più cari. e meraviglia sia quello che raccontava il padre, che quello che diceva il barone. Cristina: - io e Paolo ci traferiremo in Australia con mio marito, Tommaso ha fatto fortuna col suo mestiere di sarto e ora è diventando una persona stimata da tutti anche per il suo carattere, Tommaso: - ho imparato ad apprezzare e stimare la comunità dei Puritani che

mi ha accolto permettendomi di diventare anch'io uno di loro, trovo molto bello il loro modo di vivere anche se non cambierei con un'altra religione.
Dopo circa un mese Tommaso, Cristina e Paolo partono per l'Australia, nel corso del tempo nasceranno altri figli, ogni paio andava a fare visita ai nonni e la zia. Si scrivevano sempre e negli ultimi tempi si telefonavano spesso, la famiglia Liguori si adattò presto nel nuovo ambiente, Tommaso era un buon padre e un buon lavoratore dimostrando doti imprenditoriali tali da ingrandire ancora la sua attività e assicurare alla sua famiglia un benessere economico con la stima di quanti lo conoscono.

FINE PRIMA PARTE

SECONDA PARTE

Luigi Cristiano **OCEANO INQUIETO**
Presentazione:
Intorno agli anni sessanta, in pieno boom economico, in un Vascio di Napoli, una stanza grande all'incirca quattro metri per quattro e alta non più di tre metri dove è raro vedere un raggio di sole, sottoposta al livello stradale fornito di scarichi fognari, all'occorrenza una larga bacinella per l'igiene intima e un bacile tenuto su un poggio di ferro sotto un rubinetto per l'acqua, per cucinare un fornello a gas su una mensola in genere di marmo, vive Andrea Cocozza ciabattino, con la moglie Concetta Colletta e due figli, Mena e Giuseppe. Se non piove o fa freddo si mette col botteghino, uno scatolone di legno grezzo, sull'uscio di basalto di via Speranzella, quartieri Spagnoli, sovrapposta e parallela all'opulenta via Toledo. Più avanti, in una casa lussuosa e ben arredata, vive con la moglie Michele Scamorza, boss della zona e proprietario di quasi tutti i vasci del quartiere. Come negli altri compartimenti urbani poveri della città, si sopravvive sotto la legge non scritta delle "famiglie" che si sono spartite il territorio partenopeo in un fragile patto di non belligeranza, dove la gente, all'atavico potere camorristico "dell'onore", contrappone una capillare solidarietà, il cuore di Napoli, eloquente e silenziosamente accomodante al potere istituzionalizzato. Seduto col grembiule di cuoio davanti al suo botteghino, attrezzato di semmenzelle, spago, aghi, lesina, colla e martello da calzolaio, mediante una sagoma di ghisa tenuta ferma sulle cosce e imbrunito dalla fatica Andrea, nonostante la bravura, ripara scarpe consumate e raramente ne fabbrica a regola d'arte. È impensabile riuscirgli il giusto compenso, da ciò mai mettere da parte un capitale per il sogno di creare una feconda imprenditoria calzaturiera. Nella bella città va avanti pazientemente e prudentemente confidando in san Gennaro e non meno in sant'arrangiati. Nell'angusta abitazione, pendente dal soffitto una lampadina elettrica di poca potenza, tenuta accesa fino quando si va a dormire, sopra un tavolo rudimentale con quattro sedie di legno impagliate, una cristalliera, un letto matrimoniale e un altro di una piazza e mezza dove dormono i ragazzi, infine, in un angolo delimitato da una tenda, il vaso del bagno. Sopra la porta d'ingresso un lucernario con sportelli spalancati tutto il giorno per un po' d'aria e luce. Concetta si da fare per tenere tutto nella massima pulizia ciò nonostante le dell'unica stanza avrebbero bisogno di una pitturata. Ho tentato di cogliere la profondità dei sentimenti della gente semplice, con la speranza di mettere a nudo quella realtà, che superando i limiti di una misera quotidianità, possa giungere intatta nel cuore del lettore.

Capitolo 20 – La famiglia Cocozza

È l'aurora, a tratti si sente russare, qualcuno si rigira nel letto, Andrea sta sognando i suoi genitori: - Andrea, Andrea siamo papà e mammà, ha un sussulto: - Papà! Mammà! Quanto siete belli! – sentici bene, cinque, undici e quarantadue! – ma dove state? - al porto di Bari e dobbiamo tornare subito in paradiso, mi raccomando non te li dimenticare, cinque undici e quarantadue, il giorno che siamo morti sotto i bombardamenti. – non ve ne andate ... state bene? – Si ..! ma adesso passeremo un brutto quarto d'ora ... perciò giocali, cinque undici e quarantadue. Andrea si sveglia di soprassalto con le lacrime agli occhi, si alza e scrive i numeri su un pezzo di carta proponendosi, per scaramanzia, di non dire nulla, e giocarli sulla ruota di Bari per tre settimane di seguito, così come è la credenza popolare.

Due settimane dopo alle dieci del mattino, per colazione la zuppa di latte e orzo, manca il caffè; Concetta sbuccia due patate: - Peppe mi vai e comprare delle altre, prendi pure un osso di ginocchio per il brodo, - sempre io a fare la spesa? E Andrea, alzatosi in piedi volteggiando in mano un una scarpa da riparare: - su a papà ... renditi utile ... nel frattempo può essere che lo troviamo un posto, - e va bene! Peppe esce con pochi spiccioli, mentre il padre: - Cunce' come si deve fare ... ha le sue buone ragioni, ventiquattro anni suonati e non ancora fatica! Al che Filomena ancora sdraiata sul letto: - ha le sue buone ragioni? ... secondo te, il mio è un lavoro, o ti fossi rassegnato? – ma come parli Filume'?!.... Interviene Concetta: - guarda che tuo padre non voleva dire quello che stai pensando! – già ... la figlia che fa la puttana! – figlia mia bella a mammà ... lo sai ... se facciamo tanto per ribellarci sei tu che ci rimetti ... flipp e panaro ...! (sei tu che ci rimetti di più) Michele Scamorza non scherza, ti fanno una grandissima paliata e poi? Al che Andrea: - e a chi lo vai a dire ... ai carabinieri? Quelli vengono ...e nessuno parla, e se ti trovano morta straziata di botte, le fanno le indagini ... ma nessuno parla! E Mena: - non ce la faccio più ... una vita schifosa ... e mo' un zozzone che ha pure la moglie e si vuole divertire ... e mo' giovinastri che ti vogliono montare a turno come fossi una vacca ... manco a sperarlo che qualcuno avesse pietà di me ... neanche ce l'hanno il cuore, uno di questi giorni mi butto dal ponte della Sanità ... così Michele Scamorza la finisce di fare il guappo con la famiglia Cocozza ...., Mena si asciuga le lacrime e si soffia il naso tenendo il fazzoletto appoggiato sulla guancia.

Bussano alla porta, la signora postina: – Andrea Cocozza? – Si! ah siete voi? Signora Giovannina entrate, prego accomodatevi! L'impiegata, uniforme nera, scendendo il gradino di ingresso: – una raccomandata e un vaglia postale, mi dovete mettere due firme, – che firme!?, replica preoccupato il ciabattino: - ... e chi lo manda? – sul mittente c'è scritto ... Pasquale Cocozza, – .... e quello è mio fratello ...! Sta in America, datemi qua, datemi qua ...firmo subito! – firmate qui e qua, in questi rettangolini, Andrea e la postina si salutano. Concetta: - che cos'è sta novità? Il marito con molta delicatezza: – un momento solo, adesso io apro la busta e ... e poi vediamo, tirato via il foglio legge con difficoltà: – Ca .. carissimo fratello mio Andrea, con questa mia, spaesato alza lo sguardo: - ... con questa mia ...? Mia che? E Mena – come mia che!? La lettera che tieni in mano no? – ah ...! Questo che sta scritto? Continuando la lettura: - con questa mia ti faccio ... sa sapere che ... sto bene come puu ... re ... mi auguro di te, ti voglio infornare ... infornare? – papà leggi bene, vedi ... sta scritto informare! – hai ragione ... informare che tra ... tra qualche tempo ... di preciso non so quando ... vengo a Napoli, alzando gli occhi verso l'uscio come per vedere arrivare il fratello da un momento all'altro: - Cunce' mio fratello viene qui ... ci viene a trovare! – Uh sì ... e come mai? – Papà continua, replica Mena, - sì sì continuo...ti ti vengo a trovare e così stiamo ... un poco insieme ..., Un poco insieme? – Cunce' stiamo insieme! – ... come lo sistemiamo...? Non ci entriamo neppure noi!? – fammi continuare, la lettera non l'ho finita di leggere! – siccome so che non te la passi troppo bene alloggerò in albergo..., Lo vedi? – non ci dobbiamo preoccupare ... mio fratello alloggia in albergo! E Concetta: - c'è scritto altro!? – si si ... continua! Eh ... dopo tanto tempo ... per forza mi deve scrivere una lettera lunga lunga! - Papà allora? – ecco qua ... ora continuo ... per questo motivo ti ho spedito un vaglia postale con cen ... cento ... tomila lire che potrai ... ue mamma mia! Andrea ha un leggero capogiro e deve sedersi, agitando in aria la mano con la lettera tra le dita e ingoiando la saliva: - Cunce' ... Pasquale ci manda centomila lire ... tramite la posta! – centomila lire!? – Si Cunce' hai sentito bene! Preso immantinente dalla tasca del pantalone il fazzoletto per asciugare la fronte: - mio fratello ... centomila lire ... Pasquale ... quanto mi vuoi bene!! ..., con un ghigno di rammarico per non poterlo ospitare: - va in albergo ... va bene? E Andrea sorridendo: - un momento, aspettate ...! La lettera non finisce qua ...! Quando verrò ti porto altri soldi, ti abbraccio, firmato tuo carissimo fratello ..., alzando lo sguardo al cielo come aver ricevuto una benedizione: - Pasquale! Andrea sprofondato sulla sedia a fatica mette la lettera sul tavolo, una lacrima che gli riga la guancia, la moglie di rincalzo: - il vaglia ... vediamo il vaglia, - si papà vediamo cosa c'è nel vaglia. Andrea con religiosa attenzione apre e legge: - centomila lire pagabili al signor Cocozza Andrea, il mio nome ... qui veramente c'è scritto il mio nome ... e centomila lire ... come nella lettera! Andrea bacia la busta del vaglia, e Mena: – papà che fortuna, zio Pasquale ci manda centomila lire, allora vuol dire che non dovrò più andare a fare la vita? – fosse il cielo bella a mammà ... quel delinquente chi lo ripara! Torna Peppe molto arrabbiato: - mammà, certe figuracce di mme... non me le fare fare più, - ma perché ch'è successo? – lo so io ...! Ignazio per poco non mi buttava fuori dalla macelleria ... dici a tuo padre che senza le castagne non si fanno le allesse (castagne lesse) ... che saldasse prima il vecchio conto se no niente più credito, papà hanno sentito tutti ... e o' verdummaro! (fruttivendolo) ... la stessa figuraccia ... zimpero e caprett stessa bullett (agnello e capretto stessa bolletta, per dire mi hanno

trattato entrambi uno schifo)! – sient' a me bell'a papà ... leggi tu stesso ... è arrivata stamattina, è di tuo zio Pasquale ..., e non ti voglio rovinare la sorpresa! Peppe dopo aver letto con molta apprensione la lettera ed il vaglia: - niente di meno ... ma no ...! Mamma mia che cosa bella ... mo' sì che posso camminare a testa alta!
Andrea togliendosi il pesante grembiule sta per uscire, quando senza bussare entra Michele Scamorza. Il boss che si è fatto strada nel quartiere con la violenza, avvalendosi di complici fidati ed il beneplacito della "famiglia" che comanda, alla quale va una fetta dei loschi proventi. A sentirsi ossequiato e rispettato si ritiene un benefattore, ma per prudenza è porta la pistola; grossi baffi neri brizzolati su un faccione roseo, fisico robusto, bombetta nera, giacca a quadroni beige aderente e un po' corta, camicia bianca e cravatta rosa pallido sopra il pantalone marrone. Scendendo lo scalino con in evidenza le scarpe lucide si gira intorno: - figliò (ragazzina) ancora qua ...? E mo' ... quattro schiaffi di prima mattina? - Scusate don Miche', replica Mena, sto andando ... ah! tengo solo due preservativi ... - eccoti qua altri dodici e fanno quattordici, sbrigati che il tempo è denaro! Mena pone nella sua borsetta: - va bene, come volete! Esce e va all'angolo tra via Toledo e vicolo di san Sepolcro, in un angolo Peppe è seduto in silenzio.
Rabbonitosi il boss mette la bombetta sul tavolo e si siede: – donna Conce' che fate per pranzo? – patate bollite, – e poi? – e poi ...? E poi basta, l'acqua è poca e la papera non galleggia, – se vi servisse un aiuto ... con un piccolo interesse, E Andrea: - si capisce! Un prestito è un prestito ... dobbiamo restituire! – io mi prendo il cinquanta per cento ... - cinquanta per cento? – a voi di meno ... l'interesse ...? Una sciocchezza! Con un sorriso palesemente falso: - su di me potete sempre contare ... gli amici a che servono? Andrea prima mormora tra sé: - chi t'è muort" ..., e dopo: - don Miche' grazie ci penseremo, – a disposizione ... mo' che tengo da fare! Si rimette il cappello e se ne va.
Assicuratosi prima che è veramente andato, Andrea con occhi sgranati: – ma hai capito Cunce'...! Quello si succhia il sangue della gente e ... e a sta povera figlia nosta? ... a mala pena per tirare avanti e si pappa la fetta grossa, sputando verso l'uscio, ppfuu guappo maledetto ...! Meglio se non ci penso se no mi faccio o' sang amar! (il sangue amaro) ... Cunce' ... mi metto la giacchetta e vado alla posta, - hai preso la carta di identità? – Uh! Meno male ... mi stavo scordando ... quella ci vuole! Apre il cassetto della cristalliera, prende il documento e lo infila nel portafoglio – Andre' vedi fosse scaduta? Apre il portafoglio e controlla: - no Cunce', tutto a posto, allora io vado! – e quando scade ... l'hai visto bene? – si ... si il diciotto marzo 63', tra quasi tre anni, - meglio se ti porti tuo figlio ...! È meglio ... essere accorti! Ti pare? – invece è meglio se vado da solo, con questi stracci addosso chi mi nota che porto dei soldi? – senti un po' ... compra mezzo chilo di carne, fatti dare la scorzetta, però non andare da Ignazio ... quello me lo aggarbo io, mezzo chilo di spaghetti, i pelati e due misurini di olio ...

vergine mi raccomando, - e già ... le olive fanno le zoccole!? – e va bene ... olio d'oliva extravergine ... hai sempre voglia di scherzare ... ah o' pane!, la lattuga due limoni e se ti fa piacere una bottiglia di vino rosso di Gragnano ..., Andrea facendo mente locale e riflettendo: - Peppi' ... sient' bell'a papà ... accompagnami ... mi dai una mano! Ma aspetta un momento ... e se la gente mi vede tornare con quel ben di Dio si viene a sapere, e che facciamo? Zittu zittu miez o' mercato? (zitti zitti in mezzo al mercato), Concetta: - allora passaci tu dal fruttaiolo e anche da Ignazio, salda i debiti e se ti domandano ... un terno ... o meglio l'ambo? Prima, però, passa dal bancolotto e vedi che numeri sono usciti, Andrea si siede e con la mano sulla fronte dice tra sé: - a proposito di bancolotto! Poi resta muto, - Andre' che ti succede, ti senti bene? – Si! Si ... una frusciata di giramento di testa, quel pappone mi ha fatto arrovigliare (aggrovigliare) i nervi ... non è niente ... sto meglio, alzatosi risoluto: - Peppi' andiamo su! – si papà ... mi faccio una sciacquata di faccia e vengo! Andrea esce insieme al figlio con una larga borsa di canapa tenuta piegata sotto al braccio!

Capitolo 21 – La rivincita di Andrea

Col vaglia nella tasca ben abbottonata posteriore del pantalone, percorrono via Speranzella uscendo su via Toledo, qui Mena fanno finta di non vederla. Tra negozi di ogni genere, bancarelle sui marciapiedi, avventori e una lenta fila di auto in movimento, l'aria, che odora di gas di scarico, arriva ai panni stesi alle ringhiere dei palazzi dirimpettai. Venditori ambulanti si avvicinano e, con insistenza, offrono calzini e fazzoletti di carta, o accessori per la pulizia della casa e accendini. Davanti ad una pizzeria, col quadro del Vesuvio che fuma, uno li invita a prendere una pizza. Più avanti alcune donne sedute davanti ad un cassone, una sta allattando, che vendono sigarette americane di contrabbando, danno l'impressione di regalarle. Una sirena d'autoambulanza sull'arteria principale cerca di giungere al pronto soccorso dei Pellegrini, da piazza Dante fino a piazza Trieste e Trento auto, bus e filobus. Pedoni attraversano col rischio dei motorini che sfrecciano come saette. Padre e figlio girano a sinistra per via Monteoliveto passando davanti ai carabinieri della caserma Pastrengo, sede del comando provinciale, più avanti verso piazza Municipio, salendo una lunga scalinata adiacente alla sede dello smistamento della corrispondenza, arrivano in piazza Matteotti tra un dedalo di macchine in sosta gestite da due parcheggiatori abusivi, di lato la sede della Posta Centrale, di fronte il palazzo bianco della Questura e giù a sinistra, i magazzini UPIM. Dopo una coda di mezz'ora finalmente allo sportello: alla riscossione metà in diecimila ed il resto in spicci e banconote di piccolo taglio.
Ritornando fa un giro largo per vedere dal bancolotto i numeri vincenti dell'ultima estrazione, approfittando per fare un'altra giocata su quelli sognati. Dal fruttivendolo assieme a Peppe tiene diverse banconote in evidenza: - don Vince', ditemi quanto dovete avere del vecchio conto, però fatemi la cortesia … di non trattare mai più male a mio figlio, - don Andre' … mi dovete scusare se stavo un poco nervoso, - al vecchio conto aggiungete un fascio di lattuga, mezzo chilo di pummarole, un chilo di annurche (mele) e uno di patate, - va bene, Vincenzo che ha notato la fascetta delle mille lire: - subito a servirvi, prende tutto lo pesa e: - trecentocinquanta lire … più duemila del vecchio conto fanno …, e Andrea: - ma scherziamo … i soldi li stampo? Aggiustatevi un poco! – don Andre' … che mi devo aggiustare, sto dalle tre e mezza … vai al mercato generale, piglia, porta e sistema … a parte quello che ci spendo … scherziamo? Comunque … però a nessuno lo dovete dire … facciamo duemila e duecento e non se ne parla più … pure io tengo una famiglia! – E va bene! però ricordatevi … il signor Cocozza onora sempre i suoi impegni, scusate se avete aspettato qualche giorno … prendete i vostri soldi con tanti ringraziamenti … mi raccomando di salutare, da parte mia … con rispetto naturalmente … la vostra gentile consorte, - vi servirò!
Giunti alla macelleria Andrea, mostrando una mazzetta di mille lire: - don Ignazio vi ho portato le castagne … così potete fare le allesse, poi al suo turno: - per favore quattro

fette di scorzette, mi raccomando di primo taglio ... avete avuto ragione a trattare male mio figlio, i pezzenti è meglio che uno se li toglie di torno ... o no? Il macellaio non se l'aspettava e con gentilezza: - don Andre' ... purtroppo le scorzette sono finite, vi potrei tagliare la natica oppure se lo preferite il retro coscia ... pare il latte! – Peppì che dici? – si si la natica: - don Igna' ... non troppo sottile, se no quando la cuociamo si fa secca, - sentite a me ... fatela alla pizzaiola oppure a cotoletta! Andrea alzando la voce quel tanto da essere sicuro che tutti lo sentono: - Peppì che dici, ci vogliamo mangiare le cotolette? ... - e sì papà! Cosicché il macellaio: - quattro o cinque fette?... – don Igna' dipende ... quant'è grande una fetta, dopo averne mostrata una, - allora facciamone cinque ma però a questo punto pure tre uova fresche ... vi pare don Ingazio? – e come no! la signora che me le porta ... le galline le tiene nel giardino ... sta al corso Vittorio Emanuele e mica ci fa mangiare il mangime ...! Quello che mangia lei, e come le fanno, così me le porta! – se è così datemene almeno sei ... domani mattina ci facciamo un bel zabaglione. – il pan grattato ce l'avete? – eh ... datemelo, non si sa mai! – un mezzo chilo? – e sì ... ma per le uova ... che non si rompono per la strada! – non c'è problema don Andre', ve le avvolgo una per una e dopo tutte assieme nel foglio grande ... state sicuro ...! Vi occorresse l'olio per friggere? E Andrea: - no quello no, preferisco andare alla salumeria Cece ... quella la signora è una persona che merita ... senza offesa don Igna'... non ve la pigliate a male ...! Grazie, quant'è? ... mi raccomando ... non vi scordate il vecchio conto ... – fanno mille e cento lire, e ... più cinquemila! Andrea: - ecco qua ... una buona giornata a voi e tutta la vostra famiglia ... sempre in buona salute ... Peppi' su ... metti nella borsa, saluta il signor Ignazio e andiamo. Il macellaio tra l'imbarazzo e la contentezza dà in un sospiro di sollievo. Infine alla salumeria: - signora Cece buongiorno, come state? – buongiorno don Andre', bene grazie e voi? – non c'è male ... - in cosa posso servirvi ...? – per favore un chilo e mezzo di spaghetti, una palatella di pane, l'olio per friggere e un litro di Gragnano ... quello frizzantino, - Don Andrea avete avuto molto lavoro ultimamente? – perché? – non vi ho mai visto fare una spesa così ... certo a me fa piacere, per carità! Ma non soltanto per me e non è che voglio sapere i fatti vostri ... mi fa piacere! - Signora Maria ... voi siete brava e vi stimo, ho azzeccato un ambo sulla ruota di Napoli, cinquantacinque la musica e settantuno l'uomo da niente, comunque c'è stato il lavoro! – complimenti, mi fa piacere, quanto avete vinto? – beh come vedete abbastanza ...! Si dice il peccato e no il peccatore ... ambo secco ... una specie di fissazione ... non gioco quasi mai, ma mi ronzavano nella testa, però mo' non devo farmi prendere la mano! Nel frattempo la salumiera: - ecco qua ... con una buona salute e salutatemi a Concetta! – grazie donna Maria, ah! dimenticavo, due misurini di olio di oliva extravergine e duecento grammi di romano grattugiato. La signora prepara e consegna, - quanto viene? – subito ... gli spaghetti quelli stanno a cento lire al chilo fanno cento cinquanta, la palatella tre quarti settantacinque, il vino cento dieci, l'olio per friggere, mezzo litro, centocinquanta, in

più il pecorino e l'olio extravergine centotrenta ..., dopo un breve calcolo mentale, - sono seicento quindici lire, beh facciamo cifra tonda, seicento! – seicento? Va bene e ti passa la paura, ecco a voi e buona giornata, vostro figlio Gerardo ... la carriera, tutto a posto? – Insomma, adesso l'hanno trasferito alla capitaneria del porto di Livorno, marinaio semplice, però ... voi lo sapete, quello è di leva, ma se tra otto mesi mette la firma (si rafferma nella carriera) lo aumentano di grado, - e voi che pensate? – non lo so ... ma non penso che firmerà... qui c'è bisogno di lui, mia figlia con mia nipote di appena due anni ... ha dovuto andare per forza ... a Monza ... il marito ha preso il posto nelle poste a Milano, io per ora sono rimasta sola. – Certo vostro marito, buon'anima, non doveva proprio mancare ... così, all'improvviso ... cinquantanove anni ... ancora giovane, che strazio che strazio, speriamo che Gerardo torna ... così tenete un ciato vicino (respiro vicino), di questi tempi specialmente ... e con quello che si sente in giro! – Eh! Non ne parliamo ... sia fatta la volontà di Dio ... che altro possiamo dire? – avete proprio ragione ... il dolore è dolore e nessuno si può fare masto (maestro di sopportazione) ... una volta c'era il vero uomo d'onore che rispettava e si faceva rispettare, oggi, con l'omertà ... chi pensa più a fare la giustizia alla povera gente ...? Ci difende la legge? – che ne parliamo a fare ... che ne parliamo a fare!! – beh signora è sempre un onore parlare con voi, vi saluto e speriamo bene! – Grazie don Andrea salutatemi donna Concetta ... che quella bella madonna vi fa la grazia di sistemare la vostra situazione.... – Signora Maria ma di quale situazione state parlando? – scusate ... una grazia è sempre una grazia! Si riferiva alla situazione di Mena, ma poi si trattiene per non aprire una piaga dolorosa. – ma qui il Padreterno pare proprio che si è scordato di noi, - grazie comunque grazie ... vi servirò!
Ritornati al vascio: - Cunce'! vieni ... ci serve una mano ... finalmente oggi si mangia e ci faremo ciotti ciotti (grassi) ... nu' bello spaghetto, na' cotoletta appron (ciascuno), a 'nzalata (insalata) ... questo è il resto, mi raccomando dove te li metti.... La carne è aumentata? – tu a quando sei rimasto che costava, - beh ... dicevo così ... chi si ricorda ... è una vita che non mi va uno sfilaccio fra i denti, - dammi qua che mo' preparo ... hai preso tutto sì? – Tutto Cunce'... diecimila lire me li appoggio nel mio portafoglio e non le faccio uscire ... però ogni tanto sì ... per farle prendere un poco d'aria ..., Peppe: - ho una fame, e Andrea sedendo al suo banchetto: – tengo il tempo di finire queste scarpe? Bussano, Concetta va ad aprire, è Mariuccia la moglie del macellaio, non sa che Andrea ha già provveduto a saldare col marito: - posso entrare o è tardi? - accomodatevi signora Mariuccia ... in che cosa posso servirvi, proprio a voi don Andre'! – che è successo? – No niente ... niente, - accomodatevi, fate come se state a casa vostra! – pocanzi ho visto come mio marito ha trattato vostro figlio Peppe, so che non ve la passate tanto bene e ... ho pensato di portarvi io qualcosa, - ooooh! Grazie, che pensiero gentile, ma non dovevate disturbarvi! – una cosuccia, sapete com'è se non ci aiutiamo tra di noi ... avrei pure queste paia di scarpe di mio marito ... una mano

lava l'altra, – signora spiegatevi meglio, che volete dire? – beh ... voi mi aggiustate le scarpe ed io in cambio vi do l'osso di ginocchio, - signora Mariuccia per favore ... troppo disturbo, poi mostrando la spesa: - vedete il pacchetto con la carne ...? Proprio adesso vengo da Ignazio ... a vostro marito l'ho già pagato profumatamente ... il vecchio e il nuovo! – ah, ho capito! A questo punto mi pare inutile che ..., - signora Mariuccia! Non fate così ... io vi ringrazio ... fatemi vedere le scarpe. Il ciabattino le esamina: - I tacchi e la suola sono consumati, facciamo in tutto mille lire, cinquecento per le suole e cinquecento per i tacchi, e vi ho trattato! – non vi pare che sia troppo? – signora mia ...! Solo il materiale che devo comprare ... e ci vuole ... per lo meno, mezza giornata di lavoro ...? Meno non posso, ma vi conviene ...! Ci vale la pena ... le scarpe diventano nuove. – e va bene! Quando vengo a ritirarle vi pago, - mi dispiace ... lo sapete ... la regola è in anticipo, in questo mestiere è così, non è per voi, ma se uno porta le scarpe ad aggiustare e poi non viene più a ritirare ... io che me ne faccio? Ci perdo tierzo e capitale ... non è il caso vostro, ma così si fa! – E va bene! Eccovi le mille lire. La moglie del macellaio ha notato che Concetta sta sulle sue: - Donna Cunce' vi vedo strana, per caso ce l'avete con me? – Donna Mariuccia! In tutta franchezza, vostro marito non si doveva permettere di trattare male mio figlio ... davanti alla gente poi! – signora Concetta calmatevi per favore, per tanto tempo vi abbiamo fatto credito e adesso ... ho capito che avete pagato ... ma adesso ... perché vi fate venire tutta questa foia!? (ira) ... perché non ve la fate venire con ... lo sapete con chi! Andrea che annuisce trattarsi di Mena, e interviene per calmare gli animi: – vi prego ...! Signora Mariuccia qui ... ci vogliono le suole i tacchi ...? E non diciamo più niente, pure tu Cunce' ... per favore ... i guai nostri piangiamoceli da soli, – e va bene scusate ... quand'è che sono pronte? – domani intorno a mezzogiorno, - Però vi voglio dire che mio marito vi ha fatto sempre credito! – e stamattina sono andato apposta io per ringraziarlo, – Don Andre' non vi date pensieri, i soldi ve li ho dati e ... amici come prima, mi dispiace ... donna Concetta scusate e buon appetito. E Concetta: - Signora Mariuccia le cose è meglio dirsele, ora mi è passata ... pure a me ...! Amici come prima ... non vi scordate l'osso, - E va bene ... allora di nuovo, - Arrivederci, e Andrea: - salutateci a don Ignazio, - vi servirò!

La signora per la strada parla con alcune comari lamentandosi del modo in cui è stata trattata, poi la curiosità si sposta sulla vincita al lotto, il ciabattino non aveva mai fatto una spesa così! – "don Andrea ha azzeccato un ambo secco!" – fu la voce che si diffuse, infine questa conclusione rimane a lungo, non solo l'avevano visto uscire dal bancolotto, ma spendeva come mai prima.

Peppe rivolto alla madre: – questa signora Mariuccia s'è imparata bene come si campa, con le ossa del marito ... che si buttano nei rifiuti, voleva approfittare! Andrea: – giovane mio così va la vita, quanto più sei scamazzato (schiacciato) più ti scamazzano ... fosse niente, e i bocconi amari ... e le umiliazioni ...! Che sei costretto a ingoiare!

Perciò se trovi un lavoro ... una cosa qualsiasi, basta che fatichi, prima non staresti sulle mie spalle, secondo potresti avere qualche soldo per te, terzo ti guadagneresti il rispetto della gente, - papà, comunque, adesso che teniamo questi soldi ..., Concetta: - mi raccomando, non lo facciamo capire alla gente, la spesa si va a fare ... ma più lontano, fuori quartiere ... e mo' quando si apparecchia la tavola, mi raccomando, chiudiamo pure gli scuri. – per favore non mi parlare più del lavoro, io mi sto impegnando ma ... niente! Mentre la madre cucina i pomodori, Andrea: - Peppi' tuo padre non vuole farti pigliare collera, - però ci riesci! – è vero ... non ti offendere ... a me mi dispiace vederti così ... senza far niente, i soldi mica durano per sempre! – tu ..., mi devi mantenere! – E non ti sto mantenendo ...? E Concetta a Peppe: - per piacere cerchiamo adesso di non farci andare di traverso il mangiare, e poi ... nella lettera stava scritto che tuo zio ci manderà altri soldi, ... e godiamocela sta provvidenza ... po' a bon' e Dio. Andrea: - Già! Mo' finiamola e vediamo veramente di non farcelo andare di traverso, – papà, ti voglio dire solo un'altra cosa, e poi la finisco ... lo sai che appena sanno che sei dei "Quartieri" storcinano il naso ....? Non sarebbe meglio emigrare, casomai in America o Canada? – quello mo' mio fratello da lì viene e noi ... ce ne vogliamo andare? – ma qualcosa di soldi ce li abbiamo ...? Zio Pasquale ... come ha fatto quando è partito? Non teneva solo la baligia di cartone legata con lo spago ... quando è andato in America? – ma quello si imbarcò come sguattero ... è successo tanti anni fa, erano altri tempi, i dollari si trovavano per terra! – embè! non lo posso trovare anch'io uno che mi prende come uomo di fatica su una nave diretta ... non so in America? Domani ci vado, - dove vuoi andare? – a farmi una camminata al porto, non si può mai sapere e poi .... Ci sta sempre il resto delle centomila lire! – questa non mi pare una bella trovata ..., gli risponde il padre – si si domani vado al porto! Andrea: – Peppi' tieni da fare in questo momento? – no! – e perché invece non vai al bancolotto e mi giochi questo biglietto ... domani è sabato, c'è l'estrazione ... li metti sulla ruota di Bari. Bussa Carluccio il baccalaiuolo (venditore di baccalà e stocco), – c'è permesso? Bari, ho sentito Bari, qualcuno parte? – Prego entrate! Con un cartoccio sotto braccio Carluccio entrando nota il biglietto coi numeri: - state prendendo l'abitudine ... col bancolotto? La ruota di Bari ... ho sentito bene? – e va bene ... in questo quartiere non si può tenere un segreto ... due settimane fa ho fatto un sogno, per scaramanzia era meglio se non lo dicevo ... ma visto che hanno messo i manifesti ... a voi lo voglio dire ... voi portate fortuna, - e mica tengo lo scartiello? (la gobba), - sentite ... ho sognato i miei genitori, parlando con enfasi: - ... Andeaaa ... Andreaaaa ... una voce che sembrava venire da una caverna, giocati questi nuuumeri – 5, 11 e 42, la data della nostra morte sotto i bombardamenti ... stiamo al porto di Baaari ... ci dobbiamo imbarcaaare per l'aldilà, siamo scappaaati per darteli ... passereeeemo un brutto quarto d'ora ...! Nelle due settimane scorse non sono usciti, ma dicono che si devono giocare per lo meno tre volte per tre settimane di seguito, – ah sì! bisogna

giocarli almeno tre volte! E mo' li giochiamo insieme ... e ci mettiamo pure il 36 e il 49! – e che significano il 36 e 49? – il porto e la nave ... terno, quaterna e cinquina, che dite vi piace? – per rispetto dei morti bisogna giocarli se no quelli che la passano brutta a fare? – allora ... 5 virgola, 11 virgola, 36virgola, 42 e 49 ... cento sul terno, cinquanta sulla quaterna e cinquanta sulla cinquina. E Concetta: - ma dove li prendiamo i soldi ... ci siamo speso quasi tutto! Don Carlu' ... noi mettiamo i numeri e voi i soldi ... duecento lire ce l'avete ...? Chi non imposta gioca apposta, - in tasca tengo duecentocinquanta lire ma mi servono ... se mia moglie sa che ho giocato al bancolotto ... eh ... chi la sente! – ma voi perché siete venuto? – ah sì ...! Questo paio di scarpe ... ci vogliono i tacchi. Andrea le osserva: - pure le suole, la vedete questa spaccatura sotto la pianta? ... se no quando piove vi bagnate i cazettini! – A questo punto preferisco giocarmi i numeri, poi casomai se vinciamo ... altro che scarpe ... mi compro il magazzino di Casucci e Scalera (famoso negozio calzaturiero) – e sì! avete fatto il patto col Padreterno, - sono sicuri ...! Ci sono i morti di mezzo ...! Però a chi se li sogna è difficile, - obbiccann!! ... a ciucciuvetta do' malaugurio!! (ecco qua, la civetta del malaugurio) ... mo' ha detto che sono sicuri! Peppe: - si papà lo so pure io, e se viene zio Salvatore te lo fai dire da lui ... quello non fa il sacrestano? Concetta: - e che c'entra mio fratello? – mammà pensa a quanti morti prepara il funerale, casomai gli diciamo di farci dire una messa ... così il nonno e la nonna non passano nessun brutto quarto d'ora! E Carluccio: - datemi qua cento lire, io metto altre cento ... mo' mi rimetto il pacco sotto al braccio e andiamo a giocare ... ma facciamo presto che il bancolotto alla mezza chiude, e Andrea: - Concetti' qua bisogna giocarli questi numeri ... dammi cento lire, - Perché non prendi quello che ti è rimasto nel portafoglio? – e sì ... così ... - E va bene, eccoti qua cento lire, - Peppi' per favore bello a papà, scrivi 5, 11, 36, 42, 49 e vai a fare questa giocata con don Carluccio ... il biglietto però resta a noi ... - va bene ...? A fiducia? – non vi preoccupate, qua stiamo ... - cento il terno, cinquanta la quaterna e cinquanta la cinquina ... - sulla ruota di Bari ma spicciatevi ... Peppi', al porto ci vai domani! – allora? Il baccalaiuolo vi saluta.
Ma i numeri non uscirono nemmeno in quella terza settimana.

Capitolo 22 – Salvatore Colletta

Si apre la porta di casa Cocozza, entra Salvatore Colletta, sacrestano e fratello di Concetta, con due sacchetti di canapa piene di verdura: - buona giornata, e Concetta: - entra Salvato', - ma già sono entrato! – spiritoso …! Che hai portato? - vengo da Capodichino, togliendosi il copricapo e poggiandolo sul tavolo, sono andato con il parrocchiano a benedire un aereo privato, mentre aspettavo fuori ho visto un campo di cicorie … avevo queste bu …, e Andrea di soppiatto: - e che so' le cicorie? - non conosci la cicoria? E Concetta: - si mangiano e so' saporite … fanno pure bene, - e mi fate finire? E Andrea: - Salvato' su continua! – due borse … e sapete com'è …? Quando esco con don Filippo … che capita spesso, non ci lasciano mai andare via a mani vuote, li ho riempiti di cicorie … una per me e una per te …ah! all'improvviso è venuto un militare vestito da soldato armato, - già … è logico! - col fucile puntato su di me …! Alto là … cosa fate qui? Chi siete? Documenti…ma con una aggressività …! Meno male che a tempo a tempo è venuto don Filippo con il padrone dell'aereo benedetto …, e Concetta: - e che ci faceva don Filippo all'aeroporto? Doveva volare? Facendosi una risatina. Salvatore: - non scherzare … ma guarda questa …! Io mi stavo cacando sotto dalla paura …! Don Filippo … ha spiegato che io sono il sacrestano e che lui aveva benedetto un aereo e così il militare armato se n'è andato … Concetti' per piacere prenditi questa busta … bollite con uno spicchio d'aglio … squisitezza al fegato ed ai Sali minerari! Un po' di pane, un filo d'olio, un pizzico di sale e una spremmuta di limone… e vedi che ti mangi!! E Concetta: - Uh Andre' … ci siamo scordati i limoni …! Salvato' per caso non me lo potresti comprare tu, poi ti do i soldi, … a proposito, mio marito si è sognato dei numeri … glieli ha dati il padre e la madre buonanima, sono sicuri! – no no! quando uno gioca … è lui che deve pagare in prima persona … i soldi li deve cacciare chi si gioca i numeri, se no … quando escono? – e corriamo questo rischio, può darsi che il Padreterno … veramente li fa uscire! Ma tu non sei un uomo di chiesa…? E, secondo te, non conta? – la devozione non c'entra, se questi poveri morti si sono presi la briga di scappare dal paradiso per dare i numeri a te … vuol dire che solo tu … insomma è per te o no … che ti sono venuti in sogno? – e sì! – e vanno rispettati! … non ti preoccupare … per te … la vincita è sicura …! - … , guardando in su, passasse un angelo e dicess ammen! – Cuncetti' la cicoria te l'ho data …? Ora devo andare … c'è un funerale. E Concetta – e chi è morto? – è una morta …! Te la ricordi a donna Giustina? Aveva quasi cento anni … non usciva più di casa, la morte … va trovando l'occasione …! Ha preso la bronchite e buonanotte ai suonatori … non c'è stato niente da fare, nonostante la penicillina. – uuuh! Quanto mi dispiace …! Quando ero piccola, quando mi vedeva … mi chiamava e mi dava sempre una caramella! E Andrea: - Salvato' … ma è quella che rimase incinta senza che si era sposata? – quel mascalzone … sedotta e abbandonata … la famiglia la cacciò fuori di

casa, vi ricordate? E Andrea – Si si! e come no! La poveretta dovette andare a fare la sguattera ... nessuno che avesse avuto pietà ... noi eravamo piccoli che potevamo fare? E Salvatore: - una grossa fatica per pochi spiccioli ... per causa della fatica assai, perse pure il bambino ... la gente fece i numeri ...! usci il terno! E Andrea – si vede che la ciorta (la fortuna) l'aveva proprio abbandonata ... cento anni eh chi ci arriva? E Concetta: - sta iastemma (bestemmia) a me ...? Gli anni ... pochi ma buoni ...! E Andrea: - come abbiamo preso l'avviata! (con questo destino avverso!) e Concetta: - ma però che peccato ... una brava donna!, e Salvatore –mica siamo eterni, la morte è a chi tocca ... prima o poi tutti ve ne dovete andare, Andrea: - ve ne dovete ...? Tu no? e Concetta: - povera donna ... pure zitella ... nisciuno (nessuno) l'ha voluta più ...! E Salvatore: - il mondo è infame! E Andrea: - già! E Concetta: – ne aveva da raccontare, quante ne avrà viste ... Mussolini, la guerra, i bombardamenti, gli americani, Salvatore: - e quasi quasi ... Garibaldi ...! Il mio dispiacere sono quelle zite bizzoghe (zitelle bigotte) con la puzza sotto al naso ... nemmeno la salutavano ... e mo' ...? Che vi credete ... non stanno al funerale a sbattersi il petto?!! ... comodamente sedute a dire il rosario!? E Concetta: - ha avuto sfortuna ... ma è rimasta onesta ... donna Giustina prega per noi! Si dice che una volta ... a nu' puvurierllo (ad un mendicante) che bussò da lei ... aveva solo un pezzo di pane ... quella lo fece entrare e assettare (sedere) a tavola con lei e lo taglia due parti, - uh puvuriello ... metà e metà!? ... il paane ...! No o' puvuriello che a questo, per la verità, non gli fece assai piacere ... forse si aspettava un piatto caldo ... ma però si mise e se lo mangiò ...! Chi non accetta non merita! E Salvatore: - secondo me donna Giustina al massimo ... più o meno si farà soltanto ... sì e no .... Un anno di purgatorio ... uno sbaglio l'ha fatto ... o no? E Andrea: - e a Michele Scamorza nell'aldilà che cosa gli fanno? Manco a farla apposta si apre la porta ed entra proprio Michele Scamorza, Andrea preso di sorpresa ha un sussulto, alza il gomito come per difendersi temendo che abbia sentito: - Buooooo...ngiorno don Michè ... mi avete fatto paura, poi tra se, mentre ingoia saliva: - meno male .... L'ho proprio scampata bella! Il boss si avvicina lentamente a Salvatore e all'improvviso con la mano gli fa volare via la scazzetta dalla testa (copricapo tipo basco): – davanti a me vi dovete togliere il cappello! Salvatore raccattandolo timoroso: - scusate stavo giusto per ... - il nostro sacrestano! Come sta don Filippo? Quando lo vedete, me lo salutate? Salvatore inchinatosi tenendo la scazzetta attorcigliata tra le mani: - vi.. vi servirò ...! Se permettete ... ora dovrei a ... ndare, - buona giornata e mi raccomando! – la scazzetta ...? No! non me lo metto più! Buona giornata ... buona giornata a tutti! Tra inchini e ossequi Salvatore Colletta se ne va!
Michele Scamorza: - don Andre' ... sono venuto per dirvi di nuovo ... il rispetto soprattutto ... specialmente sul "lavoro" ... per prima cosa la puntualità, e Andrea: - voi la dovete scusare a mia figlia, quella è brava ... e ... non capiterà mai più! – me lo auguro per il suo bene, io me ne vado, ed esce senza salutare. Assicuratosi che sta

lontano: - all'anema e chi t'è muort!
Dopo circa una mezz'ora, cupo in faccia ritorna Salvatore: - appena finito il funerale stavo andando con don Filippo dal fioraio al Ponte di Tappia e ... abbiamo visto Mena ... all'angolo tra la Rinascente ed il vicolo adiacente ... Andre'? A niente a niente tua figlia ... facesse la vita? E Andrea imbarazzato guarda Concetta, infine: - è stata costretta ... da Michele Scamorza ...! L'hai visto tu stesso, con quello c'è poco da scherzare. E Concetta in lacrime: - c'è poco da scherzare ... l'ha costretta! E Salvatore con voce alta: - com'è! Un fiore di quella maniera, una rosa vellutata ...? Concetta sorella mia!! – E che dobbiamo dire Salvato' ... Michele Scamorza è Michele Scamorza! E Andrea: - e se uno non si vuole prendere ... minimo una grande paliata se non di peggio è meglio che..., e Salvatore: - che!!?? Ma cheee ...!? È inconcepibile, e i servizi sociali, i carabinieri, la polizia ... non li avete avvisati? Io mangerei pane e acqua per mettere il migliore avvocato di Napoli! Concetta: - veramente a pane e acqua ci stiamo già ... a volte solo acqua! E Andrea: - siamo incastrati. Concetta: - io mi faccio certi pianti amari!! Dovevamo denunciarlo quel farabutto quando.... Salvatore: - quando che? È mai possibile che ..., e Andrea: - È possibile Salvato' perché quelli che subiscono sono sempre i poveri e i deboli, quel disgraziato ne approfitta e la sfrutta pure. E Salvatore: - ma io mi farei prendere per pazzo, farei pure una sciocchezza! E Andrea – e fallo Salvato' ... ah tu non sapevi niente? O facevi finta? E mo' ...? Salvato' ... so' quattro mesi ...! Non può essere che non lo sapevi ... lo sanno tutto il quartiere ... ti sei trovato co' parrucchiano ... e non hai potuto far finta di non sapere ...! È la figlia di tua sorella, l'infamia viene pure a te ... cosa ti impedisce di ... ti senti così addolorato!! E Salvatore: - e no! no no ... e no!! questo tocca a te..., sei tu il genitore, sei tu che hai per primo la responsabilità! – Salvato' ... non ti nascondere dietro al dito! – ma ... ma come è potuto succedere? E Concetta: - è successo all'improvviso ... Andrea prese il tifo? E don Michele Scamorza, prima ci aiutava con le spese delle medicine e poi disse che si prendeva lui cura della ragazza ... se l'è portata a casa sua ... e dicette "nemmeno la cameriera ... non vi preoccupate .. io e mia moglie non ne abbiamo figli ... sarà come una figlia per noi" ... e da figlia ha finito per fare la puttana ... un pomeriggio se ne torna a casa con un occhio nero e la vesta sporca di sangue ... mia figlia ci andava contenta ... non voleva parlare, dopo un sacco di tempo lo disse ... quel porco aveva abusato di lei, poi picchiata e minacciata di morte ... una morte lenta e atroce se non andava sul marciapiedi ...ecco qua Salvato', - Santo Iddio, vi giuro ... io non ne sapevo niente! E Andrea: - quella sera è venuto con la pistola e ci ha minacciati ... non me scorderò mai ... "per primo vi faccio fuori a Peppe" ... se avessimo fatto una denuncia ... dove scappavamo ... all'inferno? Ci stavamo già!! E Mena ... per forza si è dovuta mettere a fare la vita. – uh Gesù, Gesù! E Andrea: - io stavo malato senza forze, e ci volevano i soldi per le medicine ... e già ci puzzavamo di fame! – Gesù, Gesù!! Tengo una nipote che fa la puttana ...! Che vergogna, che

cosa dirà la gente, stasera voglio parlare con Mena. – perché Salvato' … ma che le vuoi dire? - mi voglio togliere lo sfizio di parlare un poco con mia nipote, - lo sfizio? – - cioè … insomma voglio sapere da lei se le cose stanno veramente così! – e va … vai a fare l'accertamento! – io tengo un amico che fa il maresciallo dei carabinieri a piazza Carità. E Concetta: - sarebbe meglio se non ci vai! – e voi lasciate quella povera figlia in questo fango … non provate vergogna? Ecco qua tutti si lamentano, la camorra, la camorra, abbassa la camorra …! E se vuoi vivere fatti i fatti tuoi e tira a campare. E Concetta: - ma perché Salvato' tu non tiri a campare? Che vorresti fare il guappo di cartone? Lo sai … la polizia nemmeno a parlarne… quelli là … lo sanno subito … se ci siamo andati … è finita! Tu cresci na' figlia … nottate che ci fai medicine che ci vogliono, soldi che non bastano mai … finalmente diventa una bella signorina con la speranza di fare un buon matrimonio … e ci sono parecchi casi così…! Ecco qua … ci siamo abbracciata la croce! Andrea: - Salvato', vediamola da un altro punto di vista, la ragazza fa un'attività e…. Salvatore – e sì! una libera professionista! Ma hai perso il lume della ragione, nu' zozzone qualunque può approfittate di quel fiore di gioventù col rischio di farle prendere una grave malattia, senza contare la reputazione …! E tu la chiami libera professione? Andrea: - no no! usa sempre il preservativo! – ah …! Usa il preservativo, brava! Come farsi fare una visita medica. Andrea - Salvato'!! (agitando la mano), mi volessi fare la morale? Tu fai il sacrestano, a te il mese va e viene, te la fai con la gente per bene …, certe cose non ti sfiorano nemmeno e … scusami la franchezza … tu non hai figli e non lo puoi sapere, perciò la morale valla a fare a quelli come te … ma a noi … se proprio vogliamo continuare a volerci bene … la morale no!! ti rendo conto che ci sono delinquenti … che per una mangiata di maccheroni … non ci mettono niente a lasciarti morto per terra? – mamma mia … ma questo come parla? Mi stai chiedendo di lasciar perdere? mi stai chiedendo troppo … e la gente che penserà? Mamma mia e la gente … - me ne frego di quello che pensa la gente, il sazio non crede al riuno (affamato) … e se piangiessi … è venuto qualcuno … a dire perché piangesso …!!? Salvato'…! O ti mangi questa minestra o ti butti dalla finestra … o saresti capace di affrontare Michele Scamorza faccia a faccia? Ti ho visto come ti sei messo paura … allora continuiamo a starci zitti … come fanno tutti!! E Salvatore: - Ho capito … quando il ciuccio non vuole bere hai voglia di fischiare, Cunce' ti lascio la borsa con le cicorie …, e Andrea: - va bene … le accettiamo volentieri! – arrivederci! Con la scazzetta in una mano e la borsa della verdura nell'altra Salvatore se ne va con la coda fra le gambe. E Andrea: - secondo me … o non ha capito niente o è scemo …! È facile sciacquarsi la bocca … ma come uomo di conseguenza non ce lo vedo proprio …! E Concetta: - Andre' … per favore … non ce la faccio più … basta! Hai capito …? Basta! Ritorna Peppe: - papà ho giocato il biglietto, tieni … la ricevuta e vedi dove te la metti… ma che è successo a zio Salvatore, l'ho incontrato per strada e … mi pareva che manco mi salutasse, è successo qualcosa? Andrea – è

meglio se non ne parliamo! – ho capito ... tutti sono bravi a parlare ..., e Concetta: - hai sentito che ha detto tuo padre? – e va bene ... non ne parliamo!
Dopo circa una mezz'ora entra Mena accompagnata da zio Salvatore, la madre non si accorge subito del fratello: - Ue Mena, sei tornata? Mo' mangiamo ... su aiuta ... Salvato' di nuovo qua?? E Mena: - mi è venuto a prendere ... mi ha detto "andiamo a casa!" ... e io che ne sapevo ... se era successo qualcosa ... speriamo che don Michele non se ne accorge! E Salvatore: - Cunce' ... sorella mia ... sta piccerella ... adda fa una vita dignitosa e onesta come tutte le ragazze per bene e non andare a ..., Andrea lo interrompe: - Salvato' zitto ... ora qua passiamo un guaio nero ... comm'o fieto do' graon (la puzza del carbone)! Salvatore guarda Concetta, poi Andrea, infine Mena e senza aggiungere altro se non: - ho capito tutto! Sit na vranca e miserabili! (siete un gruppo di miserabili), apre la porta e se ne va senza salutare. Andrea: - non lo capisce ... non lo capisce ... se ci fosse una via d'uscita...!! All'improvviso Concetta sbattendo un piatto a terra in mille pezzi: - basta mo' ... madonna mia bella del Carmine ... ma quado finisce questo strazio ... mamma mia mi sento venire meno! Cercando di non cadere per terra si appoggia ad una sedia e accascia, soccorsa subito da Peppe e da Mena, Andrea preso alla sprovvista sgrana gli occhi e resta muto e impietrito. Mena che nel frattempo ha preso sotto al braccio la madre facendola sedere: – mammà ... mammà rispondi ... prendete l'aceto ..., Peppe si mette a cercarlo, si fa un giro avanti e indietro senza trovare niente: - papà non l'ho trovato l'aceto ... vedi tu se riesci a trovarlo! Andrea sta sudando freddo e ancora mezzo stonato si asciuga il sudore tutto tremante, dopo una breve e meticolosa ricerca si avvicina alla moglie e si appoggia con la mano sulla sedia: – si è ripresa ... come stai Cunce'? ...? Peppi' l'aceto non l'abbiamo ...non ci sta!

Capitolo 23 – Paolo e Mena

Paolo Liguori, gli manca poco per la laurea, insieme a sua madre Cristina e le sue sorelle, dalla città di Adelaide in Australia va in Italia a far visita ai nonni Giuseppe e Patrizia e la zia del padre Giovanna Liguori, a Casavatore in provincia di Napoli a nord del capoluogo, il padre Tommaso, per badare alla sua fiorente industria di confezioni sartoriali, questa volta non è partito.
Non è facile programmare e organizzare un così lungo viaggio e nemmeno spesso; rivedersi è sempre una maggiore gioia. Qualche giorno dopo Paolo decide di andare a Napoli per una passeggiata e comprare qualche souvenir, sa bene come muoversi da solo per la città, quando soggiornava in Italia, prima di raggiungere con la mamma il papà nel Nuovissimo Continente, vi andava assieme ai nonni o la zia paterna.
Dal capolinea tramviario di Porta Capuana, adiacente alla Pretura, raggiunge a piedi Corso Umberto Primo o Rettifilo, passando davanti ai Tribunali, una lunga e larga arteria alberata che unisce la stazione ferroviaria di piazza Garibaldi con piazza Municipio, il Maschio Angioino e la Marina del molo Beverello, da dove vanno e vengono i vaporetti per le isole del golfo. Dall'incrocio di via Mezzocannone sale in piazza san Domenico Maggiore, dove si concede una breve sosta con una sfogliatella e un caffè. Andando oltre tra imponenti e blasonati palazzi monumentali borbonici con ampi cortili interni, quasi tutti di pietra grigia basaltica consunta nei secoli dalle intemperie, si incammina lungo la stretta via Benedetto Croce, dove si susseguono bancarelle e piccoli locali zeppi di articoli folcloristici napoletani di ogni genere, eleganti negozi di oreficeria, abbigliamento, una salumeria ben fornita di prodotti alimentari caratteristici, tra cui non manca la pasta di Gragnano, un bar gelateria, un paio di pizzerie e alcune rosticcerie dove si mangia in piedi per strada. Dopo una sosta al complesso monumentale del convento francescano e il chiosco maiolicato con la cattedrale gotica di Santa Chiara, distrutta a causa di un bombardamento degli Alleati e da questi ricostruita uguale, giunge in piazza del Gesù Nuovo, dove la monumentale chiesa barocca dei gesuiti, lo induce ad entrare e soffermarsi tra gli stupendi stucchi, le sculture e le cornici dorate degli affreschi e tele di grandi pittori del medioevo e rinascimento, che con capolavori di immenso valore artistico hanno stupendamente abbellito la chiesa. Dopo la rinfrescata d'arte intende recarsi in Piazza del Plebiscito, per ammirare il palazzo dei re di Napoli e l'incolonnato della basilica reale di san Francesco da Paola. Prosegue quindi sull'opulenta arteria di via Toledo, soffermandosi per curiosare le vetrine, ma nei pressi della Rinascente viene magnetizzato dalla figura esile di una ragazza, ferma sul marciapiedi all'angolo con il vicolo San Sepolcro, senza farsi avvedere di mostrare attenzione le passa accanto, lei a testa bassa fissando il nero selciato, altrettanto nemmeno gli fa caso, facendo capire con espressione sprezzante che esercita il mestiere più antico, gli occhi castani sembrano due rubini luccicanti,

mentre la nera chioma esalta il bianco del viso, è di una rara ma triste bellezza che fa trasalire d'ammirazione il giovane passante, un tonfo sordido al petto forse per la troppa noncuranza subita, è evidente che fosse una prostituta ma sente già di volerle bene: "quanto è bella!" gli sussurra il cuore. Uno scialle grigio, sopra la maglietta rosa smanicata, a mala pena le copre gli avambracci infreddoliti, dalla spalla sinistra pende fino ad una minigonna nera troppo mini, una nera borsetta lucida che scintilla ai raggi di un timido sole primaverile.

Reputandosi una persona per bene vorrebbe subito proseguire, ma, approfittando degli occhiali scuri, continua a guardarla senza far capire di stare a guardarla, prova una grande tenerezza, riuscendo a vedere al di là dei suoi occhi riesce a percepire la grande angoscia, si allontana di circa venti metri poi ritorna sui suoi passi camminando fino ad un metro e passare oltre per guardarla ancora di nascosto Desidera andarle vicino: - su accostati e falle un saluto, che ci perdi, che t'importa!? Chi potrebbe notarti? E anche se fosse? L'emozione gli toglie ogni determinazione, quasi convincendolo di desistere. Quell'esile ed infreddolita ragazza gli lascia smarrimento, combattono il bisogno di cercarla senza una logica e la tentazione di giudicare e condannare, un forte senso di nausea dallo stomaco gli stringe la gola, c'è in lei qualcosa di estremamente importante di cui ha bisogno, cosa sia non sa e non vuol sapere ... una curiosità, la ribellione al suo codice d'onore …. Forse mi sto innamorando? Domanda a sé stesso. Decide di non andare se prima non le ha parlato, se non prima di sentire visivamente l'espressione, il tono o forse semplicemente il suono della voce pronunciare il nome.

Un tizio di mezza età si avvicina alla ragazza, tra passanti ignari e indifferenti un cenno con la testa, lei lo precede su per il vicolo, dopo una ventina di metri apre con la chiave una porta ed entra lasciando l'uscio spalancato, con aria anonima entra anche il cliente. Paolo ha visto e vorrebbe fare qualcosa, ma l'unica che gli riesce è impedire di andarsene via per sempre, è freddo come una statua di ghiaccio, involontariamente la mano destra gli sfiora le labbra viola, la sinistra è penzolone, forse per il vento o forse per l'emozione sente di barcollare e precipitare nel buio, odora il profumo del suo fazzoletto preso istintivamente dalla giacca e asciuga gli occhi umidi.

All'improvviso la rivede di nuovo sulla sua postazione, è da sola, con sguardo indifferente e inespressivo dà un'ultima sistemata a quella gonna corta, si aggiusta i capelli e infine, preso l'astuccio del rossetto dalla borsetta si strofina di rosso le labbra, cerca di raggomitolarsi nello scialle insufficiente a dare calore alle bianche braccia dalla pelle d'oca, prende con l'indice un po' di rossetto per spalmarsi le guance, un'improvvisa folata di vento freddo le fa battere i piedi sul posto. Tranne Paolo nessuno ha notato quella ragazzina non ancora donna che sprezzante e indifferente simula la sua umiliazione. Con coraggio le si avvicina, capisce che deve agire in fretta: – scusate, mi permettete che … - diecimila! Le mani tirano i lembi dello scialle, Al che il giovanotto entrato nel personaggio: - diecimila? Va bene …! Dove …? Io mi chiamo

Paolo e voi? La gentilezza della voce mette Mena sulle sue: - che t'importa ..., - perché che m'importa ...? – a scemo, non farmi perdere tempo ..., ma al suono di quella voce nella mente di Mena qualcosa si scuote, Paolo: - scusatemi ... nessun problema i soldi li ho ..., Mena col solito cenno gli fa capire di venirle appresso nel vicolo, lui si muove con lentezza – su sbrigati! Paolo vorrebbe dire qualcosa di gentile, ma l'intenzione si dissolve come vapore nell'aria, lei si è arroccata in un atteggiamento virile che induce Paolo a domandare: - scusatemi, ma vorrei farvi sapere che ..., questo strano esordio l'incuriosisce, lo fissa mentre i suoi occhi pare luccichino e lui: - mi chiamo Paolo e voi? Mena tra sé: - voi, mi dà il voi? Ma che vuole? Poi gli replica: - che importa come mi chiamo, un nome vale l'altro ... insomma ... ma che vuoi? - che voglio? Parlare ...! Con te! – con me? E che teniamo da dire? Cosicché vuoi soltanto parlare? Non l'ho mai sentita! Raggiunta quella porta del vicolo, si ritrovano in una stanzetta poco illuminata al piano ammezzato, dalle pareti pendono lembi di carta di parato, lei si siede sul letto a due piazze rifatto alla meglio, due comodini e una bacinella: - pagamento anticipato! – va bene ... avete detto diecimila? – non fare il furbo! Paolo estrae due banconote da diecimila lire! Lei lo guarda sorpresa: - vuoi un extra? Fa per togliersi gli indumenti, lui rimane senza spogliarsi, lo guarda da capo a piedi: - non farmi perdere tempo, - io mi chiamo Paolo e voi? – ma è una fissazione ...? Mi chiamo Filomena ... meglio Mena ... ma che t'importa? Nel frattempo è solo con gli slip addosso, Paolo: - no! per favore rivestiti! - si può sapere cosa vuoi da me? – non è mia intenzione fare sesso, - e allora ...? – avete ragione ... soltanto conversare con voi... il tempo che vorrete dedicarmi, però perdonatemi se lo voglio pagare ... ma solo per parlare da buoni amici e basta ... se mi permettete queste sono ventimila ... prendetele ... se occorre ... anche di più – ma allora sei proprio ... - scemo? – no non sono scemo ... in ogni persona c'è sempre del buono! - allora è proprio che ... che strano, solo per parlare? – si! solo per parlarvi, ma ... se occorre anche più di ventimila ... così state tranquilla che non vi faccio perdere il vostro tempo ... altre cinquantamila vanno bene? Lei con stupore alza gli occhi lentamente, lo guardarlo con molta attenzione, ha uno sguardo pulito, entrambi si fissano e continuano a fissarsi, lei si sente disarmata e da ciò lui più determinato affinché l'incontro non si esaurisse in quella topaia, una lacrima riga il volto di Mena, con il fazzoletto Paolo le stende la mano, lei adesso piange davvero, poi un attimo dopo non piange più, col dorso della mano si asciuga le guance e si riveste, con la borsetta stretta a tracolla: - mi vuoi fare la morale....? Per caso non è che sei qui per umiliarmi? riprenditi questi soldi! – No, ti prego, ... perdonami ... non volermene ... ti prego prendili ... almeno per il tempo che mi hai dedicato, - vattene, e non ti permettere mai più di venire, la morale valla a fare ... insomma|! Paolo più che mai sbalordito e concitato: - no ti prego, non è come stai pensando, scusami se ti senti offesa, questo proprio non lo volevo, non voglio assolutamente che pensi così ..., Paolo le tocca delicatamente il mento: - io ti voglio bene ... ti voglio bene da che ti ho vista così ... disarmata e infreddolita! E Mena: - mi vuoi bene? se fosse vero saresti il primo! – è vero credimi ..., vedi ... io vedo davanti a me una persona umana che mi fa tanta tenerezza ... non mento, te lo assicuro e mi dispiace, se per colpa mia ... insomma, lo so che c'è chi ti sta sfruttando, lo sento che hai paura, credimi anche se ... insomma ... il tuo cuore è onesto se no avresti subito approfittato, però non me ne volete se ti chiedo di prendere questi soldi, per cortesia prendetelo questo danaro, è solo per evitare che poi quando dovrete dar conto ... mi dispiace se vi siete offesa ... non volevo! Lasciando le banconote sul letto, senza dire altro Paolo va via chiudendo la porta alle sue spalle. Per non lasciarli alla mercé Mena mette i soldi nella sua borsetta e rimane seduta sul letto, nella sua immaginazione aveva desiderato che qualcuno l'avesse rispettata ... ora capisce e si pente ma non poteva agire in altro modo a causa di quella vergogna mai sopita, una prostituta cosa può sperare! Ritorna alla sua postazione, la testa completamente vuota tra l'indifferenza e lo sprezzo di passanti che vanno e vengono come sempre. Quando riprende la via di casa non riesce a fare a meno di pensare a quell'incontro con crescente tenerezza, senza accorgersi che Paolo la sta seguendo da debita distanza.

Mena apre la porta di casa e scendendo lentamente il gradino saluta i genitori, va in un angolo e nel togliersi la gonna ricorda lo stesso gesto fatto tante volte mentre i suoi clienti la guardavano eccitati, poi davanti a Paolo non è stato così, la vergogna le fa riabbottonare la gonna. Avvicinatasi alla madre l'abbraccia piangendo mentre Concetta le carezza i capelli: - come ti senti, bella a mammà? Mammà ... vaggia dicere na cosa ... (vi devo dire una cosa) è venuto un giovane, nu bellu giovane, senza fare niente è stato su da me ... mi ha dato questi soldi qua ma senza fare niente, - e che voleva? - mi voleva parlare, mi ha domandato come mi chiamo, poi quando ha visto la mia reazione, - perché che reazione hai avuto? Io veramente mi sono messa vergogna perché mi faceva apparire ancora più schifosa, lui però ad un certo punto sapete che mi ha detto? – su dimmi ... non tenermi sulle spine. Mena comincia a piangere e tra i singhiozzi: - mammà ... mi ha detto ... che mi vuole bene e che ... gli facevo tanta tenerezza, mammà mi devo sedere se no cado a terra, io sono una puttana! Concetta tra sé: – vuoi vedere che quella bella Madonna della misericordia ci ha fatto la grazia? Poi rivolgendosi alla ragazza: - figlia mia ... tu non hai nessuna colpa, perché non potrebbe essere che veramente ti vuole bene? che solo perché insomma ... sono sicura ... me lo sento, domani .... Domani ti succederà qualcosa di bello! Lei stringendosi ancora di più alla madre: - mammà ... ma è possibile che pure io gli voglio bene? E Concetta facendole una tenera carezza: - me ne sono accorta se no non staresti piangendo! – mammà ... ti voglio bene pure a te mammà! – certo ... pure a me! E a questo giovane! – però si ce pens buon me pare che nun o' saccio ...! (però se ci penso bene mi pare che non lo so) a te ti voglio tanto bene ... e pure a papà ... a Peppino ma a questo giovane ... mammà ... questi soldi, settantamila lire, prendili tu prima che li scopre quella carogna di Michele Scamorza! – si bella a mammà, li nascondo in un posto sicuro e fai bene se vuoi restituirglieli, - si mammà … li dobbiamo restituire a Paolo! – Paolo …? E chi è? – il giovane … quello che è venuto e ha voluto soltanto parlare … parlare proprio con me … ma tu lo capisci?!

Capitolo 24 – Vita nel Vascio

La mattina seguente Michele Scamorza è di nuovo da Andrea, varcato di prepotenza l'uscio e direttamente a Mena: - allora ... quanto hai fatto ieri? e Mena con tono sottomesso: – ecco qua! centoventimila lire, - ... pochino, per questa volta te la faccio buona ... dammi qua, - tenete don Miche', il boss le conta e poi: - ecco qua ... venti a te e il resto a me ...! – come volete don Miche'! – mo' tu vai subito ... più tardi ... tra poco ... ti porto altri preservativi ... e mi raccomando ... la prossima volta la puntualità! Il boss si gira verso l'uscita e va via, poco dopo anche Mena. E Concetta: - puozz ittà o sang! (che potessi buttare il sangue) ... bocca mia tieni pazienza ... ma di quanta zozzeria e cattiveria è capace! Bussano alla porta: - permesso? Andrea che sta seduto vicino all'uscio: - prego accomodatevi signora Rosa ...! cinque minuti fa se n'è andato vostro marito ... - Si sì! L'ho incontrato, mi pareva contrariato! Mica gli avete fatto qualcosa? E Concetta: – signora mia! vostro marito è persona da fargli qualcosa ...? e Rosa: - e quello si farebbe trattare male ... quello a volte ... per niente ... subito se la piglia ...! talmente lo fanno incazzare ... con tutto il bene che fa! E Andrea – eh certo, vostro marito è proprio una brava persona! E Rosa: – certo, tenete qualcosa da ridire?! E Concetta: – come mai state qua? Rosa: - ho portato a vostro marito le scarpe di mio marito ..., infine rivolgendosi al calzolaio: - mi raccomando, fateci un bel servizio, quello tiene le cipolle! (calli). E Andrea tra sé: - glielo farei io un bel servizio ...! Poi: - signora mia ... e lo dite pure? La signora Rosa mostrando le scrpe: – vedete ... la pelle è ancora buona ... e con la riparazione che ci farete si possono usare ancora bene. Andrea prende prima una scarpa e poi l'altra, giratole e rigiratole tra le mani: - ma ditemi un po'..., Rosa: - che c'è ..., e Andrea: - per caso con queste scarpe avesse ha fatto la campagna di Russia? E Rosa: ma no! ... è andato e tornato parecchie volte da qua fino a Monte Vergine ... tutto a piedi! Andrea: - e mo' capisco ... cammina molto!? E Rosa: - con tutti gli affari che ha da sbrigare ... a casa ... ci torna stanco morto! E Peppe tra sé: - ma non muore mai ...! E Andrea poggiandole accanto al banchetto da lavoro: – ci valgono l'impresa ...! signora ve le faccio uscire nuove ... non appena finisco questi sandali ... e dopo poi subito subito ... le scarpe del pellegrino. E Rosa: scherzate scherzate! E Andrea: - ma perché hanno camminato molto ...! vi faccio vedere che bel servizio! E Concetta tra sé: - ce lo facessi io nu bello servizio! E Rosa: - come si dice ... o' mastro che è mastro la zoccola (ratto) te la fa diventare pollastro ...! Ma ditemi una cosa on Andre' ... avete mai pensato di mettervi un bel calzaturificio? E Andrea: – eeeh ... volete scherzare? ... i soldi ... dove li prendo i soldi ... qua i sorici (topi) si sono fatte le baligie! (valigie). E Rosa: - e mio marito che ci sta a fare? E Concetta – già che ci sta a fare vostro marito? E Rosa: - cosa volete dire? Peppe: - lo sappiamo! E Andrea: - lo sappiamo che siete una famiglia onesta e lavoratrice ... col calzaturificio ci vogliono parecchi soldi ... e se non bastasse .... con la concorrenza che c'è ...! siccome io so fare solo le scarpe per bene rischio il fallimento! E Concetta: - la formica quando vuole morire mette le scelle! (le ali)! E Rosa: - Già, noi siamo gente onesta, e il rischio c'è ... effettivamente! senza offesa alla vostra bravura ...! quanto vi devo dare per le scarpe ...? E ditemi pure quando saranno pronte ... così mando il giovanotto! Col timore di ricevere un rifiuto per il lavoro da fare Andrea: - Signora bella ... qui tra tacchi suole, e mica userei la colla ... una bella cucitura con lo spago tra tomaia e pelle, insomma ... mille lire ... a ... anticipate ... me ... meno non posso! E Rosa – Cunce'... ma che dice vostro marito ...? per carità non vi offendete ... e come siete diventato prezioso! E Concetta: - signora, purtroppo i materiali ...costano! e pure la vita è aumentata e ... oggi come oggi non si capisce niente, se ieri si spendeva una lira ... oggi ce ne vogliono dieci, e Andrea: - dobbiamo ringraziare quelli che stanno al governo! E Peppe: - bell'affare vero?! E Andrea: - va beh ... proprio perché siete voi ... n ... novecento! Rosa prendendo il borsellino dalla borsa: - anticipate? Andrea: – per forza ... è la regola! Rosa: - e va bene, paghiamo anticipato ... ecco qua mille lire, mi dovete dare cento lire di resto, Andrea: - adesso non ce l'ho, va bene quando viene il garzone a ritirare ...? Rosa: - per questa volta d'accorda ... per le scarpe ... ma proprio per non essere venuta a vuoto ... la prossima volta le butto direttamente ... me le compro nuove ... oggi le scarpe nuove stanno a buon mercato ... non costano più come una volta. E Andrea – ma durano ancora meno di una volta, ci camminate giusto Natale e Santo Stefano e vi fate il Capodanno con i piedi pieni di calli, la scarpa buona costa sempre ... "o' signore mangia buono e sparagna" (il signore mangia bene e risparmia) ... sentite a me, che ne vale la pena ... la pelle è buona e, sistemate per bene, fate bella figura e non fanno fare nemmeno più le cipolle ai piedi! La signora Rosa ricordando qualcosa: - a proposito delle cipolle ... ho lasciato il brodo col fuoco acceso, prima che si brucia fammi scappare ..., arrivederci don Andrea, arrivederci donna Concetta. Sale lo scalino apre la porta e se ne va. E Andrea: - arrivederci arrivederci ... hai sentito Concetti' quella si mangia il brodo vero, con la carne ...! se non era per mio fratello ... eh noi quando lo vediamo? E Concetta: - quella ... si mangia la carne della gente! E Peppe: - a proposito di mangiare ... stanotte ho sognato una ciotola di cioccolata bollente ... scottava tanto che non l'ho potuta prendere e mangiare ... nel sonno non tenevo il cucchiaio ...! sapete che vi dico? Non si sa mai ... quando stasera mi vado a coricare mi porto un cucchiaio, E Andrea: - non si può mai sapere è vero ...? è bravo a Peppino! E Concetta - è bravo o' scemo! Bussano alla porta e Concetta: - chi è? Risponde una voce cavernosa: – o' falegname ... masto Camillo! Costui entrando: - buongiorno a sta bella e modesta congregazione ... sono venuto a trovare coll'intenzione l'acconciascarpe che mi accordia sti scarponi... ve ne pare ...? E Andrea: - entrate e attento allo scalino, poi con una scarpa di don Michele in mano, tenuta in evidenza: - ... e facciamoci una risata vicino a questa scarpa rotta ... Andrea il calzolaio che sarei io, di sopra i quartieri

... per qualsiasi cosa, a parte l'allesse (modo di chiamare i soldi), è a vostra indisposizione... entrate entrate! E Camillo con enfasi: – buongiorno a stanza! E Andrea: - vi piace scherzare eh? E Camillo: – a voi no? e Concetta: – e se uno non scherza ... è come a mnesta (zuppa di verdure) senza sale ...! Camillo: – è una vita che ci conosciamo ... in questo quartiere .... io e voi ... il professore da' scarpa! Andrea di rincalzo: – e voi ... o' professore da chianozza e do lignamm (pialla e legname), Camillo. – onn' Andre' ... tengo un problema! E Andrea: - uno solo ... UH ... beato a voi ... sapisseve io ...! Camillo: - sentite ... mi serve che mi fate i coppa-tacchi a queste scarpe ... mi pare proprio ... insomma, presto però! E Andrea dopo un attento sguardo alle due calzature: – non ho capito bene ... presto per che cosa ... buttarle o aggiustarle? E Camillo: – statevi zitto ... cammino da due giorni con gli zoccoli di legno ... li ho fatti da me stesso se no camminavo scalzo! E Andrea: - embè ... e mo' vi decidete? Al massimo ... ma sudando ... posso fare per domani! E Camillo: – volete che vi porto un panno per asciugarvi il sudore ... sto dicendo che sto camminando da due giorni con questi zoccoli ...! tengo già qualche escoriazione ... per favore! ..., e Andrea: - proprio per venirvi incontro domattina presto, Camillo: – stasera fate lo straordinario? Andrea: - il tempo necessario! Camillo: – no per favore ... domani mattina devo andare a un matrimonio ... sono il testimone della sposa! Andrea: - e ve l'hanno fatto sapere a corto a corto ...? un matrimonio riparatore? Camillo: - per carità ... la sposa è una ragazza seria ... è solo che me ne sono accorto tardi che avevo le scarpe rotte! Andrea: – allora va bene ... metto prima le vostre e poi le scarpe di ... (sottovoce) Michele Scamorza ... mi raccomando mosca! Camillo: - io sono una tomba! Concetta: – ammen!! Che possa creparci dentro! E Camillo: - signo' zitta ... per carità ...! posso aspettare qui? Andrea: - certo, accomodatevi, Cunce' per favore ... una sedia a Camillo, però non prendere la rotta ... don Cami' non vorrei che andate col culo per terra. Camillo sedendosi con attenzione: – eh ... col culo per terra ci sto già! E Andrea: – che dite? Camillo: - ve lo dico senza vergogna ... è un periodo basso basso, (sottovoce) è venuto quella carogna ... Peppe: - don Michele Scamorza? Camillo: – e facciamo zitto zitto in mezzo al mercato ...! non lo nominate ...! tempo fa è venuto a ordinarmi una cucina nuova ... stile moderno, sapete ... come si portano adesso ... con le porte che si chiudono da sole ..., Andrea: - ma prima avete fatto il patto e vi ha dato l'anticipo ...? Camillo alzandosi dalla sedia: - e con un soggetto del genere facevo scesce? (mettersi a discutere) ... quando l'ho consegnata ci ha messo tanti di quei difetti ...! Andrea: - a chi a voi? Su sedetevi! E Camillo sedendosi di nuovo: - a me...? a cucina no ...? alla fine non ho visto nemmeno un centesimo! Concetta: – e la cucina se l'è tenuta! Andrea: - se era difettosa perlomeno ve la doveva restituire ... o no? Camillo: – invece se l'è tenuta! ... ha inventato tanti ... ma tanti paraustielli (pretesti) ... a quel punto ... che insistevo? E Peppe: - avete insistito? Camillo costernato: - mi ha minacciato, Concetta a bassa voce: - quello fa il guappo perché siamo povera gente

... se no vorrei vedere!! Andrea: - una volta il guappo era l'uomo d'onore ... alla povera gente l'aiutava! Questi guappi moderni si pappano tutto, Camillo di nuovo in piedi: - però prima o poi fanno una brutta fine! E Andrea: – secondo voi non lo sanno? i guappi moderni ...? non sono capaci di andare d'accordo nemmeno tra di loro! Camillo: - avete proprio ragione, Andrea: - e nemmeno loro campano bene! e Concetta: - è la camorra moderna ...! Ma prego ... assettatevi! E Camillo ancora sedendosi: - ai nostri tempi ...? non ci azzeccano niente con i guappi veri, questi qua sanno fare solo la ricotta! (lo sfruttamento della prostituzione, il pizzo e l'intimidazione) ... e che vi credete ... siamo sempre a noi che ci fanno pagare ... per esempio ... la carta ... la carta te la fanno pagare quanto una fella di prosciutto! cioè non calcolandola come tara. Concetta: – ma secondo voi? Peppe: - Dobbiamo sperare che muoiono ...? Camillo: – e non ne viene un altro peggio? Andrea: - i carabinieri ... la polizia ... hanno pure loro le mani legate ... quando succede qualcosa ... nessuno ha il coraggio di parlare ...! cominciando da me! Camillo: - e a che serve che cacciate la testa da fuori? Andrea che nel frattempo ha messo mano alla riparazione: - non serve a nulla! E Camillo: – Andre' vi voglio raccontare un fatterello ... nel frattempo però ... finitemi le scarpe ...! sopra un albero c'era un nido con i passerotti ... uno che si muoveva di più ... un movimento sbagliato e cade andando a finire proprio nella cacca fresca fresca di una vacca, all'inizio stava pure bene ... poi la puzza comincia a farsi insopportabile ... piò piò piò ... un lupo sente, lo alza dalla merda, lo pulisce ben bene e fa un sol boccone! Andrea: - ho capito ...! quando stai proprio nella merda è meglio che ti stai zitto...! ecco qua le scarpe ... m'immaginavo più impegnative invece le ho quasi finite ... due minuti e sono pronte ... facessero ottocento lire, ma siccome stiamo nella stessa merda ... facciamo cinquecento. Camillo di nuovo in piedi: - cinquecento lire ...? io devo andare ad un matrimonio e cinquecento lire solo tengo! E Andrea rassegnato: - allora state seduto ... mi pagate domani? Camillo rimessosi a sedere: - Andre', per piacere, facciamo duecentocinquanta lire e non se ne parla più. Andrea: - ma siete proprio tosto ...! trecento lire va! Camillo si rialza e mostrando un gruzzoletto di cinque e dieci lire: – va bene ...? domani vi do il resto che vi devo, però non voglio negare, si vede ... mi avete fatto un bel servizio! facciamo così ...! vi do queste duecento lire e il resto ... il mese prossimo? E Concetta: - Che si passa, che si passa! Andrea: - per caso siete passato per la sacrestia? E Camillo chinandosi verso il calzolaio: - perché? E Andrea: – e queste duecento lire di spiccio mi danno proprio l'impressione di quando si fa la questua nella messa ... ci fosse qua in mezzo, per sbaglio, una cinquanta lire? Camillo: - volete sempre scherzare ... e ridiamoci sopra. Dopo la riscossione una stretta di mano e: - grazie don Andrea, mi avete fatto un gran servizio ... arrivederci! Il falegname esce e se ne va tutto contento.
I tempi sono duri ... è vero Cunce'? sto pensando a quella povera figlia, Peppi' se tu trovassi un lavoro. - mo' ricominci?! l'unica cosa è andarmene ... fuggire lontano ...

all'estero dove il lavoro è pagato bene e nessuno verrebbe a cercarci … pure Mena potrebbe fare una vita onorevole! E Andrea - ci vogliono i soldi, e per adesso riusciamo a mangiare grazie a tuo zio Pasquale ma quando saranno terminati ricominciamo di nuovo a morirci di fame, a proposito … quel cugino di tua madre, Giuseppe, non aveva bisogno di un aiutante? E Peppe: - ci sono stato e mi ha detto che ne ha già uno e non può mettersi un altro … E Andrea: - eppure dicono che stiamo nel bum economico! E Concetta: - ma qui abbiamo sentito solo il bum … ma che ore sono? – Cunce' secondo me è ora di mangiare!! – allora che facciamo … ci chiudiamo dentro? – aspettiamo ancora un po', - ti sei accorto che già mi sono messa a cucinare …? è quasi pronto, devo solo pulire le cicorie … poi con uno spicchio d'aglio, l'olio e poca acqua … la verdura bollita la caccia … cinque minuti sul fuoco ed è pronta … e che ti mangi! Peppi', bella a mammà, mi vai a comprare quattrocento grammi di mortadella? anzi fa mezzo chilo, e quattro panini di pane bianco … a Mena ci piace … tra poco arriva … la faccio contenta, - mammà i soldi, - Andre' pensaci tu che tengo le mani occupate, Andrea prende il portafoglio dalla tasca del pantalone e prende diecimila lire e sventolandola: - tieni Peppi'! porta il resto. – papà per caso prendo pure un bel toscano? - meglio di no … diamo nell'occhio! E Concetta: speriamo che quella bella madonna veramente ci fa la grazia! E Andrea: - Peppi la fortuna è bendata non si può mai sapere, se esce la cinquina diventiamo ricchi …! Cunce' ma tu ci pensi? me ne scapperei appena fatta notte da questo buco. Peppe prende la banconota da diecimila lire ed esce, Concetta: - Andre' la fortuna, non è per i poveri, i soldi si fanno con i soldi … pensa tu con un miliardo di lire, con tanti approfittatori e imbroglioni che ci sono! Con i soldi, quando non sei abituato … ti fanno venire i vizi e alla fine stai peggio! E Andrea: - e secondo te dobbiamo rimanere per forza nella miseria? – nella miseria no … una cosa giusta … equa! Concetta: - ti ricordi a Giacchino o barbiere? … azzeccò il terno secco … dopo un anno stava peggio di prima? E Andrea: - e non fare l'uccello del malaugurio!
Si riapre la porta, entra Peppe e scendendo il gradino: - Eccomi qua, la mortadella e quattro panini, e Andrea: - e il resto …? – papà ecco qua … con tanti saluti dalla signora Maria. Andrea prendendo la somma di resto: - questi soldi sembrano proprio delle palommelle (farfalle), in niente se ne volano. E Peppe: mammà quando si mangia? Nel contempo ritorna Mena con la solita espressione di disgusto: - mammà io sto qua! Andrea: – tua madre ha comprato la mortadella e i panini, e Concetta: - vieni bella a mammà … guarda che profumo! Peppe che nel frattempo s'è seduto vicino al tavolo: - veramente l'ho comprata io … ci stanno i panini! Mena: - uh! Che bello, mammà … non so da quanto tempo, tengo proprio voglia di un bel panino con la mortadella! – la mortadella non è meglio per stasera? Andre' chiudi gli scuri che ci adesso mettiamo a tavola … è pronto… spaghetti con la pummarola fresca … uh mannaggia! mi so' scordato la vasinicola (basilico). La famiglia si siede intorno alla tavola e inizia con gli

spaghetti fumanti, e Peppe: - è la seconda volta che incontro zio Salvatore ... l'ho salutato e non mi ha risposto! e Andrea: - tuo zio ha un grande rispetto di sé stesso e ci tiene molto ad apparire bravo e buono, non per niente ha sempre il pensiero per noi ... e ci tiene che la gente lo stima e lo considera ... in questa mentalità non c'è posto per chi, per debolezza o poco carattere, non sa uscire fuori dalle situazioni difficili, piacerebbe pure a me mandare a quel paese chi so io ... ma non lo posso fare, e non è questione né di debolezza, bisognerebbe che cambiasse la mentalità, ma qui se solo provi ad alzare un poco la testa l'ultima condizione diventa peggiore della prima, e Peppe: - ma zi' Salvatore l'ho visto proprio freddo! E Andrea: - ecco qua ... la gallina ha fatto l'uovo e al gallo ci brucia il mazzo, Peppi' è probabile che tuo zio non lo vedremo per un bel pezzo o forse non lo vedremo più! Ma ora scordiamoci i guai e godiamoci questa bella mangiata ... alla faccia di Michele Scamorza!

Capitolo 25 – Pasquale Cocozza torna dall'America

Pasquale Cocozza era partito da Napoli per l'America con una valigetta di cartone legata con lo spago. Per pagarsi il viaggio lavora come garzone di bordo, durante la traversata oceanica simpatizza con Betty, una ragazza di origine albanese, determinata a lasciarsi alle spalle uno squallido passato non diverso da quello dell'italiano, infine si innamorano. Giunti a New York, dopo l'obbligatoria quarantena trovano lavoro come camerieri nello stesso locale notturno, accattivandosi, per il loro atteggiamento equilibrato e discreto, la simpatia del datore di lavoro, che successivamente li presenta al fratello, modesto boss di quartiere, come elementi "promettenti". Da qui, pur nell'ombra, comincia l'escalation di Pasquale e Betty, che gradualmente raggiungono tra le famiglie mafiose, nella grande "mela", una posizione prestigiosa, ma presto si rendono conto che senza istruzione sarebbero rimasti nella mediocrità. La condizione misera che vivevano in Europa, dalla quale non si poteva uscire, perché cristallizzata in classi sociali ingenerose ed ostili, non fu diversa da quella dell'America, la sola differenza furono le maggiori opportunità che ivi si offriva ai coraggiosi che, con spregiudicatezza e determinazione, si ostinano per emergere tra le società imprenditoriali, che non sempre si mantenevano nei limiti della legalità, non mancarono le fregature da cui però fecero esperienza. Raggiunta lo stato di coppia di fatto per loro fu ovvio ritenere indispensabile, in questa rischiosa realtà, di rimanere sempre coerenti e solidali, prendendo ogni occasione come un'avventura o forse una scommessa, dove la posta in gioco è la vita. Nei semplici primi incontri sul bastimento si parlavano più con gesti e sguardi, nulla faceva pensare a questa ascesa nella scala sociale statunitense. Non vollero avere figli, persuasi che sarebbero diventati molto più vulnerabili. Conseguito il titolo propedeutico per accedere alla facoltà di legge, sottraendo ore al riposo notturno per preparare gli esami, nei tempi canonici riescono a laurearsi in giurisprudenza col massimo dei voti, cosicché dopo un tirocinio presso un prestigioso studio legale, dove "fatta la legge trovato l'inganno", imparano l'arte di eludere, a proprio vantaggio, i vertici delle istituzioni governative. Guadagnata una stimata popolarità, senza mai apparire direttamente, si adoperano nella consulenza legale e amministrativa delle famiglie mafiose dominanti, accumulando oltre ingenti guadagni "informazioni riservate", tramite una rete investigativa da loro stessi organizzata e diretta, riescono ad influenzare esponenti della polizia, della politica e della magistratura. Vivendo la vita privata senza un luogo fisso di domicilio, trovano modo di dedicarsi alle arti marziali e nell'esercizio delle armi da fuoco. Restando a lungo ai vertici, accumulano ingenti capitali che depositano su conti in codice presso banche specialmente in Svizzera.
Ma quando elementi emergenti cominciano a scalpitare e la guerra tra le cosche è inevitabile, Pasquale e Betty si rendono conto di dover occultarsi sotto falso nome e

lasciare la scena per sempre. Era tutto pronto per la fuga, mentre Pasquale sta prendendo le ultime cose sente in lontananza un gran boato, lei mettendo in moto era esplosa insieme all'auto, impotente davanti al rogo, dove Betty scompariva improvvisamente, avrebbe preferito morire al suo posto, passato il momento di shock e prima che arrivasse la polizia e i vigili del fuoco, con sé una valigetta piena di contante da cento dollari, si rifugia per un paio di mesi in un luogo di cui solo lui sapeva, per una lunga latitanza, ben presto si dissuade dalla vendetta verso i presunti attentatori, nessuno potrà restituirgli la sua Betty e vorrebbe farla finita, ma ricordatosi di suo fratello Andrea; decide di ritornare a Napoli. Trascorso il periodo "caldo", parte con un'auto presa a noleggio su strade secondarie, passa il confine entrando in Messico, da qui per Tokyo e da lì ad Istambul. Come uomo di fatica si fa assumere su un mercantile che fa rotta per l'Italia, giungendo nel capoluogo partenopeo via mare, qui prende alloggio con false generalità all'hotel Santa Lucia.
Nel vascio di via Speranzella, verso le nove e mezza del pomeriggio, si sente bussare, Peppe: - chi è? ..., bussano di nuovo ..., - un momento, va lentamente per dare il tempo di sparecchiare, - ... eccomi ... eccomi qua! Sull'uscio un signore sulla cinquantina con i baffi e di robusta corporatura, occhiali scuri, ben vestito e un borsalino marrone che gli copre i grigi capelli corti, con sé reca una valigetta nera ventiquattrore, dato uno sguardo all'interno: - la famiglia Cocozza? ... - chi cercate? Gli domanda Peppe. L'uomo si toglie gli occhiali: - sono io ...! – io chi? Replica Peppe, - tu ... tu sei Giuseppe vero? – mi conoscete ...? Io non vi ho mai visto! – beh hai ragione ... sono il fratello di tuo padre, Pasquale ... è appunto sono qua perché dopo tanti anni desideravo vedervi ...! Peppe che non si è ancora capacitato e grattandosi il capo: - allora ... siete... siete il fratello di ... mio zio Pa ... Pasquale ...? Scusate, papà ... mammà è arrivato lo zio dall'America ... zio Pasquale! E questi: – allora che dici, posso entrare ...? Arrivo ora dall'America ... su non farmi rimanere sulla porta. Andrea gli corre incontro e gli si ferma davanti, lo guarda con stupore e: - Cunce' c'è Pasquale ... Pasquale! Fratello caro ... che sorpresa, come sei bello, ti sei fatto crescere i baffi? ... entra! Chi ... chiudiamo bene la porta! ... Pasquale ... Pasquale!! Costui anch'esso preso dall'emozione, con un gesto automatico saluta alzando e rimettendo in testa il cappello, Andrea lo prende teneramente per il braccio: - vieni ... fatti vedere bene ... come stai? Lo porta vicino al tavolo visibilmente commosso, mentre lui poggia la valigetta per abbracciarlo: - Andrea ... fratello mio caro ..., si scosta per vederlo in faccia, gli accarezza il volto e lo stringe di nuovo a sé: - quanto ho desiderato che arrivava questo momento! E Concetta che nel frattempo si è accostata: – Pasqua' hai fatto un lungo viaggio ... sarai stanco ..., offrendogli una sedia: - ... ti vuoi sedere? Siediti e raccontaci ... quanto tempo ...! Andrea gli carezza i capelli che emanano un delicato profumo di brillantina, notando così le guance umide del fratello, scherzosamente: - Pasqua' ma mica piove? ... Pasqualino mio dobbiamo stare allegri

... fare festa ..., Pasquale col fazzoletto preso dal taschino della giacca si asciuga le palpebre ed il viso, poi si gira sorridendo verso la cognata: - Cunce' mi sembra che per te questi anni non sono passati - oanema (diamine) Pasquale su ... non scherzare! Infine verso i due giovani: - tu sei Peppe Cocozza e tu ... Filomena Cocozza ...? La ragazza sorridendo: - Mena! E Andrea: - Pasca'... simm nu' pastn e cucozz! (siamo un campo di zucche), mi sembra ieri che stavo al vostro matrimonio ... non sei molto cambiata anzi ... più bella di come ti ricordavo! E Concetta: - grazie Pasqua'... anche per i soldi che ci hai mandato, Andrea: - è meglio se mi siedo, ... mi tremano le gambe ...! Andrea non riesce più a trattenere le lacrime e piange. Pasquale gli carezza la spalla con una leggera pacca: - beh ... mo' stai piangendo tu ... hai detto che dobbiamo festeggiare...! E come si sono fatti grandi sti figli, quando sono partito avevi solo Giuseppe, piccolo così ..., e Concetta: - Filomena è venuta dopo che te ne sei andato ... ma tu lo avrai saputo! E Pasquale: - e certo ...! Mi mandasti una lettera ... altri figli non sono venuti? E Andrea: - con questi chiari di luna ...! Ma quando sei arrivato ...? – ieri ... verso sera ..., - quando ci hai scritto che venivi abbiamo pensato ..., Pasquale non lo lascia finire: - ho preso alloggio all'hotel Santa Lucia! E Andrea senza rendersene conto: - abbiamo pensato ... di sistemarti qui! Al che la moglie: - Andre' ha preso alloggio all'otello Santa Lucia ...! E Andrea: - stai all'otello Santa Lucia ...? Ma qui ti voglio tenere, e Concetta: - e si capisce ... e poi la notte dorme lì ...! Il sangue non è acqua, e Andrea: - sei venuto tu solo ...? La signora Cocozza? ..., (Andrea in tono affermativo) ti sei sposato? E Pasquale: – e non te l'avrei fatto sapere ...? Avevo una compagna ... ma non c'è più ..., e Andrea: - avete divorziato? E Concetta: - Andre' ... una compagna no la moglia! Pasquale con tono serio e sommesso: - purtroppo non c'è più e adesso ... sto io e questa valigetta! Mena: - zio ... - come non c'è più? E Pasquale con un sorriso tenero e amaro: - una grande donna ... senza offesa a tua madre! E Concetta – quanto mi dispiace ... come si chiamava ...? Come mi sarebbe piaciuto conoscerla! Pasquale: - Betty, una ragazza albanese che conobbi durante il viaggio per New York ... è una storia bellissima ma con un tragico finale! Pasquale ha un moto di commozione e con gli occhi lucidi: - però adesso ... facciamo come stesse qui con noi ... questo è un momento di gioia! E Concetta: - Pasqua' le centomila lire ... le centomila lire che ci hai mandate sono state una vera provvidenza ... questa valigetta non la potevi lasciare all'otello? Pasquale: - no, non la potevo lasciare ... è un altro dono per voi dalla provvidenza ... insomma ... un regalo molto più grande dei soldi del vaglia ... ! Andrea: – overo? ... e che ci tieni ... dentro la valigia Pasqua'? – mo' che l'apro vedi! Pasquale dopo uno sguardo per essere sicuro che nessuno può entrare: - Peppì' chiudi bene la porta! – è chiusa zio ... è chiusa bene! Pasquale: - ok ... da oggi in poi i vostri problemi economici sono finiti ... tutti quanti ...! Concetta con tristezza: – Fosse quella bella Madonna!!? E Pasquale: - Pasquale: - in questa valigetta ci stanno molti dollari! E Andrea. – dollari? E che so'? Peppe: - papà so' i soldi veri ... soldi americani! E Pasquale: – per il momento starò in Italia, Andrea: - come sarebbe a dire? E Pasquale: - meglio sai ... meglio è!! Andrea: – che mi racconti? Pasquale: – non dire a nessuno ... neppure tra di voi .... Che è venuto a trovarti tuo fratello ...! Per nessun motivo! E Peppe: - ma in America che facevi? – ... Peppi' la vita è una ruota, ho cambiato il mio nome, adesso non mi chiamo più Pasquale Cocozza ed è meglio se non ne sapete ... questione di vita o di morte, Betty purtroppo non ce l'ha fatta ... ufficialmente io non esisto ... e voi non mi avete mai visto ... se non scompaio mi faranno scomparire! Andrea: - Pasqua' ... ma che stai dicendo? ... Pasqua' ma che lavoro facevi? – Andre' affari ... affari grossi ... adesso basta una folata di vento e ... puff! – Pasqua' ma che affari? – meno sai meglio è! Peppe: - zio, per caso sei un boss? E Andrea: - si dicono queste cose?! ... scusalo Pasqua' ... non voleva offenderti! E Mena: - neh! Vogliamo godercelo a zio Pasquale ... o gli facciamo il terzo grado? E Concetta: - Pasqua' qua ci sta una bottiglia di vino, Gragnano frizzantino, e Pasquale: - e facciamo un brindisi alla nostra salute! E Concetta: - preparo da mangiare? – non vi preoccupare ... ho fatto un'abbondante colazione ... se qualche curioso vi fa qualche domanda ... dite ... è un cliente ... che si è rotto un tacco della scarpa ...! E Andrea: - se ti vede qualcuno che ti conosceva? – Embè non ci posso somigliare a tuo fratello ...? E Andrea: - per questo ti sei fatto crescere i baffi!? Pasquale apre la valigetta e compaiono una moltitudine di mazzette di banconote da cento dollari: - qui c'è un valore bastante per moltissimi anni! E Concetta: - questi so' soldi Andre' ... i soldi veri, e Peppe: – mamma mia quanti soldi ...! E Pasquale: - per spenderli bisogna cambiarli in lire, - E Andrea: - e come si fa? E Pasquale: - ... ogni tanto ... che so, duecento dollari, un giorno vi recate a Roma, un altro a Milano, casomai a Venezia, mai nella stessa città, e li cambiate in lire un poco alla volta. Mena: - a Parigi! – e perché no? replica lo zio: - quando arrivate ad una bella sommetta in lire vi fate i libretti di risparmio ... E Andrea. – alla posta è così? – certo ... alla posta! E Andrea: - ho capito ... Cunce' hai capito? E Mena: - zio ... come azzeccare una cinquina ... che si fa in modo che nessuno lo deve venire a sapere! – esatto, ora ... Conce' mettila in un posto sicuro! – si sotto il letto! E Andrea: - è il primo posto dove vanno i ladri! E Concetta: i ladri? E quando vengono? ... basta che non ti fai accorgere! E Pasquale: - che fa questa bella nipote mia? Marito e moglie si guardano e abbassano lo sguardo, Pasquale resta di stucco, Andrea: - Michele Scamorza, - e chi è? – o' boss do quartier ... l'ha costretta a fare la prostituta ... Pasqua' che potevamo fare ... quell'infame!! E Pasquale a Mena: - tu da oggi in poi verrai con me in albergo ... ti garantisco che questo delinquente non se la passerà liscia. E Concetta: - benedetta quella bella madonna del Carmine! – si zio voglio venire ... con te mi sento al sicuro, Mena accennando un sorriso: - prima ti voglio raccontare cosa mi è capitato: - ieri pomeriggio davanti a me passava e spassava un giovane ... nu bellu giovane elegante ... occhi azzurri alto e capelli neri! È venuto vicino a me e mi ha guardata ... accento inglese, però parlava italiano … la prima cosa che mi ha detto … come vi chiamate …? In un primo momento ho pensato … che tipo strano … poi me lo ha domandato ancora … due forse tre … alla fine … io mi chiamo Paolo … e io Filomena! Mi sorrideva … nessuno mi aveva sorriso così! Mena rimane in silenzio, e Pasquale: – su continua! – mi ha detto che … mi pagava ma soltanto per parlare e … lo immagini dove potevo portarlo …? Lì ha messo la mano nel portafoglio … quando ho visto che era così ce li volevo restituire … e lui, per quanto tempo possiamo parlare in santa pace …? Io ho provato una vergogna …! Nessuno mi aveva mai trattato così … come una persona umana … mi sono messa a piangere e lui … mi ha dato il fazzoletto …! Si è sforzato di non farsi accorgere ma me ne sono accorta che anche lui era commosso, Mena piange: …, ho detto a mammà che se lo rivedo glieli devo restituire, restituire e basta … a Paolo. Pasquale – sarebbe ben fatto. Mena continua: - i suoi genitori sono originari di Casavatore ma vivono in Australia … il padre è padrone di un'industria di confezioni … alla fine mi sono accorta che … io sorrido …! E Concetta: - fossero tutti così gli uomini, tante schifezze e tante infamità non succederebbero, e Mena: - Quando se n'è andato mi sono messa a piangere ma mi sentivo una leggerezza! … quel dannato di Michele Scamorza …! Non voglio continuare a fare la puttana! E lo zio: - a questo ci penso io… quello ha i giorni contati, e Andrea: - don Michele? E Concetta afferrando la lesina da calzolaio: vuol dire che sarà la volta buona …! Andrea: - Concetti' stai calma … mo' perché ci sta mio fratello … ma … e Pasquale: - voi siete umile e brava gente … mai vi doveva dovuto capitare una cosa del genere … perché per la merda ci vogliono gli uomini di merda …!

Capitolo 26 – L'incontro con Michele Scamorza

Poco prima delle dieci si sente bussare, Andrea apre, è Michele Scamorza che con sufficenza invita ad entrare due persone ben vestiti: - don Andre' questi sono amici miei …! neh ma … Mena … che ci fai ancora qui? Avvicinatosi le molla un ceffone, tanto che Pasquale in un moto d'orgoglio a stento non reagisce, come se non gli riguardasse, come fanno gli altri due convenuti, il bosso continuando: - non mi piace che fai di testa tua … e per rispetto a questi amici … fermiamoci qui! E Concetta: - don Miche' … stamattina si è sentita poco bene! Michele la fruga, anche nel reggiseno, e Concetta tra sé: - meno male che i soldi di quel giovanotto stanno in tasca mia! Andrea al quale non è sfuggita la calma serafica del fratello, molto agitato: - voi … quella la ragazza, insomma …, al che indicando questi due don Michele: - vi presento l'avvocato Francesco Scatuozzo e l'altrettanto galantuomo del suo segretario, il segretario saluta con un inchino, il boss continuando: - l'avvocato, parlamentare uscente della passata legislatura, si presenta di nuovo come candidato deputato alle prossime elezioni… e ci tengo molto …! Non solo perché è un mio carissimo amico e lo stimo … lui tiene a cuore il nostro quartiere, ha fatto molte cose buone nella precedente legislatura, con onestà e serietà specialmente nei quartieri spagnoli … adesso tocca a noi fare il nostro dovere. Al che l'avvocato Scatuozzo: - per carità … don Michele … è vero ciò che dite ma sarebbe meglio dire con il piacere … insomma … mica è per forza!? E Andrea! – certo … certo … e ci mancherebbe …! Siamo tutti … volentieri, per l'onorevole …, e Michele Scamorza: - per l'onorevole Francesco Scatuozzo …! Allora noi abbiamo terminato, e Concetta repentinamente: - scusate … don Michele scusate … mi posso permettere di fare una domandina all'onorevole …? Nello stesso istante Michele nota Pasquale: – voi chi siete, sta per intervenire Andrea: - è …, ma subito interrotto dal fratello: – … mi si è rotto il tacco … proprio qua vicino, ho chiesto se ci stava un ciabattino ed eccomi qua! E Andrea: - una cosa di dieci minuti! E don Michele: – non vi ho mai visto prima … nel mio quartiere, e Pasquale: – infatti, è la prima volta che scendo da queste parti … sono del vomero! Ed il boss: - siete del Vomero? E perché siete sceso? E Andrea: - don Miche' scusate … si vede che è una persona distinta! Lentamente il boss si avvicina a Pasquale e con un gesto rapido della mano gli fa saltare via il cappello dal capo: - togliti il cappello! E Pasquale con estrema calma: - chiedo scusa … non sapevo, raccoglie il cappello tenendolo tra le mani. E Concetta: – eccellenza onorevole posso? L'onorevole rispondendo con estrema gentilezza: – dite … dite pure! E Concetta: - sentite, non so … chi sa quanti impegni avete adesso … sotto le elezioni … una preghiera! E don Michele: - l'onorevole è nostro amico …, al che l'onorevole: - è così … dite, ditemi pure signora! E Concetta: – si … vedete eccellenza onorevole, vieni qua Peppi' …! Questo qua è mio figlio, tiene ventiquattro anni … un bravo guaglione ma non riesce a trovare … insomma è disoccupato ... ... la buona volontà ce l'ha e magari un lavoro ... umile. L'onorevole: - nel mio programma elettorale ... c'è sempre di aiutare i giovani, vedrete che ci sarà il lavoro a vostro figlio ... bisogna aggiustare le strade e tante altre necessità urbanistiche ... mi preoccuperò personalmente ... su un foglio scrivete nome e cognome, la data di nascita, il titolo di studio che ha conseguito e indirizzo ... E Andrea: - subito ... prendo subito foglio e penna ..., al che l'avvocato: - chiedo venia ma adesso potrei perderlo ... dopo, con calma ... datelo a don Michele! E Concetta tra sé: - statt buon i sunatur ...! Scusate sua eccellenza onorevole, riprende Andrea: - questo ragazzo ... senza offesa la tiene già la venia ...! Peppì fa un inchino all'onorevole! E Peppe inchinando la testa: – buongiorno onorevole eccellenza! Questi gli dà amorevolmente una pacca sulla spalla: - giovanotto su ... non vi preoccupate, scusatemi ma, e Michele: - tutti vogliono incontrare l'onorevole Francesco Scatuozzo ... mi raccomando! Salutando tutti con una calorosa stretta di mano, senza che don Michele non abbia dato un'altra occhiata su Pasquale, vanno via. Andrea: - meno male che ogni tanto ci stanno le elezioni ... mi sembra proprio una persona ... insomma mi ha fatto un'ottima impressione, Cunce' è la volta buona! E Concetta: - e sceetati! (svegliati) ... dopo che è stato eletto... ma chi lo vede più!? Quello don Michele non è venuto per invitare a votare questo qua ... come cacchio si chiama ... e dopo ... lo sanno per filo e per segno chi è stato e chi non è stato che li ha votati! E Peppe: statt buon e sunatur! E Mena: - papà è come dice mammà, tu per caso sai che don Michele Scamorza è una persona a posto? E lo poteva essere questo onorevole amico suo? E Peppe: - aggia essere accussì sfurtunato? (devo essere così sfortunato?) non può essere che la palla corta fa il sei? (nel gioco delle bocce a volte succede che la palla più insignificante fa punti) mi sto scocciando di stare sempre senza far niente ...! E Concetta: - ha ragione Mena, gli uccelli si appaiano in cielo e ... gli "onorevoli" sulla terra, e Mena: - ma la ragione se la pigliano i fessi! Al che Pasquale: - se volete stare tranquilli lo dovete votare ... però a Peppe adesso ci penserò io ...! Vi state scordando una cosa! E tutti in coro: - Che cosa? E Pasquale: - la valigetta ... lì dentro c'è una fortuna ... però dovete continuare a far vedere che siete poveri ...! E Andrea: - Pasqua' il fatto è che ... adesso che devo continuare non mi sarà difficile ... insomma mi devo 'abituare piano piano ... che sarei diventato ricco! Pasquale replica: – La miseria è come la tosse, non la si riesce a nascondere ma non ti preoccupare ti abituerai molto presto a non tossire, adesso faccio un salto in albergo per prenotare la stanza per Mena, e Concetta: - tu torni per il pranzo che preparo pure per te! – Si certo, il tempo di prenotare e sarò di nuovo qua.

Capitolo 27 – Paolo si presenta

Dopo aver pranzato tutti assieme, alle quattro e mezza circa pomeridiane si sente bussare alla porta del vascio della famiglia Cocozza: - Avanti! Una voce femminile dall'interno, ma non entra nessuno, e Concetta: - mah ... iamm a vede'! (andiamo a vedere) Aperto vede di fronte a sé un giovane ben vestito: - scusate cerco la signorina Mena! Dato un furtivo sguardo all'interno: - È questa la casa ... abita qui? Al che la madre della ragazza: – ma chi siete? Mena che ha riconosciuto la voce va verso l'uscio aperto, riconoscendo che è proprio Paolo: - Mammà questo è quel giovane che ... siete Paolo vero? E Lui: – buona sera ... si sono Paolo ... Paolo Liguori! E Andrea ignaro: - accomodatevi ... dovete aggiustarvi le scarpe ...? A disposizione ... ma adesso è un po' tardi! E Mena: - no papà ma ..., subito interrotta da Pasquale: - voi siete quel giovanotto che ..., e Mena con mal celata emozione: - sì, è lui! Paolo: -, son voluto venire ma non vorrei crearvi disturbo ..., e Concetta già informata: - ... prego accomodatevi, Mena questo è giovanotto? – si mammà! E Concetta chiudendogli alle spalle la porta: - prego accomodatevi ... io sono la mamma di Mena, lieta di fare la vostra conoscenza. – Buona sera, risponde Paolo e cominciando da Concetta saluta dando la mano a tutti, mentre Mena ancora emozionata, quando Paolo giunge a salutare il fratello di suo padre: - questo qui è lo zio Pasquale, il fratello di mio padre! E Pasquale: – Mena ci ha parlato di voi ... mi compiaccio potervi conoscere! – sicuramente anche per me, risponde Paolo, e salutando Andrea, questi: - scusate non ho capito bene voi chi siete, e Mena: - papà ... insomma tutto a posto, è una persona per bene e sorridendo verso Paolo: - venite, prego accomodatevi, e Andrea: - non state in piedi ... siamo una casa modesta ... Cunce!! Prendi la sedia al signore ... così si siede! Tutti si siedono intorno al tavolo eccetto Peppe perché non ci sono abbastanza sedie. E Concetta: - ditemi un po' di dove siete? – adesso sto con mia madre e le mie sorelle a casa dei i miei nonni a Casavatore ... ma veniamo da Adelaide in Australia, è lì che normalmente vivo con la mia famiglia, mio padre ha un'industria di sartoria e mia madre si occupa della casa. E Peppe: - dove si trova? E Pasquale: - all'altro capo del mondo, e Paolo: - io do una mano a mio padre nell'azienda e studio per laurearmi in economia e commercio. Concetta: - e in questo posto ... vi trovate bene? - insomma si, è molto lontano dall'Italia ma con mio fratello e le mie tre sorelle mi trovo bene ... e adesso che stiamo a Casavatore con i genitori di mia madre pure ci troviamo bene, ma qui capite ... possiamo venire solo ogni sei mesi, e veniamo a fare visita anche ... ci sta pure la zia di mio padre, e Pasquale: - e i nonni paterni? Vostro padre non ha i genitori? – purtroppo no ... ho solo una zia ... zia Giovanna che lo ha allevato e gli ha fatto da padre e da madre! E Pasquale: - come mai vostro padre si è stabilito proprio in Australia? – beh ... è una lunga storia ... mio padre ci emigrò prima della guerra ... lui solo, io allora non ero ancora nato ... si è trovato bene e mia madre ... pure lei è stata contenta di emigrare! E Pasquale: - ho capito … anche io sono stato emigrante … in America, come si chiamano i tuoi genitori? Non ti dispiace se ci diamo del tu? – no affatto …! Mio padre Tommaso Liguori, mia madre Cristina … Cristina Del Core, e Andrea: – e che professione hai detto che fa vostro padre? – mio padre è sarto … ha iniziato molto giovane … lavorava nella bottega del nonno … è così che ha conosciuto mia madre! E Pasquale: - Adelaide, se non sbaglio è verso il meridione? E Paolo: – si ed il clima è simile a qui … soltanto quando è inverno lì qui è estate … veramente ho incontrato vostra figlia, e Pasquale: - mia nipote! Si vostra nipote e … non vi nascondo che mi sono affezionato … insomma … se vi fa piacere che ci frequentiamo, casomai che in seguito partisse con me in Australia … ma prima di tutto col piacere di Mena. E Pasquale – naturalmente … ma andiamo piano, io sono giunto da poco in Italia e per il momento sono io, suo zio, che mi prenderò cura di mia nipote … stasera lei verrà con me all' hotel Santa Lucia, naturalmente in stanze separate, per il resto facciamo le cose con calma … ho potuto capire che anche Mena ci tiene per te … se le cose andranno per il meglio, come mi auguro, allora si troverà il modo di conoscere la vostra famiglia … al momento … per ragioni che esulano dal contesto, finché non saranno mutate alcune realtà … conviene che stai lontano da questo quartiere … voglio dire che non mi dispiace affatto se vi incontrate … ma previo consenso soprattutto di Mena e dei suoi genitori! Mena bella a tuo zio … a te fa piacere … sei d'accordo a rivederlo? E Mena – zio, mi sento frastornata … è successo così …, all'improvviso … ma è sì, si va bene! Pasquale – allora giovanotto, purtroppo devi sparire subito da questa casa e da questo quartiere … per adesso non mi chiedere perché … per il bene tuo e di Mena, nel frattempo ho da risolvere una certa questione … casomai in seguito lo saprai di cosa si tratta … ma se vuoi che vi rivedete, naturalmente col permesso dei genitori … voi genitori siete d'accordo? E Andrea: - Cunce' …. Che dici, a me mi pare proprio un buono giovane! E Concetta: - sono d'accordo … mi ha fatto una buona impressione! Mena si alza e prima dà un bacio allo zio, poi al padre e alla madre e dice: - Grazie zio … mi sembra uscire da un incubo, e Paolo: - sono molto lusingato … grazie … in seguito avrete modo di conoscere la mia gratitudine … E Pasquale: - sono molto contento … purtroppo adesso è meglio salutarci … da domani … ci troverai all'hotel Santa Lucia e lì, ti potrai vedere con mia nipote. E Paolo – d'accordo, allora se per forza devo andare via … buona serata a tutti, e Concetta – Paolo, scusate, vi prego, mia figlia mi ha detto che è stata a parlare volentieri con voi, sono sicura che le farà bene se vi vedrete ancora … pure a noi ci fa piacere, ma ci tengo a una sola cosa, Concetta mostra a Paolo una somma di banconote: - vi dovete riprendere questi soldi … lo so che lo avete fatto con onestà ma la questione è un'altra … ecco qua ce l'avevo già in mano,! Mena prende i soldi dalla mano della madre e li porge a Paolo, e dopo un grazie emozionato gli dà un bacio sulla guancia. Paolo con la destra sfiora il viso di lei sentendosi trasalire, infine le sussurra: - ti voglio bene! E Pasquale: - senti Paolo …

dammi del tu! E Paolo: - ok, ci vediamo al Santa Lucia, e Pasquale: - lascerò detto ... tu quando verrai chiedi della signorina Filomena Cocozza. E Paolo: – va bene ..., Mena stringendogli la mano con entrambe le sue: - d'accordo ... come ha detto zio! E Paolo: – d'accordo ... a presto!
Paolo con allegrezza e passo svelto in breve raggiunge Porta Capuana dove prende il tram per ritornare dai nonni. A casa Cristina lo sta aspettando in camicia da notte e appena giunge: - Paolo finalmente ...! Come mai così tardi ... gli altri stanno già a dormire! – Buonasera mamma ... scusami non ho potuto prima ... ho fatto un bellissimo incontro. Sembra chiaro alla madre cosa sia potuto succedere, che senza farsi prendere emotivamente: – chi hai incontrato dimmi! – mamma ... la ragazza della mia vita, bellissima ... si chiama Filomena, Filomena Cocozza e vorrei portarla con noi in Australia, – Va piano! E che ...? – scusa, hai ragione ... ma mi sono innamorato? E Cristina: e anche lei di te naturalmente, complimenti ... ma adesso c'è bisogno di molta calma, e Paolo: – ho conosciuto la sua famiglia, non è ricca ma è una famiglia per bene, abita a Napoli in via Speranzella sopra via Roma. Giusto per concedersi un momento di tregua per stemperare gli animi lei gli rifà la domanda: – come hai detto che si chiama? – Filomena ... è casalinga, domani ci vado ... mi piacerebbe fartela conoscere, è una perla di ragazza ... come lo sei tu mamma! Ho conosciuto un suo zio che ha fatto fortuna in America ... manco a farla apposta è proprio in questi giorni che è venuto a trovarli, da quanto ho capito mi sembra sia scapolo, è fratello del padre di Mena che fa il ciabattino ... zio che si chiama Pasquale ... e non ricordo il cognome, la madre sorridendo: Cocozza! Domani hai intenzione di rivederla? Dove hai detto che abita ...? Paolo: - a Napoli ... via Speranzella, nei quartieri Spagnoli ... lo zio d'America ... lo zio è molto ricco, ho notato che ha un Rolex, come papà! E Cristina: – beh, adesso andiamo a dormire ... non correre troppo, quando io e tuo padre ci siamo conosciuti ... va beh! Allora era un altro discorso, me ne ero innamorata da un pezzo, ma lui ... molto timido ...! Fui io a rompere gli indugi ...! Un giorno ci vedemmo, chi sa come fu che successe proprio così ...! Lo incontrai da solo a sola sotto il portone del barone Vinciguerra, e Paolo: - e poi? Che facesti? E Cristina: - mi alzai sulla punta dei piedi e gli diedi un bacio sulle labbra ... poi non so ... per la gioia ... per l'emozione ... mi tremavano le gambe e me ne scappai di corsa! - e brava a mammà, non ti sapevo così audace! – eh, lo amavo e lo amo tanto ... quel timidone non si decideva?!! Poi me lo disse il perché ... - perché? – paura ... la paura che gli dicessi di no, - invece tu ne eri già innamorata?! – da molto tempo, - Mamma ...! Quello che mi hai detto ... sai ... mi sento felice! – è l'amore ...! Non ho amato che tuo padre e anche lui me! – che cosa bella! – però ne abbiamo avute di difficoltà ... il fascismo, la guerra, i tedeschi, lui che chi sa dove stava e non se ne sapeva nulla ... però negli anni passati insieme, non mi sono mai pentita di averlo sposato ... più passa il tempo e più gli voglio bene! – non avete mai litigato? – è capitato che abbiamo litigato ... quando vuoi bene veramente se

qualcosa va storto hai il sacrosanto dovere di litigare se no che significa volersi bene ... l'amore si costruisce giorno per giorno, con la fiducia e la comprensione ... e la libertà! Tuo padre è un uomo meraviglioso! – mamma mi sono commosso ... sono un figlio privilegiato perché Dio mi ha regalato i genitori più meravigliosi assai! - adesso però andiamo a dormire che è molto tardi!
Paolo piano piano, al buio senza far rumore, si sveste e indossa il pigiama, rimanendo a lungo a pensare disteso sul letto, finché lo sorprende la stanchezza della giornata.

Capitolo 28 – Pasquale pianifica la vendetta

Peppe, dopo che Paolo è andato via: – zio Pasquale! ma tu sei un uomo di conseguenza! da quando sei entrato in questa casa, io mi sento ... insomma, tranquillo! - dimmi un po' e avvicinati! – eccomi, dimmi zio! E Pasquale sotto voce: - conosci qualcuno che ruba le macchine? – eh ... ce ne stanno ma c'è uno che conosco bene ... un artista! – allora vai ... ma con molta prudenza ... digli se può rubare una giulietta o un'altra macchina simile, l'importante deve avere un grosso bagagliaio! – si zio, e Pasquale: - per queto lavoretto duecentomila lire penso possono bastare! – eh ... penso di sì! – pensi di poterti fidare? Al che Peppe: – ci penso io! – prima ... chiedigli quanto vuole e casomai, a qualunque cifra, dagli subito cinquanta mila lire come impegno, il resto a lavoro fatto, se dice di no lascialo perdere, vedrai che ti verrà dietro e ti chiamerà! Peppe prende le cinque banconote da diecimila e le infila nella tasca di dietro del pantalone, e Pasquale: - quando avrà fatto il lavoretto ... digli di lasciarla in un posto tranquillo, col buio l'andremo a prendere insieme ... fatti spiegare bene come metterla in moto senza le chiavi! – naturalmente, e se mi chiede qualcosa? - non rispondere ... (sussurrando all'orecchio) hai capito? e nemmeno tuo padre e tua madre devono sapere ... dopo fai un'altra cosa, - che cosa? - procurati una decina di litri di benzina, non comprarla tutta allo stesso posto ... casomai prendi una lattina di plastica ... vai e vieni da casa con un paio di litri per volta, la metti dentro la borsa della spesa, quando rientri nascondi tutto, ben tappato mi raccomando, e dopo, vai a comprare due bottiglie di brandy o di grappa, la marca non importa ... ma vai lontano ... dove non ti conoscono, mettile sempre nella borsa della spesa e una volta tornato nascondile bene, e Peppe: – niente più? – compra un mazzo di carte napoletane! Peppe, sicuro che sarebbe successo qualcosa di bruttoseconda parte, esce. Da quel segreto confabulare, Andrea si incuriosisce e si mette ad origliare, riuscendo però a captare soltanto verso la fine: - Pasqua' ... stasera ci facciamo una scopa? E Pasquale in tono deciso e autoritario: - tu mi devi fare il favore ... non devi vedere e non sentire ... muto come una tomba, e Andrea con la mano destra a mezza altezza: - come dici tu Pasca', mi metto dint a' nu tauto! (dentro ad una bara)! ed il fratello: - basta che ... insomma, ma oggi non hai nulla da fare ... quando si farà notte fonda io e Mena ce ne andiamo all'hotel, e domani mattina, quanto prima, sto di nuovo qua. Nel frattempo Concetta: - preparo la cena ...? mi pare che è ora! e Pasquale porgendole alcune banconote da mille prese del portafoglio: - Concetti' fammi un favore ... puoi andare a comprare qualcos'altro ...? magari un dolce ... una bottiglia di vino leggero ... dobbiamo festeggiare sì o no? – va bene ... Pasca' soldi ne tengo ... da quelli che ci hai mandato! - ok! Non ti scordare il vino deve essere leggero che mette allegria ... ma una buona qualità! Concetta sta uscendo e Pasquale: - Mena, senti ... prendili tu questi soldi che volevo dare a tua madre, in albergo ti potrebbero essere utili per qualche mancia o casomai, se esci lì

attorno ma senza allontanarti, qualche cosa che ti piace, - grazie zio … ce n'ho, e Pasquale: - quando staremo lì parla il meno possibile … e se ci riesci non parlare proprio … ma soprattutto non dire mai zio o zio Pasquale, se mi devi dire qualcosa guardami fisso e aspetta! Mena dà un bacio sulla guancia allo zio che la guarda con un sorriso compiaciuto: - mammà aspetta mo' vengo con te?! E Pasquale: - no, resta a casa che è meglio! Trascorsa circa mezz'ora torna Peppe con due bottiglie di benzina, le mette a terra nella bagnarola che sta nel bagno e esce per comprarne altre, finché ha completato: - zio tutto a posto, adesso devo andare vicino alla chiesa, e Andrea: - Peppì' che ci vai a fare vicino alla chiesa …? Per caso hai intenzione di andare da tuo zio Salvatore? - no papà, devo vedere un amico, fatto un cenno a Pasquale gli fa capire che si tratta della macchina e avvicinatosi gli sussurra: - è proprio una Giulietta, deve farmi vedere come si apre la portiera e come si mette in moto senza le chiavi, dopo gli do' il resto … adesso me li devi dare! - si Peppì … quanto? – centocinquantamila lire! e Pasquale preso il portafoglio: - ecco qua … ti sei ricordato delle carte napoletane? – le tengo nella tasca! E Pasquale: - e mantienile lì … mi raccomando stai in campana! Andrea ha sentito solo campana e subito: - da Salvatore non ci devi andare! E Pasquale alquanto infastidito: - Andre' per piacere, te lo devo dire ancora di stare muto e sordo? Stai calmo e fammi pensare! E Andrea: - non lo faccio più! Concetta ritorna: - ho preso un litro di vino fragola, quello è leggero e saporito, poi cinque babà … figlia bella su aiutami … così prepariamo la tavola. Infine Peppe esce per ritornare dopo circa un quarto d'ora e con un gesto del capo verso Pasquale gli fa capire che è tutto a posto. E Pasquale: - la macchina dove sta? E Peppe guardando il padre di sott'occhio: – dove ti ho detto, là ci sta un po' di largo, e Pasquale: - ci penseremo dopo, adesso è quasi pronto … è vero Cunce'? Andrea è preoccupato più che altro da non sapere che cosa sta progettando il figlio col fratello, ma tace. Peppe fattosi più vicino allo zio: – ha voluto per forza altre centocinquantamila. - ti sei assicurato bene che la macchina si metterà in moto? - Fidati zio … non ho mai fatto prima una cosa del genere … ma fidati! E Pasquale: – ora versa le bottiglie di benzina nella latta da dieci litri, ce la portiamo stanotte e la posiamo giù, tra i sedili posteriori … ah, se vedi qualche copertone vecchio e consumato prendilo, – zio e la grappa? - la lasciamo qua … mi raccomando che nessuno la deve bere … quando verrà il momento so io chi dovrà berla! Andrea sorride: - Pasqua', chi se deve beve? A me, dato che festeggiamo, un goccetto non mi dispiacerebbe … è una vita che non mi faccio un bicchierino di liquore! – quando sarà tutto terminato, da dopo domani sera ti puoi anche ubriacare …! E Andrea: - ma la sai una cosa … ? che in vita mia non mi sono mai imbriacato …! E Concetta: - … la cena è quasi pronta … a tavola, E Andrea: - io mi siedo sullo scannettiello! (sgabello da lavoro), allora buon appetito alla faccia di … di chi so io! E Mena tra sé: - di quello schifoso di Michele Scamorza!
Durante la cena l'attenzione di tutti va su Pasquale per la padronanza e l'eleganza che

mostra. Chiacchierando e scherzando completano il pasto serale, mentre Mena e sua madre sparecchiano, Andrea, vinto dalla curiosità, si avvicina a Pasquale mentre prende una sigaretta dal portasigarette d'oro: - Andre' te la fai una fumata? - Pasqua' si può sapere che cosa hai in mente? E Pasquale: – quando una cosa è decisa ... prima che succeda nessuno lo deve sapere, E Andrea: - va beh .... ho capito va ...! dammi una sigaretta e facciamoci una fumata insieme ... muti! Pasquale controlla spesso l'orologio che porta al polso, e Andrea, che ha alzato il gomito, un po' allegretto: - Pasqua'! è oro, oro vero ... ma che dico ... può essere mai che un personaggio come te ...! era placcato? E Pasquale: - Andre' ... vatt'a cuccà (vai a coricarti), poi si alza e in disparte: - Peppi' senti un po' ... tu la vespa ... la sai guidare? – certo che la so guidare, Giovanni o' scarafone me la faceva portare ... ma solo su e giù per il vicolo. – allora domani mattina valla a comprare ... nuova! – vado proprio alla Piaggio che sta al rettifilo! – Peppi' dove vuoi, basta che la porti entro domani sera, - zio credo di aver bevuto un bicchiere di vino di troppo! - Allora vatt a cucca pure tu! – no ... ma ce la faccio! – la vespa 50 non c'è bisogno di intestarla vero? – ... basta il libretto! – ma io e te sopra ce la facciamo? – si, si! – allora a domani ... mi raccomando! – basta che porto i soldi e me la danno subito ... col libretto e tutto ... non ci vuole neanche il patentino! – benissimo allora eccoti qua altre duecentomila lire ..., - con questi soldi ce la faccio di sicuro, pare che sta sulle centocinquanta mila lire. non costa assai ... ti porto il resto? – quello te lo prendi tu! - grazie zio ... - sembra filare tutto come l'olio, bisogna solo che scatti la trappola ed il topone è fritto! E Andrea che sta continuando ad origliare: - Pasqua' ... teniamo i topi? - Andre' uno solo e grosso ... domani mattina lo prendiamo e lo arrostiamo ..., e Andrea: - o' soric arrustit? (il topo arrosto), e Pasquale: - domani fatti trovare sveglio e concentrato e non ti preoccupare di nulla ... stanotte Mena viene con me al Santa Lucia ... prima però ... Peppi' ... adesso dobbiamo andare, è meglio se ci avviamo subito ... voi aspettateci che tra breve stiamo qua. Peppe a Pasquale mentre escono: - zio ... la giulietta è blu scuro, - perfetto! E Peppe: - è con questo ferrettino che si apre e si mette pure in moto, ho visto bene come si fa ... glielo fatto fare a quello molte volte! Ci sta una lattina di plastica? – sì ... dieci litro, la usiamo come sciacquone, sta vicino alle bottiglie! – mettici dentro la benzina e chiudila per bene, domani sera penserai a metterla nella giulietta, - ah ... nel cofano ci stava già un copertone, - su presto e facciamo in modo che nessuno ci vede, giunti all'auto e provata la messa in moto: - zio qui è poco frequentata, e poi, ognuno si fa gli affari suoi, - assicuratisi che la macchina è chiusa bene ritornano dint o' vascio! e Peppe va a dormire, E Pasquale: - Mena sei pronta? oggi che giorno è? E Andrea: - è venerdì, a proposito Peppi' domani esce l'estrazione! Questi, già addormentato, nemmeno lo sente e Pasquale: - mo' pensi all'estrazione? – embè non può essere che piglio ...? mi sono giocati cinque numeri sulla ruota di Bari ... papà e mammà mi sono venuti in sogno e me li hanno dati ... è la terza volta che li gioco! E Pasquale – Andre' la fortuna te la devi costruire con le tue mani. – se escono è malamente? – no, no! Per carità ...! senti Mena, penso che sia ora ... ti sei preparata la valigia? Non ti scordare la carta di identità! – si zio! Sono pronta, adesso saluto e ce ne andiamo! E Pasquale: - allora ci vediamo domani, Peppi' mi raccomando dormi ..., e Andrea: - Pasqua' quello ha già preso piede! Mena sei pronta? E Mena: – la carta d'identità l'ho messa nella borsetta insieme ai soldi! E Pasquale: – allora andiamo! Tra le lacrime Concetta si avvicina alla figlia, la stringe a sé e le dà un bacio bagnandole le guance: - vai figlia mia ... che quella bella madonna del Carmine ... veramente ci possa fare sta grazia!! E Mena, anch'ella commossa: - mammà, ti voglio bene assai! Poi avvicinatasi ad Andrea dandogli un bacio sulla guancia: - papà, stanotte ...! beh ... statt buon! (stammi bene). Chiusisi in casa e sedutisi sul letto si asciugano le lacrime rimanendo a lungo uno vicino all'altra senza dire nulla, finché: - Cunce' allora? – allora ...? Andre' che t'aggia dicere, iammece a cuccà ... a diman Dio pensa! (che ti devo dire, andiamo a letto che al domani Dio pensa).

Capitolo 29 – La fuga di Filomena Cocozza

Dal vascio del vicolo Speranzella due ombre, a passo svelto, si incamminano silenziose l'una accanto all'altra, scendendo infine i gradini della scalinata davanti al cinema Augusteo, alcuni operai stanno chiudendo. Voltato l'angolo vanno su via Toledo in direzione della piazza Trieste e Trento, si sentono da chi sa dove ventiquattro rintocchi mentre procedono sul lato opposto della Galleria Umberto primo, scomparendo infine nella nebbiosa penombra.

Deboli lampioni e i raggi argentei della luna, che fa capolino tra i cirri mossi dal vento, li accompagnano e vanno senza mai voltarsi, il cuore di Mena è leggero e l'animo lieto, come scampata da un incubo. A pochi metri da piazza Plebiscito, sul marciapiedi davanti al caffè Gambrinus, c'è più luminosità, così come va rischiarandosi la mente della ragazza; passa una guardia notturna in bicicletta, che suona il campanello e va oltre, nel locale ancora qualche avventore per un'ultima tazzina prima della sigaretta. Nell'attraversare piazza Plebiscito, Mena ferma la sua attenzione davanti alle statue dei re di Napoli, che si ergono nelle nicchie della facciata del palazzo reale: - zio, ma quelli chi sono? Non ero mai passata di qui eppure … non è lontano! – stiamo davanti al palazzo reale e quelli posti là ne sono otto di tutti i re di che sono stati re di Napoli. – che sguardo fiero! E lui: – sono re!! – anche tu zio hai la stessa fierezza. Pasquale le fa un tenero sorriso: - sai una cosa? – cosa? - si racconta che, questo qui, Carlo V d'Asburgo, indicando la sua statua, vede una pozza d'acqua a terra e esclamò: "chi ha fatto pipì qui a terra? ", Carlo III di Borbone, questo qua più avanti, risponde: "Io non ne so niente ", mentre questo che vedi adesso, Gioacchino Murat ribatte: "sono stato io, e allora?". A questo punto, l'intervento di Vittorio Emanuele II, quello con la sciabola sguainata, il più drastico, si dice che sguaina la spada e urla: "ora te lo taglio (eviriamolo)", e Mena: - zio, ma come fai a sapere queste cose? – beh, le so perché … qualcuno … insomma, l'ho sentito dire.

Oltre, in lontananza, sul mare scuro, fanno contrasto le luci di alcune navi al largo, mentre la bianca luna, che per il vento riappare nel suo massimo splendore, domina il cielo, lasciando sulle acque increspate dalle folate, uno scintillio intermittente, pochi minuti ancora e giungono all'hotel Santa Lucia, la cui facciata e le scale d'ingresso sono illuminate a giorno.

Il portiere di notte riconosce Pasquale e gli porge la chiave della stanza: - grazie, ma ci deve essere una prenotazione per la signorina qui presente, - un attimo che controllo … eccola … ecco qua, rivolgendosi a Mena: - signorina, cortesemente i documenti? Espletate le formalità di accettazione e accompagnati dal commesso, giungono al secondo piano, quando la porta dell'ascensore viene aperta la ragazza rimane strabiliata di fronte alla lussuosa eleganza del corridoio e sussurrando: - zio … ma … è bellissimo!! … credevo potesse esistere solo nelle favole, e lui: - appunto … e tu sei la Cenerentola che sposerà il principe azzurro … beh, adesso a dormire, da tempo è già passata la mezzanotte! – è così tardi? – domani potrai svegliarti quando vuoi. Posata sul tavolino la valigetta nella camera di Pasquale e ricevuta una lauta mancia, il fattorino va via, Mena lo osserva allontanarsi finché sparisce, nessun estraneo l'ha mai trattata con tanta gentilezza, si volta e stringe a sé lo zio carezzandogli la guancia: - grazie … grazie zio, Pasquale che ha già colto quella emozione: - beh … adesso dobbiamo andare a riposare … fanciulla mia delicata sarai nella perfetta tranquillità, perché Pasquale Cocozza veglia vicino a te! Ancora un momento a guardarlo con ammirazione e riconoscenza, poi Mena, con un saluto della mano, gli manda un bacio, un sorriso e entra lentamente nella sua stanza senza perdere di vista lo zio, che asciugando una furtiva lacrima, vede Betty che lo saluta allo stesso modo, entra e rinchiude l'uscio rimanendo a lungo appoggiato alla porta, pian piano si lascia scivolare sul dorso fino a rimanere accartocciato sul pavimento, Pasquale Cocozza piange, piange il dolore per la prima volta da quando la sua compagna non c'è più, infine risolutamente si alza ritto in piedi, si sveste e in pigiama sdraiato sotto la coperta si studia tutti i dettagli della vendetta che ha progettato contro Michele Scamorza nella giornata successiva, finché decide che deve dormire.

La mattina seguente Mena si sveglia presto, accesa l'abatjour sul comodino guarda il soffitto, la stanza è arredata con lusso e eleganza, la curiosità di vedere le fa accendere anche il lampadario centrale, è costellato di Swarovski e placcato in oro, il letto di radica di noce è affiancato da due splendidi comodini della stessa fattura, al soffitto un affresco di paesaggistica naturale mentre alla parete del letto due puttini laterali davanti ad uno sfondo di cielo e nuvole bianche, gli scendiletto riproducono la stessa immagine del soffitto, di fronte il comò con cinque cassettoni con maniglie di bronzo dorato, sovrastato da uno specchio in una cornice dorata, a destra un vano guardaroba dove si accede tramite uno specchio scorrevole. Ancora assonnata si alza, si stiracchia indecisa, scostata la tenda di seta e aperte le ante della porta che dà sul balcone su via Partenope, da dietro i vetri può ammirare lo splendido scenario del golfo dominato in lontananza dal Vesuvio, alcune barche che tornano dalla pesca vanno verso il porticciolo di Mergellina, le tonalità di bianco e d'azzurro del cielo che vanno oltre la linea dell'orizzonte, giocando col vento, creano il senso dell'immensità, avendo avuto pochissime occasioni di vedere il mare, la ragazza stupefatta rimane a lungo in ammirazione, finché rientra un po' infreddolita. Un'altra meraviglia la coglie nel bagno quando s'accorge, aprendo i due rubinetti placcati d'oro del lavabo, da uno l'acqua è calda, ma ancora non si è resa conto che la realtà lasciatasi alle spalle è definitivamente sparita, cosicché, come approfittando di una occasione, riempita la vasca si spoglia immergendosi nel suo tepore e resta così in ammollo, massaggiandosi tutto il corpo con la spugna insaponata fin dove riesce ad arrivare, con una rilassante sensazione mai provata, finché lo stomaco comincia a farle sentire un certo languorino. Si rialza e, per non prendere freddo, si asciuga in fretta, mentre si asciuga i capelli scopre il fon prima

d'allora mai usato, e, mentre nuda continua con questo, si accorge, dalla immagine nello specchio di fronte, delle delicate e perfette fattezze del suo corpo. Infine preso l'abitino celeste dalla valigetta, riservato per le grandi occasioni, si veste ed esce nel corridoio illuminato a giorno, con l'ascensore giunge al piano terra, è disorientata ma prende coraggio e, attratta dal profumo, entrata nella sala ristorante, dove viene accolta con estrema gentilezza e accompagnata fino al tavolo a lei riservato, scostata la sedia per farla accomodare le viene domandato: - per la sua colazione? – Beh ..., Mena si sente spaesata e con un sorrisetto: - faccia lei, - d'accordo, come desidera! Il buffet comprende ogni leccornìa, dal dolce al salato c'è di tutto, un altro cameriere sopraggiunge col carrello, portandole quanto si può avere di più gustoso tra mare e monti, senza parlare poi della pasticceria, nel frattempo lo zio, che l'ha vista entrare lascia il suo tavolo e le si siede accanto facendo cenno di servirgli qui la colazione, Mena, che, con forchetta e coltello tra le mani, non sa decidere da dove cominciare, si alza dalla sedia, lo saluta con un bacio sulla guancia, e si rimette seduta: - zio ma è una cuccagna, non saprei proprio da dove cominciare! – Come siamo eleganti ... hai dormito bene? – Non ho mai dormito così ... che lusso ...! Però ogni tanto ... stesso nel sonno, non so, volevo capire dove stavo! Zio ... ho fatto un bagno nella vasca con l'acqua calda, pare una reggia ... di quelle che si sentono dire nelle favole! - mi fai immensamente piacere, bambina mia, è una gioia vederti sorridere ... – zio qui ... è tutto bello ...! Pasquale cambia discorso: – senti, scusami, ora tu rimani qui e io raggiungo il vascio, penso che ci rivediamo direttamente domani, se ti va esci dall'albergo ... una passeggiata sul lungo mare ti farà bene, ma senza allontanarti troppo, nella sala ci sono riviste, giornali televisori ed un piano bar. – che cos'è il piano bar? – è il pianoforte dove un pianista suona ... anche a richiesta degli ospiti. – e chi sarebbero questi ospiti? – Pasquale le sorride: - ma siamo noi, quelli che vedi, il personale no ma si riconosce dall'uniforme, altri staranno su nelle stanze, altri sono usciti, insomma quelli che hanno preso alloggio qui. - mi piacerebbe ascoltare, sai, le canzoni che sono uscite adesso! Pasquale si alza per andare: – mentre io vado tu resta seduta ricordati ... puoi chiedere come ti pare, soltanto non dare confidenza al personale di servizio, li metteresti in imbarazzo, e Mena: – va bene zio ... può darsi che viene Paolo ... zche dici, verrà? - sicuramente ... beh io vado, a domani!
Com'era vestito il giorno prima esce dall'albergo, durante il percorso a piedi si ferma al Gambrinus per un altro caffè, dove è d'uso lasciar pagata una consumazione per qualche modesto artista indigente, accende una sigaretta e compra il giornale, ad una farmacia prende una scatola di sonnifero prima di giungere infine nel vascio: - buongiorno, dormito bene? e Andrea rispondendo al saluto: – ue buongiorno Pasca'... e Mena? – tutto a posto, abbiamo fatto colazione assieme, mo' sta lì tranquilla, le ci voleva proprio un poco di serenità! Concetta – quando la possiamo rivedere? – Concetti' se vuoi veder inguaiata tua figlia la devi far venire di nuovo, qui non ci deve

mettere più piede e spero tanto che con Paolo funzioni bene. Peppe che è ancora addormentato si sveglia e stropicciandosi gli occhi: - buongiorno o' zi'…. - Peppi' alzati che stamattina abbiamo da fare. – ma io non so guidare. – non ti preoccupare per questo, a guidare ci penso io, tu devi andare a comprare la vespa. Pasquale mette duecentomila lire sul letto di Peppe: - eccoti qua! Il giovane si alza svogliatamente, si veste e dopo una sciacquata di faccia, asciugandosi sbadigliando, mette i soldi in tasca e porge allo zio quella specie di chiavistello per mettere in moto l'auto: - che ore sono? Al che Andrea: - Peppi' è tardi, al che il figlio: - mo' subito … ti pareva che stamattina ti scordavi? E Concetta: - vieni qua bell'a' mammà, ti ho preparato un bel panino con la mortadella, poi uscendo uscendo se ti vuoi prendere un caffè! – va bene mammà! Dopo aver consumato il frugale panino il ragazzo prende per uscire: - allora io vado! Pasquale si siede senza togliersi il cappello e si mette a leggere il giornale: – senti qua in Vietnam le cose cominciano a mettersi male … pare che Kennedy voglia abbandonare la guerra … va a finire che lo faranno fuori! – quale guerra Pasqua'? – la guerra in Vietnam! non ne hai mai sentito parlare? Ci sta la Cina e la Russia col Vietnam del nord che si vogliono prendere il Vietnam del sud e ci sta l'America con la Tailandia e l'Australia che ci vanno contro. – boh! sapevo che le guerre erano finite. – ne finisce una da una parte e ne ricomincia un'altra in un altro posto! E Andrea con stupore: – allora non si finisce mai? – mai Andre'! la gente la guerra la tiene in testa … ma qui da te non ci sta la guerra? non appena don Michele si accorgerà che Mena non c'è, ci vorranno i catenelli nel naso come ai tori! – Pasqua' ma non ti sembra che forse abbiamo esagerato? Mena se non comincia puntuvale …! tra poco viene la signora Rosa a prendere le scarpe del marito. Pasqua' la faccio entrare? – e chi sarebbe questa signora? – e Andrea: - come! La moglie di Pasquale Scamorza! – e certo …! ma quando viene il marito senza farti notare serra la porta alle sue spalle, come se in casa non ci sta nessuno!

Mena, terminata la colazione rimane una mezz'oretta ad osservare la lussuosa sala finché ritorna nella sua stanza, dà una sistemata al vestito, un'aggiustatina ai capelli, un po' di rossetto e fondo tinta, perché ha intenzione di uscire, quando sta per andare, coprendosi le spalle con il solito scialle, non può fare a meno di ricordare quel marciapiedi di via Roma, una tristezza la pervade ma risolutamente si riprende ed esce su via Partenope. È una giornata radiosa e fresca ed il cielo è completamente sgombro, ogni tanto una leggera brezza dal sapore di mare le sfiora la nera capigliatura, alla monumentale Fontana dell'Immacolatella si ferma e, poggiati i gomiti sul muretto, guarda l'infinito oltre l'orizzonte, mentre un vaporetto, attirando il suo sguardo, va verso Capri tracciando sull'acqua una scia bianca. Una sensazione di una recuperata libertà, alimentata dallo stupendo panorama le fa allargare e alzare le braccia, con mani aperte, come per ringraziare quel Dio che sa di esistere, ma del quale non ha mai sentito parlare. S'incammina lungo l'ampio marciapiedi accompagnata dal rumore delle auto e dei motocicli, un chiosco poco lontano vende una fredda limonata, tarallucci di sugna e pepe, premute d'arancio e patatine fritte, oltre sostano diversi carrettini con ogni sorta di souvenir. Non si sente libera, l'incubo del recente passato la segue come un'ombra, pensieri e ricordi si fondono dandole una sensazione di vuoto, si rende conto di aver paura, una paura che a stento riesce a dominare cercando di persuadersi che quel mondo per lei non esisterà più.

Paolo giunge al Santa Lucia quando Mena è fuori, con apprensione chiede di lei alla reception, il portiere controllata se la chiave della stanza è presso di lui, gli fa sapere che non è in albergo, lui esce in strada e domanda all'addetto al parcheggio delle auto se l'avesse vista e questi: - giuvino', state parlando di una ragazza con uno scialle grigio? - non saprei come è vestita ma sicuramente sarà lei! – allora … mi pare che, penso …! Ah, è andata in direzione della Fontana Speranzella. Avviatosi a passo svelto, alzando spesso lo sguardo con attenzione tra numerosi passanti che vanno e vengono, qualcuno con la macchina fotografica, dopo un camminamento di circa dieci minuti la scorge, per lui è inconfondibile, sta di spalle e procede con lentezza, avvicinatosi senza chiamarla le poggia le mani davanti agli occhi, lei si gira e, dopo la sorpresa, lo abbraccia con gaio sorriso: - ciao! Le dice Paolo, e lei prendendolo per mano, con un sorriso lo invita a passeggiare insieme: - sono molto contenta di vederti! – anch'io, sai … da che son partito da casa dei nonni non vedevo l'ora … dove vai bella principessa tutta sola? il tuo principe moriva dalla voglia di vederti! – ah! Il mio principe, ora capisco! - la mia principessa è una perla rara … il mio desiderio è ammirarla! – lei mi lusinga … signor principe! – se avessi avuto una macchina fotografica ti farei un sacco di fotografie ... tutte per me! Parlando del più e del meno, tra un sorrisetto ed una smorfia d'allegrezza, mano nella la mano giungono alla villa comunale della Riviera di Chiaia: - Mena ci stanno le panchine, che dici, ti va se ci sediamo su questa? – sì sediamoci … sai Paolo! mi sembra di vivere in un sogno e ho paura di svegliarmi con l'ansia di ritrovarmi ancora a quell'angolo di via Roma, Paolo la osserva silenzioso mentre lei continua: - stanotte mi sono svegliata spesso, per capacitarmi di dove stavo ho dovuto accendere la luce, è così che poi riuscivo a riaddormentarmi, avrei desiderato … tra tanto lusso, non so … non di stare da sola … sai a casa mia, per quanto piccola e misera, non ho mai dormito senza qualcuno con me, anche se, a dire la verità, anche lì non è che le mie notti fossero serene … sai ti ho sognato, mi sorridevi, mi tenevi per mano … un po' come adesso …, E lui sorpreso: - mi hai sognato: - sì … ed è stato molto bello, perché ho sognato proprio te …! All'improvviso ci siamo trovati in riva ad un lago, percepivo la tua mano sulla mia spalla come volermi dare serenità, poi all'improvviso un vento forte e l'acqua che si agitava ed io che ti stringevo tra le mie braccia …, ma è tutto vero ciò che sto vivendo da ieri a mo'? ho la sensazione come se stessi ancora sognando e ho paura … paura di svegliarmi! Paolo presale la mano e carezzandole la guancia: - sogna, sogna ancora, finché ti accorgerai che questo tuo

sogno è realtà! E lei: - vorrei sentirmi ... come dire ... completamente in me stessa per capacitarmi che è tutto cambiato! Lui guardandola negli occhi, - cambiato in meglio, ti pare ...? mi piace guardarti, mi piace quando ti muovi, mi piace quando mi sorridi e quando camminiamo, mi piace ascoltarti. Mena gli carezza la mano abbassando lo sguardo, è triste come chi pensa di non meritare tanta gioia, che eppure sente esplodere dal suo cuore. Un pettirosso plana al suolo davanti ai loro piedi in cerca di qualche briciola, immobile sulle sue zampette li guarda, ma giusto un attimo e poi vola via, Paolo a Mena: - guarda, si dice che quando Gesù stava in croce, un uccellino gli è volato vicino e, tentando invano col beccuccio di estrargli i chiodi, gli è rimasta quella macchiolina rossa. Decidono di far ritorno all'hotel, procedendo a passo lento sul lungomare di via Caracciolo. Si alza un vento gagliardo e a tratti qualche onda più grossa spumeggia, rumoreggiando sugli scogli sottostanti: - Mamma mia mi fa impressione! Dice Mena stringendosi a Paolo, lui le si mette di fronte e le dà un bacio sulle labbra, la ragazza prova un brivido, un'emozione mai provata prima: - non mi era mai successo, prima di questo momento, chi sa tu quante ragazze avrai baciato prima di me! - se ti dicessi che anche per me è la prima volta? All'improvviso passa un ragazzino, calzoncini corti e maglietta stropicciata, uno di quelli che nonostante la giovane età porta già l'esperienza della vita vissuta, il cosiddetto scugnizzo, che, vedendoli così assortii, esclama a Paolo: - Iamm bell ia ... a papera s'è cotta! Chesta ha pers e cerevell pe te! (come per dire la ragazza si è innamorata di lui), scomparendo poi tra la gente! Al che Paolo, che non ha capito nulla: - che ha voluto dire! - beh ... insomma, che io mi sarei innamorata perdutamente di te! E lui: - e tu che dici ... ha ragione? E Mena stringendolo forte, con il capo poggiato sul suo petto gli sussurra con commozione: - penso proprio di sì ...! e tu? - penso proprio di sì!
Giunti in albergo si siedono nella hall e Mena: - vogliamo pranzare insieme qui, che dici? - beh sì ... ma subito voglio dirti tra dieci giorni dobbiamo ripartire per l'Australia, sarebbe bello se tu potessi venire con noi, ho parlato con mia madre di te e spero quanto prima di portarti a conoscerla. - e che le hai detto? - che ho conosciuto una ragazza fantastica! - e lei? - lo sai come sono le mamme, ti invitano sempre a non essere precipitoso, ma tu mi vedi precipitoso? Io faccio quello che sento nel cuore. - prima sarebbe meglio che tua madre conoscesse subito il mio passato e se dovesse essere contraria non la biasimerei! - il tuo passato non esiste più, ora esiste il nostro futuro, è questo che ha importanza, penso sia meglio non parlarne con nessuno, che restasse un nostro segreto. – io ci penso al mio passato! è diventato in me come un'etichetta incollata addosso, la gente è facile ad etichettare come si fa con tutto ciò che si vende e si compra, ed il loro giudizio dipende dall'etichetta che ti è stata applicata, anche se poi ti sforzi di migliorare, e nel mio caso, ne hai anche l'opportunità, - io non sono abituato a ragionare così! Ma Mena: - mi assale una tristezza angosciosa, credere nel tuo amore non mi basta, anche se senza di te nulla avrebbe un senso ...

insomma ora starei ancora la …, - questo non lo puoi dire, è stato tuo zio e non io a toglierti da quella realtà! – vorrei riuscire a farmi coraggio e trovare veramente la forza di ricominciare tutto nuovo! – adesso sei come una bambina che sta imparando a camminare e sta scoprendo tutto un nuovo universo che nemmeno immaginava esistesse, - è vero, hai ragione ma basterebbe un gesto, uno sguardo di ammiccamento e tutto crollerebbe, - allora ancora maggiormente dobbiamo tenerlo come un segreto, non trovi? se per i miei dovesse essere un impedimento, lascerei loro, gli affetti e perfino la mia posizione sociale. – non puoi rinunciare a tutto quello che hai costruito, sarebbe come rinnegare te stesso e potresti pentirtene ed io ne sentirei tutto il peso, adesso parli sulla scia dell'entusiasmo, ma tua madre ha detto bene consigliandoti di non essere frettoloso, io ho bisogno di sentirmi pienamente accettata, per me questo è altrettanto importante quanto è importante ciò che proviamo l'uno per l'altra, per vivere felici insieme, almeno tua madre, lo dovrà sapere subito!
Paolo si ferma e con uno sguardo deciso e con altrettanta risolutezza: – tacere non significa simulare una verità, per costruire insieme abbiamo anche bisogno di fare silenzio, quando poi sarà, verrà anche il momento di non tacere più, ma prima bisogna che si veda bene ciò che siamo adesso e non quello che eravamo in passato, Al che Mena: – Paolo dimmi che mi ami, dimmelo sempre, e lui: – sì, ti amo! Lei si gira intorno per capire se qualcuno li potrebbe vedere, poi avvicinatasi gli dà un bacio sulle labbra, ritraendosi con le guance umide: – che fai piangi? – beh … sì!
Giunge un cameriere di sala, che per farsi notare fa un colpetto di tosse: - scusate, avete intensione di rimanere per il pranzo? Mena gli risponde di sì, cosicché questi gli presenta il menù da cui scegliere, infine avendo preso nota: - allora bene, il pranzo sarà servito dall'una alle due e mezza, il cameriere saluta con un inchino dirigendosi verso la porta che dà alle cucine. – sai … il mio principe mi farà compagnia a pranzo! – certo mia principessa! Continuano a discorrere di cose che in altre circostanze potrebbero sembrare banali, ogni tanto si guardano negli occhi e sorridono di gusto, finché vengono invitati ad accomodarsi al tavolo loro assegnato, durante il pranzo Mena, trovando il cibo particolarmente gustoso chiede di fare il bis del primo e Paolo fa altrettanto. Il resto del tempo insieme trascorre in serena armonia finché verso le sedici: - adesso devo ritornare a Casavatore, ho intenzione di parlare con mia madre, spiegarle quanto seriamente son vivi i nostri sentimenti: - sto dicendo bene? – sì è così … dici bene! Gli risponde Mena, e Paolo: - il tempo non è dalla nostra parte, perciò quanto prima ti porto a conoscere la mia famiglia, se fosse possibile vorrei che tu partissi con noi! Mena non sa come rispondere, è sorpresa da tanta risolutezza, ma non è la prima volta che Paolo mostra tanta determinazione, da ciò riesce a dire soltanto: – va bene! a domani. Prima di andare le dà un bacio sulla fronte: - allora a presto! E va via a passo svelto.
Mena ritorna in camera non pienamente tranquilla, poggiato svogliatamente lo scialle

su una sedia si sdraia sul letto, pensierosa si abbandona in un dormiveglia inquieto, non si è coperta e un po' di freddo la sveglia quando le ombre della sera cominciano ad allungarsi, si alza per una sommaria toilette e quando giunge giù nella sala ristorante molti ospiti stanno già cenando. Mai prima d'allora aveva gustato cibi così deliziosi, a fine pasto, compiacendosi va nel salotto, il televisore trasmette il quiz "Lascia o raddoppia" di Mike Buongiorno, mai visto prima, dopo una mezzoretta e risale. Apre le ante del balcone e si affaccia gomiti alla ringhiera, sul piccolo pianerottolo, Capri, che copre l'ultimo sole non può impedire che il rosso del cielo dietro stante imbrunisca i suoi contorni collinari, mentre il mare scuro mostra i riflessi ondeggiati delle prime luci dell'isola delle sirene. Mena è lì fino all'orizzonte, nell'oscurità senza luna, giù la strada, coi lampioni, le luci delle insegne e i fari delle autovetture accesi contrastando il buio della notte, assume, man mano che gli occhi si adattano, più luminosità. Infine la sua attenzione si volge ai pescatori sulla battigia, che si danno tra di loro la voce di andare, accese le lampare a petrolio mettono le barche in mare, coi remi spingono l'imbarcazione al largo, in quei punti dove sanno già di poter riempire le reti, e man mano che si allontanano dalla riva diventano come lucciole sospese sul nero notturno. Un paio di sbadigli e va dentro chiudendo dietro di sé il telaio con i vetri aperti, accende la luce sul comodino e, riempita la vasca di acqua calda, vi rimane a lungo in ammollo, nel tepore ombre di fantasmi nella mente, così come sorgono scompaiono, lasciandola smarrita, poi cerca di riprendersi facendosi presente di essere al sicuro, protetta da suo zio come da un indomito gigante. Alzatasi dal bagno per non sentire freddo si copre subito col telo di spugna vellutata, si avvicina a piedi scalzi al balcone per chiudere gli scuri, avvicinatasi al letto e spento l'abatjour, si lascia sfilare di dosso l'indumento umido, per stendersi nuda tra le morbide lenzuola. Col capo che affonda nel morbido cuscino è a pancia in su ed il pensiero di come sarà il suo domani, infine, girata su un lato, in poco tempo si addormenta.

Capitolo 30 - La fine ingloriosa di Michele Scamorza

Nel vascio ancora tutto è apparentemente tranquillo, Pasquale ogni tanto controlla l'orologio, alle nove e mezza precise si apre la porta, è Michele Scamorza: – dove sta? – dove sta chi? Gli replica Pasquale, ed il boss: - voi state ancora qua? Gli si avvicina e stendendo il braccio: - e in mia presenza toglietevi il cappello!! Pasquale, più svelto, proprio questo gesto aspettava, lesto gli afferra in una morsa d'acciaio l'avambraccio, lo costringe ad inginocchiarsi, il boss resta a bocca aperta finché Pasquale, mantenendo saldamente la presa, con la destra estrae nella giacca la pistola e tenendola per la canna stordisce con un colpo sul cranio: - guappo di cartone sei finito! Andrea e Concetta, serrato tutto restano stupiti dal tempismo, hanno paura e non sanno cosa fare, Pasquale, per sicurezza, sferra un altro colpo sulla testa del boss, che cade a terra privo di sensi bagnando di sangue il pavimento. – Pasqua' che hai fatto, quando si sveglia siamo rovinati ... – e quando si sveglia? Questo maiale si sveglierà solo all'inferno! - all'inferno? hai intenzione di ucciderlo! - e che ti pensavi? E gli faccio prima un funerale ardente, vivo nel fuoco ...dammi una mano a metterlo dietro al letto là, dopo lo copri con un lenzuolo e nessuno lo vede, Cunce' ... tu pulisci la macchia di sangue. Andrea e Pasquale lo sistemano coprendolo col lenzuolo, Andrea prima di allontanarsi di nuovo gli dà un forte calcio tra le costole e poi un altro ancora, Michele Scamorza pur nello stordimento ha una scossa rimanendo svenuto, infine dopo una sistematica pulita al pavimento per cancellare ogni traccia di sangue riaprono il portoncino e, alla luce naturale, spengono la lampadina. E Pasquale: - Concetti' prendi la bottiglia di grappa e vieni qua. La donna si avvicina al corpo stordito, Pasquale: - ora alzagli un poco la testa, chiudigli il naso e quando apre la bocca per respirare, infilaci dentro con cura queste tre pillole di sonnifero, poi a piccole sorsate, , una mezza bottiglia di grappa, stai attenta che non gli vada di traverso, non lo dobbiamo affogare, questa merda deve morire solo quando lo decido io! poi oggi pomeriggio verso le cinque ripeti l'operazione, ma se nel frattempo dovesse dare cenni di riprendersi dagli subito un altro sonnifero con un sorso di grappa. – Pasqua' ma che vuoi fare? – quello che non potevate fare voi, stanotte lo voglio portare nel cofano della macchina in una campagna solitaria fuori Napoli, forse su una spiaggia, più solitario è meglio è, non si rischia di incendiare qualcosa, là gli do fuoco nel cofano dell'auto che abbiamo fatto rubare, però prima lo sveglio con una bella spruzzata d'acqua in faccia, a proposito dì a Peppe di mettere nella macchina pure due bottiglie d'acqua, deve pagare secondo per secondo tutto il male che ha fatto alla piccerella. Adesso fa cambiare aria alla casa! – Pasqua'! e come te ne ritorni ...? a piedi? Con Peppe sulla vespa 50! – zio Pasqua' tutto a posto, a proposito papà! Sono passato per il bancolotto, niente, non è uscito nemmeno un numero ... - con tutto questo casino me l'ero proprio dimenticato ... non li giocherò più. - Andre' fai bene! ... Giovanotto stammi bene a sentire, porta la vespa dentro e nascondila vicino allo sgabuzzino con una coperta sopra! Peppe esegue: – va bene così? …ma … sento odore di liquore! – don Michele non ha perso il vizio di bere … si è scolata mezza bottiglia! – allora non è come avevo pensato? – che avevi pensato Peppi'? … - ho capito e adesso dove sta Michele Scamorza? - è dietro il letto … per terra che dorme. Peppe gli va vicino e alzato il lenzuolo: - mamma mia … questo è don Michele Scamorza, - con la grappa che tu hai comprato … glielo scolata quasi tutta … mo' starà buono fino a stanotte. Peppe spaventato sgrana gli occhi: - e se si sveglia all'improvviso? – Peppi' prima stavo scherzando ma quello si sveglierà solo quando lo stabilisco io! questa sera lo portiamo stordito sul litorale della Domiziana e tu mi verrai dietro con la vespa 50 e Michele Scamorza si farà un viaggetto senza ritorno! – come sarebbe senza ritorno? – Sarebbe che don Michele rimane nella macchina e noi ce ne torniamo con la vespa! – adesso capisco … rimane morto … ecco perché la benzina e i copertoni … tu gli vuoi dare fuoco! – hai capito! – come ce lo mettiamo nella macchina? – stanotte quando tutti dormono la portiamo qua davanti, apriamo il cofano posteriore e lo scarichiamo come un sacco di munnezza … poi ce ne andiamo a fare questa bella passeggiata, io con la macchina e tu dietro con la vespa ... - beh! È meglio se vado ci vediamo stasera … mi raccomando se il porco fa un minimo cenno di svegliarsi naso chiuso bocca aperta un bel sonnifero in bocca e liquore a piccoli sorsi quanto basta, vado a mangiare all'albergo.

Andrea Concetta e Peppe a casa inquieti cercano di mantenere un comportamento calmo come sono soliti, sorvegliando ogni tanto che Michele Scamorza resti sempre profondamente addormentato.

Pasquale va al Santa Lucia per il pranzo e una breve pennichella, nel ritorno da Andrea cambia una mazzetta di dollari in banconote italiane, valore complessivo un milione di lire, l'agente di cambio non gli fa nessuna obiezione, la moneta americana è valuta pregiata, ripone la somma in una busta che mette nella tasca della giacca.

I numeri giocati da Andrea non escono nemmeno quel sabato, ma il fatto che Andrea e Peppe erano andati a comprare tutte quelle provviste e poi la vespa50 fa girare la voce della vincita, Quel pomeriggio vengono in tanti, qualcuno semplicemente a congratularsi e fare gli auguri. - Auguri di che? Dice Andrea. - Ma come … su non fate lo gnorri. Altri si presentano per un prestito, ancora per vendere qualcosa, addirittura uno l'automobile, non si erano mai viste tanta gente a casa di Andrea Cocozza! Quando la gente crede che sia ricco ti gira sempre intorno nella speranza di approfittare, ma la cosa preoccupante è la presenza di Michele Scamorza nascosto dietro il letto che ogni tanto russa. Nessuno fa riferimento eventuale alla vincita limitandosi a voli pindarici o maliziosi ammiccamenti, i Cocozza a mala pena riescono a mantenere la calma.

Pure la signora Rosa, ma cerca il marito, sta in giro da tre ore, il marito non era rincasato per il pranzo: - avete per caso visto mio marito? – stamattina! dice Andrea … ma poi è andato via! In tali circostanze meno si parla meglio è! - mamma mia e dove starà, e

Mena dove sta? - signora Rosa, Mena si è sentita male stamattina ... adesso sta all'ospedale. - ci passo pure io per l'ospedale può darsi che Michele mio sta lì ... se incontro vostra figlia lo domando pure a lei se casomai ... non si può mai sapere! - signora Rosa, le dice Concetta, mi dispiace ma non vi capisco ... ma secondo voi don Michele Scamorza sparisce accussì ...? appena lo vediamo gli diciamo di tornare a casa subito perché voi state molto preoccupata. - una cosa del genere non era mai capitata, mio marito è sempre stato puntuale e sapevo sempre dove trovarlo. - e che vi devo dire ... non vi preoccupate, nessuna nuova buone nuove se gli fosse successo qualcosa di grave già si sarebbe saputo; perciò calmatevi! - allora vado subito a dare un'occhiata al pronto soccorso ai Pellegrini. - Signora Rosa! Quello se don Michele si fosse sentito male non si sarebbe saputo subito ... - ma ai Pellegrini ci voglio andare stesso adesso! Ad Andrea gli tremavano le gambe, col fazzoletto si deve asciugare la fronte come se avesse sudato sette camicie. Il boss ogni tanto si muove e Concetta gli chiude il naso per fargli aprire la bocca e fargli ingurgitare un'altra compressa di sonnifero: - speriamo che non gli farà troppo male ... ma che m'importa ... tanto! stasera deve morire!

Quel giorno trascorre nell'inquietudine, nel quartiere la gente si tratteneva per i vicoli, a chiacchierare, nella piccola osteria si parlava della scomparsa di don Michele Scamorza, le comari discorrevano se Andrea avesse veramente vinto al lotto, altre ipotizzavano che Michele Scamorza se n'era scappato con Mena Cocozza per una fuga d'amore, ma nessuno in tutta quella giornata seppe dire cosa veramente poteva essere successo. E la gente mormorava: Andrea da dove poteva prendere tanto denaro, quanto mai ha tenuto tanta roba da mangiare, e il figlio che si è comprata la vespa! il discorso continua e continua fino a tarda sera alla luce dei lampioni. Quando giunge Pasquale, dopo si diceva che un uomo misterioso è amico dei Cocozza, fosse lui a dare tanti soldi ad Andrea? Dopo tanto chiacchierio la soddisfazione di farsi una bella cena stempera la tensione, ma la presenza di Michele Scamorza resta, specialmente quando russa nel sonno. Dopo cena Concetta si mette a sparecchiare e Pasquale: - Concetti' vedi che nella busta che ti ho portato c'era anche un quarto di caffè macinato, prepari un bel caffè? la notte sarà lunga! - e dove sta, non la vedo.... ah! Eccola qui proprio sotto il mio naso! - c'è un mazzo di carte ... ci facciamo una scopa a tre? - Pasqua' le carte ci stanno, ma con tutta la buona volontà la voglia di giocare non ce l'ho proprio!

- Peppi' e tu te la vuoi fare una scopa con lo zio? – perché no?! Alla faccia di quel sacco di merda che dorme? – prima fa una cosa, queste sono duemila lire, vai dal tabaccaio prima che chiude e compra un pacchetto di Marlboro i fiammiferi svedesi e un mazzo di carte nuovo, il resto te lo tieni tu! – grazie zio, vado e torno.

– Andre' la valigia che ti ho portato sarà e l'inizio di una nuova vita, ti rendi conto che adesso Michele Scamorza sparisce dalla circolazione? Però mi raccomando per almeno sei mesi continua a fare la stessa identica vita di prima ... spendi quanto meno puoi ...

così man mano la cosa va a scordare. Poi devi fare un'altra cosa, apriti un conto corrente in una banca lontano … in un'altra città, Aversa per esempio, ci puoi mettere che so! Anche solo trenta o quarantamila lire poi mi fai sapere le coordinate bancarie e ogni tanto, così per sfizio, ti accredito qualche sommetta senza che nessuno sa niente.
– Pasqua' e come faccio? Io non lo so fare, non sono mai stato in una banca!
– Andre'! volere è potere, e poi come si dice a Napoli: "chi tene a' lengua va in Sardegna", tu basta che ti presenti allo sportello bancario con la carta di identità, dici che vuoi aprire un conto corrente e fa tutto l'impiegato, tu devi solo cacciare i soldi che vuoi versare, poi mi fai vedere la ricevuta e il contratto e io mi copio quello che mi serve per mandarti i soldi, tutto qui, semplice no!? Il cervello allora a che ti serve se non lo fai funzionare!
Pasquale apre la busta che teneva nella tasca, prende la mazzetta di banconota, conta un milione e lo pone nella busta, il resto … circa centocinquantamila lire: - Andre' tieni, versaci queste sul conto, e senti a me! Forse è proprio il caso che ti vai a fare una camminata ad Aversa, scegli una banca grossa, per esempio il Banco di Napoli. – Grazie Pasqua'! domani mattina faccio come mi hai detto, mi prendo il tram a Porta Capuana e vado ad Aversa o mi prendo il treno a piazza Garibaldi … forse è meglio il tram è più facile che non sbagliare! E Concetta: - il caffè è pronto … Pasqua' ci dobbiamo un po' arrangiare perché le tazzine non ce l'ho, mi dispiace che Peppe lo troverà quasi freddo … che profumo di caffè!
– Caro fratello non avrei mai pensato che si potesse risolvere così la situazione di Mena e se non ci fossi stato tu da dove li prendevo tanti soldi? Ma soprattutto non avrei mai potuto avere il coraggio di affrontare quella carogna … mi sento come se tenessi un tricchi-tracco (fuoco d'artificio napoletano) in mano pronto per accendersi da solo .. ma allo stesso tempo mi sento sollevato. – Papà! Si può sapere come ti senti veramente? - ti abituerai! ti abituerai caro fratello mio alla nuova libertà come ti eri abituato ad essere uno sottomesso, e non ci pensare più … Peppi' mischia le carte e facciamoci la scopa e poi il pizzico (tresette a due) è da quando sono partito per l'America che non gioco con le carte napoletane … a mezzanotte precisa cominciamo il trasferimento di questa carogna. Zio e nipote iniziano a giocare a carte. Don Michele ogni tanto si agita nel sonno e Concetta: - Pasqua' questo si agita che devo fare? Verso le cinque gli ho dato un alto sonnifero e mezzo lito di grappa, - dagli solo un bicchierino di grappa se no rischiamo di farlo morire qua! - sì, va bene! pfuh! alla faccia tua! E gli dà un calcio nel fianco con tutto il sentimento. – Cunce' non lo fare più, non si sa mai, potrebbe svegliarsi! Mentre Pasquale e Peppe continuavano a giocare a scopa la moglie di Andrea si distende sul letto, chiude gli occhi nella speranza di riuscire a dormire, Andrea mentre si addormenta sulla sedia scatta e si sveglia. Zio e nipote sono calmi anche se l'atmosfera è pesante. Pasquale, vede ogni tanto l'orario finché si accorge che manca poco a mezzanotte: - Concetta vuoi fare un altro caffè? la donna che si era quasi

addormentata si alza tutta intorpidita: – subito lo metto a fare! - mi raccomando forte! - a me è meglio di no … forse meglio una camomilla, – Andre' la camomilla non c'è! … un bicchierino di grappa? – allora mi faccio un poco di acqua e zucchero caldo, e ci metto un goccio di grappa, poi mi corico … bah! che vuoi dormire stanotte! Quando finiscono di bere il caffè, Pasquale guarda di nuovo l'orologio: - è l'ora, Peppi' adesso io vado a prendere la macchina e la parcheggio fuori, tu intanto porta la vespa fuori … quando torno tu e tuo padre portate quel sacco di monnezza fuori all'uscio di casa e lo sedete su una sedia, mi raccomando mettiti qualcosa di pesante … sulla vespa sentirai freddo!

Dopo poco tempo Peppe sente il rumore del motore, il cofano è aperto con dentro i copertoni di motocicletta, legate per bene dietro la schiena le mani del boss e un bavaglio sulla bocca gli toglie il portafoglio con i documenti e i soldi, la fede, un altro grosso anello con brillante e la collanina d'oro: - Andre'… i documenti bruciali sul fornello, i soldi mettiteli in tasca, l'oro e il portafoglio buttalo via nella spazzatura prima di prendere il tram, domani quando vai ad Aversa, – va bene Pasqua'… come dici tu! Pasquale carica da solo don Michele sulla spalla per depositarlo nel bagagliaio della Giulietta, chiude col minimo rumore il portellone e mette la tanica della benzina tra i sedili posteriori con le bottiglie d'acqua: - Peppi' adesso io vado avanti, tu mi segui … il giaccone che hai preso va benissimo … tu stammi sempre dietro, e se mi fermo avvicinati solo se ti faccio cenno, i fiammiferi li tengo nella tasca della giacca! – zio la vespa non fa più di quaranta all'ora! - ok …! Andre' … Cunce' … statevene tranquilli, prendete un sonnifero a testa così è sicuro che per il resto della nottata dormite … Cunce' per favore un'altra bottiglia d'acqua? - subito te la prendo, porta pure tutta la grappa che è rimasta, E Andrea: - e adesso che succederà? - lo vedrai scritto sui giornali … dopodomani! - Peppi', bell' a papà, mi raccomando stai attento con la vespa! Specialmente alle buche! - va bene … ma stai tranquillo … andiamo piano.

La notte è fresca, soltanto qualche stella più lucente tra le nuvole rischiarate dalla luna piena, - è quello che ci vuole per fare per bene il lavoretto, dice fra sé Pasquale, le luci dei lampioni dopo la mezzanotte non sono accese, un saluto, mette in moto e parte, col finestrino a metà accende una sigaretta, da Capodimonte gira al bivio col Garrittone verso Varcaturo. Su una larga piazzola dopo Qualiano una pattuglia di carabinieri, luci dell'auto ad intermittenza un agente gli intima di fermarsi, Pasquale accosta lentamente fermandosi, l'altro carabiniere è a distanza armato di mitra vicino alla macchina:
- Documenti prego!   Pasquale resta seduto, porge la patente internazionale e il passaporto … anche il libretto di circolazione, - sta nel cruscotto … un attimo che lo prendo! - Prego! Pasquale si abbassa apre lo sportellino e prende un qualcosa di cartaceo dando l'impressione di averlo nella sinistra, con la desta nella tasca tiene la pistola, scende come per dare il documento ma l'agente si ritrova con la canna della pistola che preme sulla pancia: - Se mi stai a sentire e farai il bravo non ti succederà

nulle, e guadagnerai un bel gruzzolo, indicando l'altro: - chiamalo come per chiedere un chiarimento ... non allarmarlo se no il primo ad essere spacciato sei tu ... sono un ottimo tiratore! - Nicola, per piacere puoi venire, questo signore è americano ... vedi tu se riesci a capirci questo signore cosa dice! Per niente insospettito si avvicina e all'improvviso si trova puntata la pistola addosso che Pasquale nel frattempo mette in evidenza, - Ragazzi non voglio farvi del male, siete giovani ... avete famiglia ...? Pasquale prende la busta con i soldi dall'altra tasca della giacca: - qua c'è un milione di lire ... mi lasciate andare e ve lo spartite ... e non ci siamo mai incontrati!
A quei tempi la paga sì e no cinquantamila lire, guardandosi reciprocamente fanno cenno di acconsentire, Nicola prede la busta e ne esamina il contenuto. – tutto a post! Poi si allontanano in macchina, un'inversione di marcia e facendo il saluto militare spariscono nel buio. Peppe ha visto e quando la giulietta riparte dà in un sospiro di sollievo.
Sulla spiaggia deserta al debole chiarore della luna si sente il mare agitato, Peppe apre il cofano, Michele Scamorza giace addormentato, Pasquale lo sveglia con una secchiata d'acqua in faccia, legato e imbavagliato riesce solo a muovere lo sguardo in fuori, un paio di schiaffi lo desta completamente, aperta la tanica vicino al naso del condannato: - lo senti questo odore di benzina? Un "muu muu ... mmm", è l'unico suono che può pronunciare, Michele Scamorza si rende conto di essere caduto in una trappola mortale, tenta di dimenarsi e inutilmente si agita dando scossoni, occhi sgranati vorrebbe gridare, gli viene liberata la bocca, ma Michele Scamorza resta ammutolito: - Guappo di cartone tra poco ti sentirò gridare, e mi darai una grande soddisfazione per ciò che hai fatto a mia nipote! - Chi sei, cosa vuoi, perché mi hai legato e portato qui? Pasquale facendo luce con un fiammifero: - Adesso guarda ... guardami bene, il diavolo già ti morde le chiappe ... te la ricordi a Mena ...? Filomena Cocozza? – tu? tu ieri ... adesso mi ricordo ... nel vascio ... - io sono Pasquale Cocozza ... ti dice niente? ti porto il saluto degli amici di New York ... la senti la puzza della benzina ...? voglio fare un bel falò ... che ne pensi ... ti piace ... - un momento ... ragioniamo, quanto vuoi? Ti pago ... tutto quello che vuoi! – tu vuoi pagare a me? E che tieni ... tu non sei niente ... ah! ho capito ... mi vuoi pagare? Va bene! pagami ... con che cosa vorresti pagarmi? - D'accordo accetto ...! Dimmi cosa vuoi e te la darò ... parola di Michele Scamorza! E Pasquale prende la tanica di benzina e ne versa il contenuto su Michele Scamorza: - voglio la tua vita ...! Peppi' vuoi essere tu ad accendere questo carognoso? – zio ... ho paura, fallo tu! Al che Michele; - fermi ... fermatevi ... per pietà ... (Michele Scamorza nella speranza di essere sentito da qualcuno grida disperatamente, piange e si contorce) - Sta carogna piange ... è pure un fetente vigliacco ...! Peppi' non perdiamo altro tempo ... lo devi fare tu, se no che uomo sei? Michele continua disperatamente a gridare; Peppe prende il fiammifero e, chiusi gli occhi, da prudente distanza lo sfrega per accendere e tenendolo tremante tra le dita con la fioca luce che illumina la faccia della

vittima: - si ... hai ragione ... devo essere io ad arrostire questo maiale ... Michele Scamorza ... la senti la puzza dell'inferno? Pasquale si allontana e Peppe lancia il fiammifero acceso nel cofano della giulietta provocando un forte movimento d'aria, tra disperate grida le fiamme rischiarano la spiaggia circostante, insieme al rumore dei frangenti sul bagnasciuga si sentono solo gli schioppetti del grande rogo che ha avvolto completamente la Giulietta. Peppe: - ah! Che soddisfazione ...! sapessi quanto ho desiderato la morte di questo fetente ... precisamente così ... puh!! alla faccia tua Michele Scamorza!! - però adesso prendi la lattina col resto della benzina e andiamo subito via ... i copertoni accesi faranno durare a lungo le fiamme, sarà impossibile poterlo riconoscerlo, nemmeno i denti resteranno!

I due rifanno sulla vespa la strada del ritorno nel cuore della notte, pian piano la città riprende vita, vanno i netturbini coi carrettini per le strade, furgoni e tricicli stanno al mercato ortofrutticolo, mentre ogni guardia notturna controlla spesso l'ora. Dopo aver accompagnato lo zio con la vespa in albergo, Peppe va dove nessuno può vederlo per dare fuoco al motociclo, per scappare subito, prima che le fiamme attirassero l'attenzione, verso casa, rientrato e camminando al buio, tra i rantoli sia di Andrea che Concetta in preda alla stanchezza, si sdraia sul letto togliendosi solo le scarpe e, sereno e soddisfatto, in pochissimo tempo prende sonno. Quella notte Pasquale Cocozza dorme profondamente e più a lungo, con fuori la sua stanza "non disturbare".

Capitolo 31 – Tempo di decisioni

Nonostante l'attività notturna, la mattina seguente Pasquale è già in piedi all'ora consueta, nella sala ristorante attende Mena per la colazione, che dopo una decina di minuti lo raggiunge, sedendosi al suo tavolo: - ciao zio, come ti senti ... dormito bene? – beh insomma ...! Tutto a posto! - tutto a posto cosa? Giunge il cameriere, ricevuta l'ordinazione ritorna dopo pochi minuti col carrello: - i signori sono serviti, serve altro? E Pasquale: - grazie, va bene così! Poi: - Mena, sentimi bene, anche se non credo che ci saranno problemi, per te è meglio se lasci Napoli quanto prima possibile, - cosa stai cercando di dirmi? – quando viene Paolo, vediamo di organizzarci per un incontro con la sua famiglia al più presto, - si va bene, anche se mi sento ... insomma, come catapultata, - vedi ragazza mia ... è una bella coincidenza che proprio adesso tu abbia incontrato questo giovane, lo vedo serio e mi piace, penso che per te sia lo stesso, vero? - anche a me piace, certo, ma prendere una decisione per la vita in così breve tempo!? – sentimi bene, è diventato necessario ... ma deve essere è ciò che desideri veramente, non puoi indugiare ... insomma non abbiamo il tempo da poterci riflettere a lungo ..., e dopo nessun ripensamento! - sì, lo so, tu parli bene ... ma al di là di tutto c'è qualcosa ... mi inquieta che fino a ieri facevo la ... e questo mi pesa! – ci sei stata costretta, è passato ... non farti ingannare dai sensi di colpa perché colpa non ne hai! – vedi zio, io sento di provare per Paolo un sentimento mai provato prima ... ma voglio capire se è soltanto riconoscenza! – tu, per questo ragazzo, la senti dentro, nel tuo cuore, una emozione dolcissima, ma tanto inquietante che diventa un tonfo allo stomaco e ti manca il respiro? – qualcosa del genere ... ma vorrei sentirmi nella serenità! – chi ama veramente non conosce la serenità, quella che chiami riconoscenza, sicuramente è anche ammirazione vero? – si certo, è così! – con il desiderio di prenderti cura di lui, il bisogno di vederlo, di parlarci e, col solo pensarci, ne senti la gioia anche se stai da sola!? – ma come si fa a sapere? – cara figlia ... quando si vuol bene viene anche di dubitare, mettersi in discussione, ma nell'amore si ragiona più col cuore, dando a sé stessi, non senza considerare le insidie, un'ostinata volontà di donarsi, affrontare anche ostacoli che sembrano insormontabili alla luce della logica razionale, - cosa stai cercando di farmi capire? – tu ti trovi adesso come chi vede da lontano una grande montagna, da lontano le montagne sembrano insormontabili, però man mano che ti avvicini riesci a trovare il sentiero che ti fa andare oltre, anche se devi saltare nel buio! - come fai a sapere queste cose? – sono stato molto innamorato di una donna, si chiamava Elisabetta, la mia Betty! – perché dici sono stato ... vi siete lasciati? – io ... insomma ... io e lei eravamo dentro ad un'organizzazione ... insomma quella che qui si chiama mafia ... quando le cose si misero male, perché succede sempre che poi si mettono male, noi decidemmo di far sparire le nostre tracce, purtroppo per lei fu già tardi, fu uccisa da una bomba mentre metteva in moto la macchina ... proprio davanti ai miei occhi! – oh! Ma che dici!? E come è potuto succedere? – la conobbi sul transatlantico durante il viaggio per l'America, una donna coraggiosa e determinata, da sola, a ventidue anni, con una valigia di cartone, partì dall'Albania, ci innamorammo e subito! – zio sembra un romanzo! – di giorno si lavorava duro e la sera andavamo insieme alla scuola serale, dormivamo poco o niente e alla fine entrambi con la laurea in legge, - zio, che soddisfazione! – appena sbarcati non sapeva una parola di inglese, né io di albanese né lei di italiano, per poterci capire ci parlavamo a gesti … con le occhiate, - che cosa meravigliosa … mi fai commuovere … poi vi siete sposati? – non ha mai voluto che ci sposassimo né avere figli, sapeva bene in quale ingranaggio c'eravamo incastrati e diceva che saremmo diventati vulnerabili! – zio, scusami la domanda … ma anche in America ci sta la mala vita? – si, i cosiddetti uomini d'onore, ma che di onorabile non tengono nulla, riesci a capire? Mena lo guarda: - adesso sì …! Però non capisco come hai fatto a metterti con questa gente! – beh, un emigrante è considerato meno di niente … se vuoi farti strada non hai scelta! – zio ma non era pericoloso? – certo, ti dovevi sempre guardare le spalle, a volte proprio di chi ti fidi di più, ma finché puoi essere utile nessuno ti tocca … fin quando il vento comincia a cambiare…. – il vento? Che vuoi significare? – in America ci stanno varie famiglie che si contendono, fanno accordi tra di loro ma quasi mai nessuno sta ai patti, successe che io e Betty ci trovammo tra i perdenti e sapevamo che saremmo stati eliminati dal giro … ma per lei …! Sentii un gran boato … la macchina era esplosa con lei dentro, non potei fare niente … volevo buttarmi nel fuoco! – oh, zio quanto mi dispiace … la compagna della tua vita!? – se non fosse stato per tuo padre …! – che c'entra papà? – se non sono riuscito di salvare la mia compagna almeno volevo aiutare mio fratello! – zio, me ne sono accorta che gli vuoi un sacco di bene, - certo, è mio fratello …! Ma anche a tutti voi voglio un sacco di bene e data la situazione, è stata un'acqua di maggio che sono venuto, quel fetente non ti opprimerà mai più, ma tu dovrai andare via per sempre dall'Italia, una volta eliminato Michele Scamorza non è detto che non sei a rischio …! Come pure io! – beh, dopo quello che mi hai raccontato … sai una cosa? La prima volta che io e Paolo ci siamo incontrati … il suo modo di comportarsi così gentile e rispettoso … mai nessuno prima! Quella gentilezza e quei modi garbati, pensavo impossibile potesse succedermi, mi erano state rivolte solo parolacce, insulti e frasi indecenti, che di notte non mi facevano dormire, intere nottate sveglia con la voglia di gridare … gridare forte! Ma poi zitta nel buio del vascio … papà e mammà che potevano fare? A chi potevo chiedere aiuto, chi avrebbe dato ascolto ad una prostituta? Gli occhi le diventano lucidi: - quando Paolo mi parlò la prima volta, mi dava l'impressione di essere uno squilibrato … uno che comunque mi avrebbe offesa e trattata in una maniera ancora più cattiva! Quando ho capito che tutto quello che faceva era onesto, mi sentivo umiliata ancora di più e mi vergognavo … volevo che si toglieva subito dalla mia vista e se ne andasse immediatamente! Pasquale prendendole la mano: - nella mia vita passata ho visto gestire anche lo sfruttamento della prostituzione, quasi tutte ... ragazze che o per fame o perché costrette ... alla fine si adattavano diventando aride e qualcuna malvagia, altre invece lo facevano come un lavoro qualsiasi, cercando di trarvi un proprio interesse senza essere considerate, dalle persone cosiddette perbene, tra le quali non mancava chi ci andava, all'ultimo scalino della moralità, - mamma mia che squallore! - è capitato pure che qualcuna si è sposata ... a te l'atroce sofferenza non ti ha fatto rinunciare al rispetto di te stessa ... se provavi vergogna e se ti sentivi offesa! – ancora mi sento offesa ...! Ma non sei rimasta nel rancore, sei una persona pulita e onesta! E Mena: - non è che mi sia stato tanto utile! Pasquale dà un'occhiata all'orologio, ma giusto per avere modo di riflettere: - ci sta tanta gente che sotto sotto ... basta che non si viene a sapere ... sembrano irreprensibili ... ma se Dio veramente esiste ...! Pure io, insomma, son dovuto essere crudele e spietato, ma si trattava di decidere tra la mia morte o quella del mio avversario, non sono mai stato malvagio di proposito, ho sfruttato, calpestato, corrotto ed alla fine, chi sa per quale dio proprio io ti strappo da una vita infame, come un perfetto sincronismo, - sincronismo ... ? zio che significa? - avvenimenti apparentemente negativi che uno dopo l'altro portano ad un risultato positivo, - cioè vorresti dire che la morte improvvisa di Betty, la fuga dall'America, i soldi che hai guadagnato illegalmente ... lo posso dire? – certo dillo pure, ma se non fosse successo così, come se in destino mi avesse preparato per una cosa che soltanto io potevo e dovevo fare! In genere si dice che la coincidenza è provvidenza ... provvidenza da parte di chi? Boh! Sollevando il mento della nipote per guardarla negli occhi: - piccere'! (piccolina) mo' non ti avvilire ... il peggio è finito, e Mena con un sorriso amaro: - sarebbe stato meglio se non fosse mai cominciato ..., però come dici tu poteva finire chi sa come, se non ci fossi stato tu proprio adesso! Il volto di Mena che si illumina, Pasquale che è di spalle e non può vedere che sta arrivando Paolo, si volta e prima che venisse proprio vicino, si alza e gli va incontro salutandolo con una stretta di mano: - oh ... eccoti ... ciao, come stai? – splendido ... ho chiesto al portiere che mi ha indicato che stavate qui. Mena si alza in piedi e prendendogli la mano gli dà un bacio sulla guancia: - come stai? Tutto bene? e Pasquale: - per stare qui a quest'ora ti sarai svegliato presto? – ho preso il primo tram, quando sono uscito da casa solo mamma era alzata, - che novità ci porti da Casavatore, gli domanda Pasquale. – Ho parlato di nuovo con mamma ... lei non ha manifestato alcuna difficoltà se vengo a trovarti. Paolo si accorge di una strana espressione sul volto della ragazza: - È successo qualcosa? – niente ... niente di particolare, gli risponde Mena, - stanotte mi sono svegliata spesso ... pensavo e ripensavo al mio passato ... provavo a credermi una donna normale. Pasquale si intromette: - normale su, ma dai ... perché vuoi complicarti la vita? E Paolo: - devi comprendere che quel passato non esiste più, pure accettando che ..., Mena non lo lascia finire: - Paolo stammi qui accanto senza dire altro ... guardami fisso negli occhi e dimmi cosa vedi! Paolo per un tempo

resta a fissarla, infine le fa una carezza e sorride, Mena abbassando lo sguardo: - tua madre deve sapere ... da subito! Ciò che sono stata fino a due giorni fa, e Paolo: – gliel'ho detto ... gliel'ho detto proprio prima di venire qua! Tra lo stupore e la curiosità la ragazza resta in silenzio, Pasquale a bocca aperta: - E che cosa ti ha risposto? – quello che mi aspettavo! E Mena: – allora? E Paolo: – mi ha fissato e: - ... tu sei abbastanza maturo anche se giovane età, sei giudizioso ... desidero soltanto che agirai col cuore ... come tuo padre! Mena, più incuriosita che mai, lo osserva in silenzio in attesa, e Paolo: - c'è dell'altro, ha detto che nessuno mi deve impedire di avere cura di te ... se sei sicuro che vuoi che diventi la donna della tua vita! – e tu che cosa hai risposto? – le ho detto ... mamma sei stupenda! – le hai raccontato del mio passato? – sì! – e lei ... come ti ... cosa ti ha risposto? – mi ha detto ... mi ha detto una frase che non la dimenticherò mai! Pasquale si accosta alla nipote e prendendole la mano la stringe a sé, e Mena: - cosa? Paolo le sorride: - cosa mi ha risposto? La grazia e la misericordia del Signore vogliono sollevare quell'anima dalle angosce e tu se vuoi ... sei quello che lo farà! Poi è sopraggiunto: - deve essere stato tremendo per questa ragazza, se la desideri devi annullare completamente il tuo io e armarti di molta pazienza, se è lei che vuoi veramente! Poi Paolo guardandola dritto negli occhi: - saprò avere tutta la pazienza, anche se ... se dovesse succedere di rimanere ... come fratello e sorella! E Pasquale: – guaglio' (giovanotto) l'ammore è facile e chellc'adda succedere succederà! (l'amore è facile e quello che deve succedere succederà), al che Mena: - Paolo ... io ... ti voglio bene! ma ho paura! Al che Pasquale: - beh, è naturale, altrettanto lo potrebbe dire Paolo, per due persone che si innamorano all'inizio è così, ma riuscirete ad amarvi ... come si deve! Qua ci stanno troppe coincidenze ... qua ci sta la mano del Padre eterno! E quello poi ... insomma se lo fate pigliare collera ... si piglia collera! Michele Scamorza è morto, ha pagato così come doveva per il male che ti ha fatto, e Mena: - sei stato tu? – e sapessi come urlava ... e chiedeva pietà! Mena mette il volto tra le mani e piange, Paolo le porge il fazzoletto dal taschino della giacca: - Scusatemi ... davvero pensate che posso diventare una persona normale? E Pasquale: – perché cosa credi di essere? Le domanda lo zio: - su vai di sopra e fatti ancora più bella, ti voglio vedere sorridere come quando ti ho portato qui, prima di andartene a dormire nella tua stanza! Noi ti aspettiamo, - va bene zio, come dici tu ... il tempo di darmi una sistemata e scendo, Paolo tieni, la ragazza gli restituisce il fazzoletto e va sopra.
In assenza della nipote Pasquale dice a Paolo: – chiediamo al portiere se ci può prenotare un'auto a noleggio, - zio ... per andare dove? – a Casavatore ... da tua madre, io tu e Mena ...! – senza avvisare? - e sì ... tempo assai non ce n'è! – beh, perché no! Si ma a Mena glielo hai detto già? Mena ritorna col volto disteso e tranquillo: - eccomi qua ... come sto? Al che Pasquale: - adesso sì che va meglio ... senti un po' ... - dimmi zio! – ti va di andare fuori ... un giro con l'automobile? – zio e dove la prendiamo? – non ti preoccupare ... ti va? E Paolo: - tuo zio propone di andare tutti e tre a Casavatore,

stesso oggi, e Mena: - zio non è meglio domani? – ma tempo non ce n'è, e Paolo: - io non ci vedo nessuna difficoltà, e Mena: - beh … e la sorpresa? E Pasquale: - da quello che ho capito non ci dovrebbero essere difficoltà … a parte la sorpresa naturalmente! E Paolo: - naturalmente!

Capitolo 32 – Tutto è bene quel che finisce bene.

Nella mattinata seguente la morte di Michele Scamorza, Andrea si sveglia più tardi del solito, Mena non c'è e quando vede che Peppe dorme profondamente si tranquillizza definitivamente. Sbadigliando e stiracchiandosi si alza e dopo la consueta toilette, dato uno sguardo all'orologio, ancora con sbadigli: - Cunce' haa alzati, la moglie che ancora dorme profondamente, nemmeno lo sente, lui le va vicino, si piega verso il letto e scuotendola leggermente da dietro sulla spalla: - Cunce' che fai dormi? Lei si sveglia e giratasi svogliatamente verso Andrea: – stavo dormendo così bene, sognavo ma ... non mi ricordo ... Andre' che ora è? – le nove e mezza, su alziamoci, - e Peppe ...? Peppe è tornato!? – dorme ..., chi sa ..., dopo un altro sbadiglio, - chi sa ... chi sa stanotte a che ora è tornato ... dorme! Concetta si alza e si avvicina al letto del figlio: - Andre'... come dorme beato! Alzata la testa al cielo e mettendosi la mano destra sul petto: - ... credo che tutto sia andato liscio, e Andrea: - già ...! nessuna nuova buone nuove ... adesso però mettiamoci a fare qualcosa di normale ... come abbiamo sempre fatto, Peppe è meglio ... che continua a dormire.

Alle dieci antimeridiane la moglie del boss entra dal ciabattino: - Buongiorno Andre', dato un sommario sguardo, - ma Mena è andata a lavorare?! – signora Rosa, prego accomodatevi ... che stavate dicendo? – Mena dove sta? Al che Concetta: - buongiorno signora Rosa prego accomodatevi, - vado di fretta e volevo sapere se per caso è venuto qui mio marito! È da ieri non l'abbiamo ancora visto ..., E Andrea: - Mena? sì ... sta ... insomma ... è meglio se ve lo dico, ieri pomeriggio, potevano essere circa le sette ... Mena si è messo lo scialle, è uscita e non è più tornata ... fino ad ora non sappiamo dove sta, stiamo pensando di andare dai carabinieri a fare ... Al che Rosa: - eh, come vi allarmate presto, allora secondo voi, mio marito chi sa che sta facendo e anche io devo andare dai carabinieri? Il vocio fa svegliare Peppe, che, rimanendo immobile sotto la coperta facendo finta di dormire, tra sé: - vai ... vai dai carabinieri ... lo so io dove sta quel porco! La signora Rosa: - adesso devo andare ... mi raccomando se vedete mio marito ... diteglielo ... che lo stiamo cercando!

Nei quartieri Spagnoli regna un'atmosfera inusuale, si mormorava che Michele Scamorza non è rincasato, inutilmente la moglie era andata a vedere se stava al pronto soccorso, mai prima, in tanti anni, il marito una sola notte fuori da casa. Comincia a girare la voce che fosse scappato con Mena, nemmeno della ragazza si sapeva nulla.

Nessuno riusciva a sapere cosa fosse successo veramente, nemmeno i fidati scagnozzi del boss, da ciò man mano le supposizioni sì ingigantirono finendo per diventare tante notizie diverse e contraddittorie, e nessuno riusciva poi ad avvalorare quello che probabilmente ritenesse fosse realmente successo. La stessa situazione andò avanti nei giorni successivi, i fiancheggiatori di Michele Scamorza, come faceva pure la moglie, mantennero una calma disinvolta, quasi che il boss, così come era sparito doveva ricomparire da un momento all'altro. Rosa riusciva in un atteggiamento asettico, non cambiò nessuna delle sue abitudini quotidiane e la domenica successiva va ad ascoltare la messa, come sempre fatto, solito orario ma insolitamente incomprensibilmente a quelli che la vedevano, stavolta da sola. Qualche cliente abituale di Mena si sorprende di non vedere la ragazza al solito angolo tra vico San Sepolcro e via Toledo, ma senza porsi domande, adeguandosi subito, va altrove per il suo quarto d'ora di piacere.

Sul litorale Domizio, all'aurora alcuni pescatori, incuriositi dal fumo che ancora si alzava, scoprirono l'auto bruciata, nella quale i resti di un corpo carbonizzato; brancolando nel buio la polizia fece i rilevamenti del caso, la carcassa era irriconoscibile, venne presa e portata all'obitorio, verificate le più recenti denunce di persone disperse non si riuscì a collegare con nessuna persona recentemente scomparsa. Dell'assenza improvvisa di Michele Scamorza, tanto più che nessuno ne aveva fatto denuncia, non si riuscì a sapere più nulla. L'identità del proprietario della giulietta bruciata, che aveva fatto la denunzia di furto, fu appurata dal numero di telaio, il giorno dopo il giornale "Il Mattino" e "Roma" pubblicano un trafiletto in terza pagina sul ritrovamento di un cadavere carbonizzato e irriconoscibile dento un'Alfa Romeo.

Paolo, Mena e lo zio Pasquale giungono a Casavatore verso mezzogiorno. Paolo, sceso dalla macchina, fa strada, al cancello suona il campanello e compare dal balcone Patrizia, la nonna di Paolo, al che: - quella è la nonna ... ciao nonna! e Patrizia: - ciao, perché hai suonato il campanello? - sto in compagnia, adesso veniamo su! Nel frattempo escono il nonno Giuseppe insieme all'altro nipote e le tre sorelle di Paolo, che con Mena e lo zio salgono al piano superiore: - mamma dov'è? ... - è dentro, al che: - Cristina! vuoi venire qua? E Paolo: - nonno, nonna ...! vi presento la mia ragazza ... questo è lo zio Pasquale, fratello del padre! Nonno Giuseppe celando la sorpresa: - beh, vogliamo restare qua fuori? Dopo una stretta di mano e un cenno garbato verso Mena: - prego, accomodiamoci, seduti si parla meglio! Nel frattempo viene Cristina: - questa bella signorina deve essere la tua ragazza? - sì mamma ... scusa per la sorpresa, è bella vero?! Cristina, con Paolo, resta in piedi vicino a Mena e allo zio che si siedono attorno al tavolo, dopo le presentazioni generali gli altri componenti vanno ad aiutare i nonni, che, per niente scoraggiati dalla sorpresa, organizzano per pranzare tutti insieme, e Cristina: - ti chiami Mena, è così? - sì ... scusate se siamo venuti così ... - le cose all'improvviso riescono meglio ... senti Paolo, telefona a zia Giovanna! - si mamma! Pasquale, presa l'iniziativa: - se mi permettete, so che presto dovrete ritornare in Australia ... quindi entro subito in argomento, - sì certo, ditemi, - vedete ... torno dall'America dove ho fatto fortuna ... - di cosa vi occupavate? - sono avvocato, e gestivo uno studio a New York, penso che Paolo già vi abbia detto qualcosa, - si mio figlio me ne ha parlato, - ecco qua ... vostro figlio Paolo e mia nipote si vogliono bene, - beh, credo proprio! - allora, siccome ho chiuso con la mia attività in America, pensavo di trasferirmi qui in Italia, ma dato che per me un luogo vale l'altro, e voi con la famiglia pare vi troviate bene penso di trasferirmi in Australia, e con me anche mia nipote ... i mezzi economici non mi mancano, comprerei una casa lì e così avrebbero modo di conoscersi ... come fidanzati naturalmente e ... eventualmente, con la nostra benedizione e mio immenso piacere ... decidessero di sposarsi. Al che Mena: - zio avevi tutto questo in mente e finora ... non mi avevi detto nulla? – hai ragione figlia mia ... non me ne volere ... ho preferito farlo adesso perché è solo ora che sono sicuro di poterlo fare! Spero di trovarti d'accordo ...! non vedo altra soluzione! – certo, replica Mena, per essere d'accordo sono d'accordo, vorrà dire che mi adeguerò al tuo modo d'agire! Al che risponde Cristina: - per me va bene, se ... anche per mio figlio va bene! Paolo tu che dici? – si mamma può farsi, sono d'accordo! – allora in conclusione, ci organizzeremo per il viaggio, poi una volta giunti ci metteremo in contatto, - va bene, risponde Cristina, prima che ci salutiamo vi darò indirizzo e recapito telefonico. E Pasquale: - vedo che siamo d'accordo, mai ho visto risolvere qualcosa in così breve tempo, comunque, finché resterete qui, Paolo e Mena possono continuare a vedersi! Giunge zia Giovanna che con suo piacere, dopo i saluti e le presentazioni, viene informata su tutto.

A fine pranzo Pasquale si sofferma a fumare sul terrazzino, Giuseppe, che lo raggiunge, alzando intorno lo sguardo: - eh! Le cose non sono più come erano prima della guerra, il verde delle campagne sta sempre più diminuendo ... case e palazzine vengono su come funghi e le macchine ...? sempre più traffico! si stava meglio prima! – Eh ... a New York ...? è sempre così ... qui almeno la notte .... - stavate a New York? - ci vogliamo dare il tu? Giuseppe sorride: - sì certo ... con il voi pare che uno volesse mantenere le distanze, anche se il tu non mi riesce sempre facile come con te ... sono di un'altra generazione ... io anche ai miei genitori ci parlavo sempre con il voi, - in America non esiste proprio ... nemmeno ci si rivolge col tu ... il lei casomai ma non per mantenere le distanze, - io e Patrizia i primi tempi sposati ci parlavamo con il voi, poi un giorno ... così ... senza accorgerci ...tu io e tu mia moglie! - erano altri tempi, in America è la lingua che è così! Io da ragazzo ai miei genitori pure ci davo il voi, una volta ne combinai una ... ma grossa assai, mio padre mi fece una grande bastonata ... - na paliata? – si na paliata! Infine mia madre mi intima ... ma con un tono! me lo ricordo ancora ... "mo' hoì! addinocchiati (inginocchiati) davanti a tuo padre e chiedigli perdono! - chi lo sa se è meglio adesso ... oppure allora! - caro nonno Giuseppe, in fin dei conti, cosa sarebbe cambiato ... secondo me era meglio allora ed è meglio pure adesso, come era peggio allora ed è peggio pure adesso, se un figlio vuole bene e rispetta lo fa a prescindere! – sii ... questo è vero! gli risponde Giuseppe e continuando: - ma con la differenza ... quando noi eravamo figli comandavano i nostri genitori, adesso sono i figli a comandare! E Pasquale - beh! Io non ho figli ... però ho due nipoti a cui voglio bene come fossero miei figli ... penso che dipende sempre, insomma è la donna che deve funzionare bene.... - dalla mamma? – e si dalla

mamma ... se la moglie rispetta il marito ... i figli rispettano il papà! E Giuseppe: - siete ... scusa, sei sposato? – no sposato no, ma avevo una compagna, ma ... era molto più di una compagna! – avevo? Ti sei lasciato? Pasquale con lo sguardo basso: - purtroppo no, mi morì! – uuh ... caro Pasquale quanto mi dispiace! – perciò adesso sto qua, che ci sta mio fratello, ci sta mia cognata, ci stanno i nipoti, questa perla di ragazza ...! sono partito per l'America che ero giovanissimo ... solo una valigia di cartone tenuta con lo spago e i pantaloni col le pezze a culo, la sorte mi è stata favorevole ... infine, trovandomi solo ho fatto pari e dispari e son ritornato in patria. Man mano la conversazione andò scemando, nel momento di salutarsi Paolo rimane con i nonni, mentre Mena e Pasquale, dando prima un passaggio a zia Giovanna, ritornano a Napoli. Paolo e Mena si vedevano regolarmente, quasi sempre senza uscire dall'hotel, e il tempo smorzò le sue inquietudini. Nel giorno della partenza una promessa, quella dall'affetto sincero e spontaneo, affinché diventasse un sentimento forte a distanza, ma non lontananza. È così e non si sa perché quando è c'è amore si ragiona più col cuore, dando, non senza rischio, una cocciuta capacità di superare gli ostacoli insormontabili, che scaturiscono dalla logica razionale, amare non è sempre logico, ma è sempre giusto. La famiglia Cocozza si trasferì ad Adelaide, in Australia, Peppe inizialmente trovò lavoro nella sartoria di Tommaso Liguori, poi con Andrea, che col capitale a disposizione e la consulenza del fratello si ingrandì. Pasquale Cocozza infine, così come era comparso sparì e di lui non si seppe più nulla, ma il tempo gli ha dato ragione, Mena e Paolo vissero d'amore e d'accordo con due figli, ma senza porre limiti alla provvidenza.
Questa storia pare finisca come si dice a Napoli "(a tarallucci e vino"), certo non a tutti capita uguale conclusione, ogni vita ha la sua storia e ogni storia le sue lotte, rinunce, sacrifici, umiliazioni, vittorie e sconfitte come in un gioco, dove si scommette con una posta alta, che si può vincere o perdere non ha importanza, ciò che conta è conservare sempre il rispetto di sé stessi, con dignità, nulla ha più valore della vita. L'umanità come un oceano inquieto continuerà allo stesso modo in ogni parte del mondo, si potrà avvalere del progresso scientifico e tecnologico, cosicché per molti sarà più comoda, lo spirito dell'uomo moderno non è diverso dall'uomo primitivo, con gli stessi sentimenti e le stesse passioni, le stesse paure e le stesse emozioni, come le acque sottoposte alle azioni dei venti e delle maree, ora calmo ora agitato, per mare non ci stanno taverne perciò sempre incutendo prudenza.

FINE
I fatti narrati sono pura immaginazione ed ogni riferimento a persone o cose è puramente casuale.

Indice:

Capitolo 01 - Tommaso e Cristina	pag. 2
Capitolo 02 - Il fidanzamento	pag. 7
Capitolo 03 - L'arruolamento volontario di Tommaso	pag. 11
Capitolo 04 - L'addestramento militare	pag. 18
Capitolo 05 - Tommaso torna per il matrimonio	pag. 22
Capitolo 06 - Tommaso e Cristina si sposano	pag. 25
Capitolo 07 - Il viaggio di nozze	pag. 29
Capitolo 08 - La diserzione e la fuga	pag. 37
Capitolo 09 - La città di Valencia	pag. 43
Capitolo 10 - Verso l'Australia	pag. 45
Capitolo 11 - Pablo ritorna da Elvira	pag. 49
Capitolo 12 - La notte di Pablo	pag. 56
Capitolo 13 - Pablo in Francia ritrova Elvira	pag. 61
Capitolo 14 - La nascita di Paolo	pag. 64
Capitolo 15 - Tommaso nel Nuovo Continente	pag. 68
Capitolo 16 - Andrea Filangieri fa visita a Cristina	pag. 77
Capitolo 17 - Giovani innamorati	pag. 83
Capitolo 18 - Dopo l'otto settembre 1943	pag. 89
Capitolo 19 - Tommaso torna in Italia	pag. 93

SECONDA PARTE

Capitolo 20 - **La famiglia Cocozza**	pag. 103
Capitolo 21 - **La rivincita di Andrea**	pag. 106
Capitolo 22 - **Salvatore Colletta**	pag. 112
Capitolo 23 - **Paolo e Mena**	pag. 117
Capitolo 24 - **Vita nel Vascio**	pag. 122
Capitolo 25 - **Pasquale Cocozza torna dall'America**	pag. 128
Capitolo 26 – **L'incontro con Michele Scamorza**	pag. 134
Capitolo 27 - **Paolo si presenta**	pag. 136
Capitolo 28 - **Pasquale pianifica la vendetta**	pag. 140
Capitolo 29 - **La fuga di Filomena Cocozza**	pag. 144
Capitolo 30 - **La fine ingloriosa di Michele Scamorza**	pag. 152
Capitolo 31 - **Tempo di decisioni**	pag. 159
Capitolo 32 - **Tutto è bene quel che finisce bene**	pag. 162

Luigi Cristiano nasce il 28 marzo 1951 a Grumo Nevano, Napoli, attualmente residente a Sarno, Salerno.

1970 – diploma di maturità tecnica I.T.I.S. "Enrico Fermi" – Napoli

Dal 1971 al 2009, operatore tecnico presso INT "Fondazione Pascale", istituto di ricerca sperimentale e clinica, con qualifica equiparata a dottore in Scienze Biomediche.

2019 – "La mia dolce poesia" menzione d'onore concorso internazionale poesie inedite "Le Grazie" La baia dell'arte, Porto Venere

2019 – pubblica "Una spruzzata d'acqua viva" raccolta di racconti, meditazioni e poesie, ediz. Buonaiuto, Sarno

2020 - Diploma di attore cine-televisivo, Accademia Artisti Roma

2020 – "Oceano inquieto" romanzo inedito, edito nel 2023, menzione d'onore classificato 11° su 1123 concorrenti, concorso letterario Giardini Naxos, Messina.

2022 – 1° premio per la prosa e poesia, con targa e motivazione, Concorso letterario internazionale "Franz Muller"

2022 – segnalazione di merito Premio letterario Città di Ascoli Piceno per il racconto "Giovani innamorati" e la poesia in vernacolo "O' vino buono"

2022 –4° premio ex equo per il teatro, per la commedia "Il problema di Pasquale", edito nel 2023, Premio letterario nazionale Città di Ascoli Piceno.

2022 – attore nella commedia "Figlio mio caro" Piccolo teatro "Franz Muller", regia di Carmine Pagano, Sarno

2022 – 2° classificato con motivazione diploma, motivazione e targa, Premio letterario nazionale, Costa Edizioni, per la poesia in vernacolo: "Signora, permettete un pensiero poetico?" e segnalazione di merito per il racconto "Paolo e Mena"

2023 – 1° premio con motivazione, coppa e targa, Premio internazionale Scrittori italiani – Prato, per la poesia "La noncuranza"

2023 – Premio speciale del direttivo, come riconoscimento per l'alto valore artistico, al Concorso internazionale sezione teatro, Le Pietre di Anuaria, Castelfranco veneto, per la commedia in tre atti "Il morto non è più morto", edita nel 2023.

Made in the USA
Columbia, SC
17 February 2025